El Campeón del Dragón

Por

Sam Ferguson

Esto es una obra de ficción. Todos los personajes,
organizaciones y eventos descritos en este libro son producto de la
imaginación del autor, o se utilizan de forma ficticia.

EL CAMPEÓN DEL DRAGÓN

A mi esposa e hijos,
mi inspiración para convertirme en
más de lo que soy.

Tabla de Contenido

Otros Libros por Sam Ferguson

Para obtener las últimas actualizaciones, sigue la Página de Autor de Sam, el Blog, o cuenta de Twitter @Author_SamFerg y también en Facebook

CAPÍTULO 1

Erik estaba sentado a solas. Los otros aprendices se amontonaban en el otro extremo de la sala. Les oía riendo y bromeando. Escuchaba el traqueteo de los dados rodando por el suelo.

—Oye, Eric, ¿no te quieres unir? —, se burló uno de los chicos mayores.

—No puede, — informó otro aprendiz. —Su maestro no le deja.

Erik se levantó de su asiento y depositó su mandoble de adiestramiento, una larga espada de madera, en la fría mesa de piedra que tenía delante. —Hay un juego al que mi maestro sí me deja jugar, — dijo. Los otros guardaron silencio durante unos momentos. Erik sabía que nadie aceptaría su desafío. Le tenían miedo.

Incómodamente, los otros volvieron a su juego de dados. Erik se comió el resto de su espeso estofado de carne a solas, como hacía siempre. Estaba más que listo para volver a sus estudios cuando sonó la campana, señalando el final del descanso para comer.

Cogió su mandoble por la empuñadura, como le había indicado Maese Lepkin, y cada tres pasos fue lanzando una estocada de práctica a enemigos imaginarios. Odiaba practicar la lucha él solo mientras caminaba por dos razones. La primera eran las burlas y chanzas que ello le valía por parte de los otros aprendices. La segunda era que le retrasaba tanto, que siempre llegaba tarde a su siguiente clase. Como resultado de esta tardanza, Erik había recibido más puntos de sanción que cualquier otro aprendiz en la historia de la Academia Kuldiga, pero por otra parte, también era el primer aprendiz al que Maese Lepkin daba lecciones.

La importancia de ser el aprendiz escogido por Maese Lepkin normalmente pasaba desapercibida para Erik, excepto en las raras ocasiones en las que había visto la espada llameante de Lepkin. El arma era lo más magnífico que Erik había contemplado jamás. La hoja, larga y curvada, estaba forjada en el negro acero telariano: el único metal lo suficientemente fuerte como para sobrevivir al encantamiento de la Llama del Dragón. Se decía que Maese Lepkin había blandido una vez la espada contra trescientos hombres mientras defendía el monasterio de Gelleirt de los saqueadores de Tarthun.

Erik le había pedido a Maese Lepkin que le contara la historia muchas veces, pero Lepkin siempre se había negado. Maese Lepkin prácticamente no hablaba, excepto para comunicarle a Erik sus nuevas tareas e instrucciones. Erik encontraba el silencio de su maestro a la vez ofensivo y misterioso. En ocasiones, se había sentido desalentado debido a la soledad que el silencio de su maestro le imponía. Acentuaba la separación entre él y el resto de aprendices. Quizá era esta la razón por la que Erik había desafiado a los otros a un encuentro de espadas. Nunca antes había hecho nada parecido.

Erik finalizó su centésimo sablazo de práctica justo antes de llegar a la puerta de Maese Lepkin. Deslizó su mandoble en la rana, una especie de anillo de cuero unido su cinturón, y empujó la pesada puerta de roble para abrirla. Divisó a su maestro de pie en el otro extremo de la cámara, mirando por la ventana. Erik asumió que su maestro estaba observando los pájaros, o al menos tuvo la certeza de que eso era lo que diría Lepkin que estaba haciendo si Erik le preguntaba.

—He oído que sacaste la espada hoy durante el almuerzo, — dijo Lepkin.

Erik se paró en seco. No estaba seguro de cómo responder. Le alteraban tanto las palabras de Lepkin como el pensar en cuántos puntos de sanción le iba a costar esto.

—Sí, Maese Lepkin, lo hice, — contestó Erik.

—Utilizar las espadas sin supervisión está prohibido, — le recordó Lepkin. —He oído que le dijiste a los otros que yo permitía este tipo de juegos cuando les desafiaste, ¿es eso cierto?

—Sí, lo es, — dijo Erik.

Maese Lepkin se volvió hacia Erik. Tenía un rostro duro, surcado por una cicatriz en la mejilla izquierda que iba desde la mandíbula hasta la parte superior del pómulo. Sus únicas otras marcas eran las patas de gallo provocadas por años de patrullar para los Tarthuns las fronteras castigadas por el sol. A pesar de las arrugas, los ojos azules de Lepkin eran feroces y penetrantes, y brillaban con la dura experiencia de la batalla. Tenía la boca recta, sin señal de sonrisa o frunce, y tampoco la abría para musitar palabra alguna. Maese Lepkin arqueó una ceja. Era señal de que estaba esperando una respuesta más elaborada.

—Se estaban burlando de mí otra vez porque no se me permite jugar a los dados con ellos, — contestó Erik.

—Cierra la puerta y entra, — ordenó Lepkin. —Es hora de explicarte algunas cosas.

Erik cerró obedientemente la puerta y se apresuró a sentarse en una silla de madera frente a un gran sillón de brazos con respaldo alto. Una pequeña mesa redonda separaba ambos asientos, y normalmente estaba cubierta con los libros que Maese Lepkin estuviese estudiando. Hoy había un solo libro sobre la superficie de madera. Erik reconoció los caracteres que recorrían el lomo como pertenecientes al idioma Peish, el idioma de los gnomos, pero no pudo leerlos. Sintió curiosidad por saber la razón por la que este libro era tan importante como para ocupar él solo la mesa de lectura de Maese Lepkin, pero este no era el momento adecuado para hacer preguntas. El aprendiz esperó en silencio mientras su maestro se acercaba y se sentaba en el otro asiento.

—Los otros se burlan de ti porque no te entienden, — empezó Lepkin. —Tus reglas son diferentes de las suyas. Tus métodos de estudio les resultan peculiares. Ni siquiera los otros maestros pueden entender las razones que impulsan tus acciones. —

Lepkin se reclinó en el sillón y cruzó la pierna derecha sobre la rodilla izquierda. Levantó la vista hacia un tapiz de la pared e inspiró profundamente. Sus ojos siguieron la representación pictórica de su batalla en el monasterio de Gelleirt. Durante un breve instante, a Erik le abrumó la idea de que Lepkin fuera a hablar finalmente sobre el suceso.

—¿Había realmente trescientos saqueadores en el monasterio? — preguntó Erik, intentando ocultar su entusiasmo con reverencia y respeto.

—No vamos a hablar hoy de eso, — replicó Lepkin.

—Oh, es que había pensado…— Las palabras de Erik se extinguieron y se removió inquieto en la silla.

—Eso da igual, — dijo Lepkin asintiendo en dirección al tapiz. —Quiero saber si entiendes por qué tu rutina es tan diferente de la de los otros Aprendices de la Espada que hay aquí en la Academia Kuldiga.

Erik frunció el ceño y pensó durante un momento. —No lo sé, — dijo después de un rato. —Deduje que utilizar las espadas estaba prohibido por nuestra propia seguridad, claro, pero no entiendo todas vuestras normas, Maestro.

—Bueno, — empezó Lepkin. —En parte estás en lo cierto sobre las espadas, pero dejaremos eso para el final. Primero te voy a contar que te escogí para un propósito muy concreto. Sólo entrenaré a un aprendiz durante el tiempo que pase aquí en la Academia Kuldiga, y ese aprendiz eres tú.

—¿Por qué yo? — preguntó Erik dubitativo.

—Porque entiendes cosas que otros no pueden, y porque tienes habilidades y talentos que otros no tienen. —

—Pero no soy nadie especial, — protestó Erik. —Ni siquiera soy un auténtico noble de sangre. —

Lepkin descruzó la pierna y se inclinó hacia delante. Sus ojos se clavaron en los de Erik. —Puede que veas esto como una desventaja, otra diferencia que te separa de los otros, pero yo lo veo de otra manera. Tu pasado es la base de tus talentos, conocimientos y entendimiento. — Lepkin sonrió con la comisura de la boca de la forma más sutil. —Tu juventud como huérfano te enseñó a valértelas por ti mismo. Aprendiste muchas realidades duras del mundo. Pero, al contrario que tantos otros huérfanos, tú fuiste adoptado por un noble. Él y su familia te han demostrado compasión, comprensión, caridad y confianza. Estas son cosas que los héroes legendarios entienden. La capacidad para desenvolverse en el áspero mundo, sin dejar por ello de demostrar compasión hacia los demás, es un raro presente. Es esto lo que te diferencia de los otros. Por esto es por lo que te escogí.

—Pero, ¿por qué tengo todas estas restricciones? —preguntó Erik. —Si ya soy mejor que los otros-— Erik fue interrumpido.

—No dije que fueses mejor, dije que eres diferente. — La sonrisa de Lepkin desapareció mientras se reclinaba en el sillón. — El orgullo es un vicio que también resulta habitual entre los héroes legendarios, — explicó Lepkin. —Esta es la razón por la que te impongo las normas que tienes. Los otros maestros dicen que te prohíbo jugar porque desapruebo las apuestas. Creen que te hago practicar golpes de espada mientras caminas para reforzar tu brazo hábil para la batalla. Dicen que permanezco en silencio porque deseo inspirarte respeto. Estas son verdades a medias. Hay razones más importantes detrás de mis métodos. — Lepkin sacudió la cabeza y contempló la chimenea vacía.

— ¿Cuáles son las razones? — preguntó Erik.

Lepkin arqueó la ceja y volvió la mirada hacia su aprendiz. Erik luchó contra el impulso de desviar la mirada de la de su maestro. Por dentro se retorcía como un cesto de serpientes, pero se obligó a mantener la compostura, a pesar de sentirse extremadamente incómodo.

—Tu sabiduría y entendimiento innatos de la soledad y de la compasión no son suficientes. Como he dicho, son sólo los cimientos. Construiré sobre estos cimientos, y juntos haremos un guerrero de ti, digno de los sonetos del Bardo y de la admiración del pueblo. Prohíbo los juegos de dados porque quiero que entiendas lo que se siente al estar solo y marginado. Porque esta es la única forma de inculcarte una empatía duradera por aquellos que reciben el rechazo de la sociedad. Recuerda que el leproso es tan merecedor de la protección de la espada de un caballero como cualquier princesa.

Erik asintió pensativo. Estaba empezando a encontrarle sentido.

—Practicas golpes de espada mientras caminas para que los otros puedan juzgarte por ello. Esto te dará sabiduría cuando juzgues a otros, para que vayas más allá de lo físico y juzgues no por lo que agrada al mundo, sino valiéndote de la verdad y la empatía. Recuerda que por despreciable que sea el monstruo, su creación siempre tuvo un propósito. Las personas temen con frecuencia lo que no entienden. Un caballero debe discernir por sí mismo lo que es malvado de lo que no.

—Como los Juicios de las Brujas de Gelshon, — dijo Erik cuando le vino a la mente. —Las mujeres fueron quemadas por brujas basándose sólo en el color de sus ojos.

—Exactamente, — asintió Lepkin. —En aquél momento se pensaba que las mujeres con los ojos verdes eran hijas de demonios, dotadas de poderes oscuros. Ahora la gente de Gelshon sabe que no es así, pero imagina las vidas que se perdieron hasta que llegó Sir Roderik y detuvo los juicios.

—Los otros chicos asumieron muchas cosas sobre mí debido a mis normas, — apuntó Erik.

—La menor de las cuales, estoy seguro, no fue la presunción de que estás aprendiendo técnicas especiales con la espada que te hacen superior a ellos. Los otros te temen por ello, pero eso va a cambiar hoy.

— ¿Qué queréis decir? — preguntó Erik.

—Un Aprendiz de la Espada debe escoger sus palabras con cuidado, ya que su palabra es su compromiso. Esta lección debe aprenderse si se desea lograr la condición de caballero en la Orden de Kelteshteg. — Maese Lepkin se puso de pie y caminó hasta un arcón de madera que reposaba en el suelo de piedra. Sacó una llave del bolsillo derecho de su túnica y le dio unas vueltas en la mano. — Durante la comida, lanzaste un desafío abierto a muchos de los otros aprendices. Ahora lo mantendrás y te batirás en duelo con cada uno de ellos, empezando por los más jóvenes.

—No puedo luchar contra todos ellos, — protestó Erik.

Lepkin arqueó la ceja y habló frunciendo el ceño. —Serás consecuente con tus palabras. Los otros aprendices se reunirán en el patio.

—Sí, maestro, — dijo Erik. Dirigió la mirada al suelo y se encogió hacia delante en su silla. ¿Cómo se suponía que iba a vencerlos a todos? Algunos de los chicos eran años mayor que él.

—Tengo una armadura de entrenamiento por aquí, — anunció Lepkin. Abrió el arcón de madera y levantó la tapa para revelar unas viejas almohadillas de cuero marrón. Erik se estremeció mientras miraba a Maese Lepkin sacar cada pieza. Primero salió la gran almohadilla pectoral, parecida a un delantal. Tenía un agujero para que Erik pasase la cabeza y los paneles frontal y trasero podían atarse entre sí en los laterales para mantenerla en su sitio. Entonces, Lepkin sacó una camisa de cota de malla, hecha de acero de Pluma, un metal ligero especial específicamente diseñado para proteger a los aprendices en la Academia mientras practicaban con las espadas de madera. Lepkin también sacó unas calzas de cuero, botas acolchadas con protectores en las espinillas, guantes acolchados y un casco barbuta del arcón.

—Maestro, no puedo vencerlos a todos, — dijo Erik. Las palabras resultaron casi inaudibles, ya que temía provocar el enfado de Lepkin.

—No he dicho que tuvieras que vencer a todo el mundo, — replicó Lepkin encogiéndose de hombros. —He dicho que te batirás en duelo con cada uno de ellos.

Erik asintió como si entendiese, pero su expresión reveló que no lo hacía.

— ¿Sabes por qué me quedo callado? — preguntó Maese Lepkin. Echó las almohadillas pectorales sobre Erik y le instó a prepararse. —Antes de hoy, nunca te he dicho más de una o dos frases cada vez, y se trataba de instrucciones o de críticas. Los otros maestros dirán que actué para inculcarte sentido del respeto, o incluso para hacer que me temas, pero no es así. Hablaba poco para crear silencio. Porque debes aprender a escuchar, y no puedes escuchar, escuchar de verdad, a menos que haya silencio. Así que empieza a escucharlo todo a tu alrededor, y entonces entenderás lo que te rodea.

Erik asintió y empezó a vestirse. Apreciaba lo que estaba diciendo su maestro, pero eso no le aliviaba los nervios para nada. Unos minutos después, estaba completamente enfundado en su armadura de entrenamiento y de camino al patio. Cada tres pasos, blandía la espada hacia un enemigo imaginario. Esta vez, sin embargo, se imaginaba los rostros de los otros aprendices mientras cortaba el aire. Maese Lepkin caminaba lentamente detrás de él, leyendo un libro.

El paseo hasta el patio fue dolorosamente lento gracias a los sablazos de práctica, dándole a Erik tiempo más que suficiente para pensar en lo que podría ir mal mientras se batía con noventa y siete aprendices. Intentó no pensar demasiado en el hecho de más de treinta de ellos eran varios años mayores que él. A Erik le pareció que nada podría superar el miedo creciente que sentía en el revuelto estómago. Estaba equivocado.

Mientras Maese Lepkin y él entraban en el patio, un coro de risas se elevó a su alrededor.

—Mirad su armadura de entrenamiento, ¡es tan *vieja*! —gritó alguien.

—Mirad qué gracioso camina, es como una cigüeña rechoncha, — añadió otro.

—Más bien parece un cerdo andando sobre sus patas traseras, — gritó otro.

Cada nueva ocurrencia daba lugar a más risas. Erik forzó los ojos para concentrarse en sus enemigos invisibles, en vez de en los dedos que le señalaban. Erik deseaba poder darse la vuelta y echar a correr, pero de alguna manera, sus pies continuaban arrastrándole hacia el centro del patio, y cada tres pasos daba un sablazo con la espada de madera. Pronto la multitud estaba gritando una cadencia, contando cada paso hasta que blandía la espada, y entonces todos rugían de risa.

Erik se aisló de la muchedumbre y continuó. Por un momento sintió crecer la ira en su interior, pero la dejó a un lado para más tarde. Necesitaría todas sus fuerzas para los duelos. Se imaginó que era Maese Lepkin durante la batalla del monasterio de Gelleirt. La fantasía le ayudó a concentrarse en su práctica con la espada, hasta que llegó al centro del patio, donde se detuvo y esperó.

La multitud quedó en silencio inmediatamente, como bajo los efectos de un hechizo mágico. Erik se irguió sin pronunciar palabra, mirando a Maese Orres, el Director de la Academia Kuldiga. El hombre era unos veinte años mayor que Maese Lepkin.

Entre las cicatrices de su rostro se extendían las arrugas de la edad. El tiempo también había vuelto el pelo de Maese Orres tan blanco como la nieve, pero no era ninguna delicada antigualla. Aún a la edad de sesenta y siete años, sus músculos eran firmes y poderosos. Tenía los hombros cuadrados, los brazos grandes y el pecho ancho como un barril y sólido como la piedra. Cada vez que Erik veía a Maese Orres, el aprendiz recordaba haberle observado demostrar su fuerza participando, y ganando, los Juegos del Forzudo estivales. Erik se había quedado maravillado cuando Maese Orres dominó a hombres mucho más jóvenes en el lanzamiento de cable, la lucha y el levantamiento de piedras.

Hoy, sin embargo, a pesar de la autoridad que desprendía y de su imponente presencia física, Maese Orres no se dirigió a Erik ni a la multitud congregada sin que Maese Lepkin asintiera antes en señal de aprobación.

—Tenéis la palabra, — le dijo Lepkin a Orres tras una inclinación cortés.

—Gracias, Maese Lepkin, — replicó Orres. Su voz era tan profunda que Erik juraría que sentía vibraciones en el pecho cuando Orres hablaba. —A petición de Maese Lepkin, hemos reunido aquí a todos los estudiantes para ser testigos de cómo su aprendiz, Erik Lokton, hijo adoptivo de Lord Lokton, honra un desafío abierto que lanzó a los otros Aprendices de la Espada.

Un murmullo recorrió la muchedumbre. Maese Orres levantó la mano para silenciarlo, pero pequeños grupos de estudiantes entre la multitud continuaban chismorreando. Es decir, hasta que Maese Lepkin cruzó los brazos y se aclaró ruidosamente la garganta. Entonces se callaron todos.

—Bien, — continuó Maese Orres. —Hemos invitado a todos los estudiantes de la Academia Kuldiga a asistir. Deseo reconocer la presencia de cada uno de los departamentos, y darles la bienvenida. En primer lugar, permitidme dar la bienvenida a los Aprendices de la Mano, agradecemos tener a nuestros futuros sanadores aquí en esta ocasión. Dejadme dar la bienvenida a los Aprendices del Camino, ¡estaremos encantados de que nuestros futuros sacerdotes recen por la seguridad de Erik mientras pelea contra cada uno de los otros noventa y siete Aprendices de la Espada!

La multitud estalló en risas y comentarios jocosos. Erik levantó la mirada hacia Maese Lepkin, pero su maestro permanecía en silencio y con el rostro inmóvil.

—También me gustaría dar la bienvenida a nuestros estudiantes de Alquimia, los Aprendices de la Serpiente; a nuestros futuros exploradores, los Aprendices de la Flecha; a nuestros muy pronto magos, los Aprendices del Báculo; y a nuestros próximos eruditos, los Aprendices del Ojo. Espero que todos vosotros disfrutéis con el espectáculo de hoy. — Maese Orres se inclinó unas cuantas veces en respuesta a las aclamaciones de la multitud.

Tras unos instantes, Maese Orres condujo al primer oponente de Erik, un niño de unos catorce años, hasta el centro del patio. Orres comprobó la armadura de entrenamiento del chico, tirando de ella y dándole palmadas, antes de levantar el brazo para volver a acallar a los espectadores.

—Las reglas son sencillas, — gritó Orres para que todos le oyesen. —Si un aprendiz cae sobre su espalda, o sobre su estómago, ha perdido. Si un aprendiz deja caer su espada y la misma toca el suelo, ha perdido. Si un aprendiz se rinde, entonces ha perdido. Además, debéis permanecer en el interior del recuadro marcado con tiza blanca en la hierba. ¿Están claras estas reglas?

Ambos chicos asintieron.

—Hay dos reglas más, — añadió Orres. —Un golpe en la cabeza es aceptable, pero no lancéis la punta de vuestra espada hacia la cara de vuestro oponente. La última regla es que, por orden de Maese Lepkin, si Erik pierde o se rinde en un duelo, continuará con el desafío hasta que se haya batido con los noventa y siete Aprendices de la Espada, excepto en caso de lesión grave. Si Erik resulta herido, entonces Maese Lepkin decidirá si puede o no continuar el desafío.

Erik se volvió hacia Lepkin. Estaba a la vez sorprendido y asustado ante la perspectiva de tener que terminar los noventa y siete duelos, incluso si le vencían todas las veces. Se preguntó si un hueso roto bastaría para persuadir a Lepkin de que detuviese los duelos. Justo entonces, mientras Erik reflexionaba sobre cómo sobrevivir a la jornada, Maese Lepkin se arrodilló junto a él y le susurró tres cosas.

—Mantén los ojos abiertos, escucha para entender lo que te rodea, y lucha honorablemente. —

Maese Orres se puso entre ambos chicos.

Erik estudió rápidamente los límites dibujados sobre la hierba. Como Maese Lepkin le había enseñado, calculó el espacio del recuadro. Sabía exactamente cuántos pasos podía dar en cualquier dirección antes de cruzar los límites. A continuación, se concentró en su oponente. Vio los ojos marrones del chico. Estaban muy abiertos y parecían asustados. Entonces escuchó la respiración del chico. Era rápida y superficial. Erik supo que su oponente estaba tan asustado como él, quizá incluso más.

Erik sabía que esta primera lucha sería decisiva. Este duelo marcaría el ritmo del resto del desafío. Erik se preparó. Iba a derribar a este oponente como un toro. Observó a Maese Orres levantar el brazo, avisando a los chicos para que se preparasen. Erik entrecerró los ojos observando a su oponente y agarró su espada.

Entonces escuchó algo. Al principio Erik no estaba seguro de si era un jadeo o una tos. Todo lo que sabía era que su oponente había emitido un sonido extraño. Entonces se dio cuenta. Su oponente era Hal Sarmt. Erik sabía que Hal sufría de asma, y que su asma era mucho peor al ejercitarse o excitarse. Había oído a los otros burlarse a menudo de Hal debido a su debilidad. Maese Orres dejó caer la mano para dar comienzo al duelo. Erik no estaba seguro de qué hacer. Sabía que se reirían de él si se rendía, pero no lograba decidirse a aprovecharse de Hal. Antes de que Erik pudiese decidir cómo actuar, recibió un golpe de la espada de Hal en el pecho.

Erik bloqueó un segundo golpe y después hincó una rodilla en el campo. —Me rindo, — gritó Erik. La multitud se alborotó regocijada y se rió de él, pero todo lo que él podía escuchar era a Hal intentando recuperar el aliento. Erik ignoró las burlas y observó a Hal. Hal se quitó el casco y asintió a Erik. El asmático aprendiz todavía jadeaba, pero Erik estaba seguro de que se recuperaría en uno o dos minutos.

—Si esto es lo mejor que sabes hacer, esta va a ser una larga jornada para ti, aprendiz, — le amonestó Maese Orres.

Erik se encogió ante el comentario de Maese Orres y volvió a su posición de partida. El siguiente aprendiz, Gergu Smuld, cargó furiosamente en cuanto Orres dio comienzo al duelo. Gergu atacó con golpes salvajes y descontrolados, pero Erik los rechazó.

De pronto, el casco de Erik giró sobre su cara y los oídos le pitaron como campanas de iglesia. Gergu había conseguido encajar un fuerte golpe justo en su sien derecha. Otro ardiente sablazo le golpeó cruzándole el estómago.

Erik escuchó atentamente y oyó jadeos a su izquierda. Con toda su fuerza, soltó un ataque cruzado. Sintió una resistencia sólida contra su espada y escuchó el sonido que hacían ambas espadas al entrechocar. Erik se inclinó hacia la suya, impidiendo que su contrincante lanzara un contraataque. Erik lanzó el pie izquierdo hacia fuera y lo apoyó firmemente en el suelo, en un punto que esperaba se encontrase detrás de la pierna de Gergu. Un momento después, Erik percibió un movimiento en la parte de atrás de su tobillo izquierdo. Utilizando toda su fuerza, Erik empujó hacia delante con su pierna derecha, llevando los hombros directamente hacia el pecho de su enemigo. Un segundo más tarde, Erik escuchó un fuerte ruido sordo en el suelo, seguido de algunas aclamaciones por parte del público. Erik se quitó el casco y descubrió que Gergu estaba tendido de espaldas.

—Bien peleado, — dijo Erik mientras ayudaba al otro aprendiz a levantarse.

—Tendrás que enseñarme cómo has hecho eso, — dijo Gergu.

—Quizá la semana que viene, — contestó Erik.

—De acuerdo, — interrumpió Maese Orres. —Márchate chico, todavía hay muchos otros esperando su turno.

Gergu se apresuró a salir del campo y otro ocupó su lugar. Erik se tomó un momento para ajustarse el casco antes de volver a su posición.

El siguiente contendiente, Jared Highborn, agitó la espada ferozmente en el aire frente a él y se puso en su sitio. Maese Orres dio la señal y Jared se lanzó hacia delante. Erik bloqueó diestramente el amplio golpe descendente de Jared. Las espadas de madera entrechocaron una y otra vez mientras ambos danzaban en círculo.

Erik efectuó un barrido bajo con la espada, sorprendiendo a su oponente justo por encima del tobillo izquierdo. El pie de Jared salió volando de debajo de él, pero Erik no había acabado. No quería arriesgarse a que su oponente se recompusiese, por lo que atacó dura y rápidamente el pecho de Jared con un tajo descendente. El golpe le envió directamente al suelo, donde aterrizó de espaldas.

La multitud enmudeció conmocionada y Maese Orres se apresuró a acercarse a los combatientes. Se arrodilló junto a Jared, que todavía seguía tirado de espaldas, y le quitó el casco al chico.

— ¿Puedes hablar, muchacho? — preguntó Maese Orres, dando palmaditas en las mejillas de Jared. Jared gruñó y después se dio la vuelta y se esforzó por ponerse de rodillas. Erik le ofreció una mano y le ayudó a levantarse.

—Bien peleado, — concedió Erik. Jared asintió, pero no dijo nada.

—Prosigamos con ello, — gritó Maese Orres. Tiró del brazo libre del perdedor y lo lanzó hacia los Aprendices de la Mano que esperaban. —Enviad al siguiente duelista.

Erik volvió a colocarse silenciosamente en su sitio y observó mientras Haddus Makh, un niño bajo y corpulento, anadeaba hacia el recuadro en el césped. Erik preparó su espada, pero antes de que Maese Orres pudiera dar la señal, Haddus tiró la espada al suelo.

—Me rindo, — gritó Haddus.

—No puedes *rendirte*, el duelo ni siquiera ha empezado todavía, — rugió Maese Orres.

Erik pudo ver la ira claramente escrita en la cara de Orres, pero no hizo nada por impedir que el chico regordete volviera balanceándose a la multitud. Tres aprendices más salieron a la zona de duelo indicada y también tiraron prestamente sus espadas. Con cada rendición, la cara de Maese Orres se ponía más y más roja.

— ¿Hay algún aprendiz al que *no* le asuste pelear? — gritó Orres mientras quitaba las espadas abandonadas de en medio a puntapiés.

—Yo pelearé con él, — chilló alguien.

Un aprendiz altísimo se adelantó a grandes zancadas con la espada de madera apoyada en el hombro. El nuevo oponente sobrepasaba en altura a Erik, que sólo le llegaba por debajo de los hombros. Erik conocía al aprendiz de vista. Era Timon Cedreau. Era un alto aprendiz de tercer año, y aunque todavía no tenía las espaldas tan anchas como la mayoría de los aprendices de cuarto año, era un fuerte joven con fama de malvado.

—Preparaos, — ordenó Orres. Erik agarró firmemente la espada y esperó a la señal. Timon mantuvo su espada apoyada en el hombro y dejó escapar una carcajada.

Orres dio la señal.

Timón se lanzó hacia delante y blandió la espada a un lado de Erik. Erik bajó la espada para desviar el ataque, pero Timon era demasiado fuerte. Timon conquistó el costado de Erik, a pesar del bloqueo, empujándole unos cuantos pies a la derecha.

— ¡Eso es Timon, aplástale como a un bicho! — gritó alguien entre el público. Esta vez, sólo se oyeron unas cuantas risas entre la multitud. La mayoría de los espectadores permanecía en silencio mientras observaba.

Erik se defendió contra una arremetida de pesados ataques. Se aseguró no sólo de parar y desviar con su espada, sino también de quitarse de en medio. No podía permitirse encajar más golpes fuertes en el cuerpo tan temprano.

Timon se cernió sobre Erik, presionando el ataque. Erik esquivó cada sablazo y arremetida de la espada de Timon, vigilando siempre una abertura que aprovechar. Acertó dos veces, pero Timon apartó su espada de un golpe en ambas ocasiones.

—No eres lo suficientemente bueno como para desafiarme, — chilló Timon. —No eres de sangre auténtica como yo. No eres más que el hijo repudiado de una pobre pedigüeña, adoptado por un Lord impotente.

Algo cedió dentro de Erik ante el insulto a su madre natural y a su padre adoptivo. Sus ojos se estrecharon, se le calentaron las mejillas y una oleada de rabia surgió de él con demasiada fuerza como para ser controlada. Erik se agachó bajo la espada de Timon y desató un golpe salvaje en dirección a la rodilla izquierda de Timon. El impacto fue suficiente para desequilibrar a Timon, pero no bastó para derrumbar al alto aprendiz de tercer año. Erik saltó y encajó un golpe en la cabeza de Timon. Timon trastabilló hacia atrás e intentó enderezarse el casco, pero Erik se lanzó sobre él. Encajó tres pesados golpes en las costillas de Timon, y después volvió a golpearle la rodilla. El siguiente golpe dio a Timon de lleno en la mano de la espada.

Timon hizo un gesto de dolor y se apartó. Erik lanzó un fuerte golpe descendente a la parte de atrás de la cabeza de su oponente. Todo el público emitió un grito ahogado al unísono cuando Timon cayó completamente de cara. Erik no se molestó en ayudar a Timon a levantarse. Estaba demasiado cegado por su rabia. Antes de que Erik pudiese decir nada, Maese Orres estaba allí.

—Sanadores, — bramó Orres con su vozarrón de trueno. Orres le quitó el casco a Timon, pero se aseguró de no incomodarle demasiado. Erik observó a Maese Orres quitarle a Timon el guante de cuero. Erik se asombró al ver que la mano estaba roja y morada. Ya se había hinchado hasta el doble de su tamaño normal.

Maese Lepkin se acercó a Erik y le puso una mano en el hombro. —No eres un animal, debes ser capaz de controlar tus emociones en todo momento. — Lepkin señaló al trío de sanadores que se arrodillaban alrededor de Timon. —Imagínate lo que habría sucedido si hubieses atacado a Hal de la misma manera.

—Lo siento, — concedió Erik. En su rabia, había deseado hacer pagar a Timon por sus palabras, pero ahora se sentía culpable. No disfrutaba ni se deleitaba con las lesiones de Timon, de hecho estaba avergonzado. —Lo siento, — repitió Erik. —Voy a hacerlo mejor.

—La multitud aclamó mientras los sanadores ayudaban a Timon a ponerse de pie. Timon, todavía algo inseguro sobre sus piernas, le dirigió a Erik una mirada de odio. —Pagarás por esto, marginado, — escupió Timon.

Orres hizo señas a los sanadores para que se llevaran a Timon y después se giró con rapidez hacia Erik. — ¿Qué narices te pasa, chico? — le rugió.

Erik sintió estremecerse su interior ante la voz de Orres. Abrió la boca, pero no le salieron palabras. Orres redujo la distancia que les separada de dos zancadas y agarró a Erik por el cuello de su almohadilla pectoral.

— ¡Te he hecho una pregunta! — gritó Orres. —Le has abierto la cabeza con ese numerito tuyo.

—Ya basta, — dijo Lepkin.

Orres levantó la vista para mirar a Lepkin, pero en vez de reverencia, Erik sólo vio rabia y enfado en los ojos de Orres. Lepkin deslizó un pie entre Erik y Orres, y después se interpuso entre ellos y agarró a Orres por la muñeca.

—Suéltame, Lepkin, — gruñó Orres.

La muchedumbre retrocedió un paso colectivamente.

—Suelta a mi aprendiz, — exigió Lepkin.

—Tu perro ha herido a mi sobrino, — argumentó Orres. —No voy a dejar que se libre de ésta.

—Tu sobrino conocía las reglas. Quizá los otros maestros deberían haber preparado mejor a Timon.

—Cómo te atreves a decir eso, — rugió Orres. Soltó a Erik y retrocedió tres pasos. La mano de Orres gravitó peligrosamente cerca de la empuñadura de su espada. El público retrocedió aún más.

—Maese Orres, tu sobrino tiene diecisiete años y Erik sólo catorce. El duelo estaba igualado, si no inclinado a favor de tu sobrino. — Lepkin empujó suavemente a Erik hacia atrás y se irguió para enfrentarse a Maese Orres, con las manos relajadas a los costados.

—Esto ha ido suficientemente lejos, — gritó una mujer. Erik se giró para ver a una mujer alta y delgada de pelo negro surgir de entre el gentío. Parecía casi flotar al aproximarse al centro del patio. Sus ojos azul cielo estaban fijos en Maese Orres, y su mano izquierda se alargaba con la palma hacia arriba. Incluso si no hubiese llevado puesta su túnica azul oscuro, bordada con una luna creciente dorada en la parte delantera, Erik habría reconocido a la hechicera jefe por la falta del pulgar de la mano derecha.

Se decía que el pulgar de Lady Dimwater había sido devorado por la llama de un dragón en un duelo que había salvado a todo un conjunto de aldeas en la Isla de Kelboa. Siempre que los aprendices preguntaban al respecto, ella respondía con rapidez que su pulgar fue un pequeño sacrificio que había ofrecido con orgullo para salvar tantas vidas.

Erik había escuchado rumores más extraños sobre ella que no eran tan bonitos ni tan heroicos. Algunos aprendices decían que Lady Dimwater había vendido su alma a los demonios, o que había nacido de diablos. Otros rumores proclamaban que había obtenido su poder robando las vidas de otros magos. Erik no daba mucho crédito a la mayoría de los rumores, pero al verla ahora, tenía la clara impresión de que con ella sucedía algo más de lo que en un principio había pensado.

Erik observó atentamente a Orres y a Lepkin mientras Dimwater se interponía entre ellos. Lepkin estaba quieto, pero movía nerviosamente la mano derecha. Erik no había visto nunca a Maese Lepkin haciendo aquello con la mano, jamás. Orres, por otra parte, pareció enfadarse aún más. Se le puso toda la cara roja, apretó la mandíbula y sus manos se cerraron en apretados puños. Erik estaba casi seguro de que iba a explotar, pero mientras Orres contemplaba el rostro de Lady Dimwater, toda la rabia escapó de él.

—Siempre fuiste capaz de hacerme caer en tu hechizo, — dijo Orres.

—Y tú siempre fuiste de enfado rápido, — replicó Dimwater. —Tu sobrino estará perfectamente, — declaró.

En ese momento, todo el mundo dirigió la mirada a los sanadores. La herida de la cabeza de Timon ya se había desvanecido gracias a la magia de los sanadores, y su mano estaba empezando a recuperar su aspecto normal.

—Se recuperará por completo con una noche de descanso, Maese Orres, — confirmó un alto Aprendiz de la Mano al que Erik no reconoció.

—Muy bien, — contestó Orres. Se produjo un incómodo silencio mientras Orres se rascaba la nuca y rehuía la mirada inquebrantable de Lepkin. Erik esperaba que Orres se disculpase por su comportamiento, pero fue Lepkin el siguiente en hablar.

—Perdonadme, Director Orres, — dijo Lepkin. —He olvidado mi lugar.

Orres escrutó el rostro de Lepkin con la mirada. Entonces miró a Lady Dimwater y suspiró. —No hay nada que perdonar, — le dijo Orres a Lepkin.

Lady Dimwater se inclinó grácilmente ante Orres y ayudó a los sanadores a escoltar a Timon fuera del patio. Erik advirtió que tanto Orres como Lepkin la observaron marchar.

— ¿Continuamos con los duelos? — preguntó Lepkin una vez que Dimwater se hubo ido.

—Creo que no, — replicó Orres. Los murmullos se extendieron entre el público. Orres levantó la mano para silenciarlos. —El desafío de hoy era probar el valor de la palabra de un caballero. Todos los Aprendices de la Espada deben entender que están obligados a mantener su palabra hasta las últimas consecuencias, ya que es lo que se esperará de ellos como Caballeros de la Orden de Kelteshteg. Erik ha demostrado sus méritos haciendo honor a su desafío, y no tengo duda de que habría continuado peleando con cada uno de los aprendices restantes. Ha hecho más de lo que cualquiera podría pedirle a un aprendiz de primer año. — Orres se volvió para encararse con los aprendices restantes a los que todavía debía combatir. —Como Director, creo que es innecesario arriesgar nuevas lesiones a cualquier otro aprendiz. Erik ya ha demostrado suficiente.

Algunos de los aprendices restantes estaban claramente desilusionados. Susurraban entre ellos y algunos lanzaron a Erik miradas despectivas. Erik sintió una punzada de temor al darse cuenta de que su brutal victoria sobre Timon sólo le había valido el desprecio de los aprendices mayores.

Entonces, Lepkin se adelantó para ponerse junto a Orres y se dirigió a los aprendices.

—El Director ha hablado, — dijo Lepkin.

—Podéis marcharos. Volver a vuestros estudios habituales, — ordenó Orres.

Si no hubiera sido por Lepkin, algunos de los aprendices habrían dirigido insultos de despedida a Erik, pero el gentío se disolvió pacíficamente mientas los estudiantes volvían a sus clases. Lepkin volvió junto a Erik y empezó a ayudarle a quitarse las almohadillas de entrenamiento mientras todo el resto de la gente iba saliendo del patio. Erik advirtió que Maese Orres se había marchado sin mirarle ni a él ni a Maese Lepkin.

—Hay una vieja rencilla entre nosotros, — dijo Lepkin. Debía haber advertido que Erik estaba mirando a Maese Orres.

— ¿Tiene que ver con Lady Dimwater? — preguntó Erik.

Lepkin suspiró. —Sucedió hace mucho tiempo.

— ¿Antes de vuestra batalla en el monasterio de Gelleirt? — presionó Erik.

—Muchos años antes de eso, — respondió Lepkin.

Erik se deslizó fuera de su almohadilla pectoral y malla de pluma. —Si fue hace tanto tiempo, ¿por qué le sigue molestando a Maese Orres?

—Los males del corazón no sanan con facilidad, y son todavía más difíciles de olvidar, — replicó Lepkin. Maese Lepkin dejó vagar la mirada en dirección al lugar por donde se había ido Dimwater. Erik se dio cuenta entonces de que también a Lepkin le molestaba todavía.

—Lo siento, — aventuró Erik.

Lepkin reunió toda la armadura de entrenamiento sin una palabra más sobre Dimwater mientras Erik estaba allí de pie incómodamente, no sabiendo qué decir ni hacer. Una vez todo estuvo preparado, ambos volvieron hacia el salón.

Erik dio tres pasos y blandió torpemente la espada. Lepkin se detuvo abruptamente y le puso una mano a Erik en el hombro. Erik levantó la vista hacia su maestro con aire de desconcierto.

— ¿Piensas que has peleado bien? — preguntó Lepkin.

—Creo que sí, — contestó Erik. —Pero no me había dado cuenta de lo duro que sería.

— ¿Qué es lo que te ha resultado más duro? — preguntó Lepkin.

—Pienso que lo más duro ha sido observar a los sanadores trabajando en Timon mientras vos y Maese Orres discutíais.

—Ya veo, — dijo Lepkin. —Bien, un caballero debe entender que las heridas que inflige afectan a más de una vida. Un hombre siempre tiene una madre, un padre, un tío o un amigo que le quieren. Cuando hieres o matas a alguien, debes darte cuenta de que de ello pueden surgir otras consecuencias, imprevistas.

—Habría sido horrible que Maese Orres hubiese desenvainado la espada contra vos, Maese Lepkin, — dijo Erik.

— ¿Te resultó difícil el duelo contra Hal? — preguntó Lepkin, desviando el tema.

Erik pensó unos momentos. —Sólo un poco, — dijo Erik. —Quería ganar, pero no quería que Hal tuviese uno de sus ataques de asma.

—Tu rendición en ese duelo fue de hecho una honorable victoria para ti, — dijo Lepkin. Un atisbo de sonrisa apareció en su rostro. —Daría la impresión de que estás escuchando, y aprendiendo bien tus lecciones. Deberemos atemperar un poco tu mal carácter, pero aún es posible que consiga convertirte en un héroe legendario, Erik Lokton. Ahora volvamos a tus estudios.

Lepkin abrió camino y Erik contó tres pasos y blandió la espada en el aire.

—Ya no hace falta que hagas eso, — anunció Lepkin sin volverse.

— ¿Por qué no? — preguntó Erik.

—Como antes he dicho, el propósito de tu rutina de marcha era que otros pudieran juzgarte. — Lepkin se dio la vuelta con una sonrisa. —Para bien o para mal, pienso que los otros juzgarán tus acciones de hoy durante muchos días venideros.

CAPÍTULO 2

—Erik, coge un cubo y sígueme, — dijo Janik.

— ¿Vamos a volver a limpiar ventanas? — preguntó Erik.

—Bueno, tienes talento para ello, replicó Janik con una risita.

A Erik no le importaba limpiar ventanas. Desde luego era mejor que sentarse y escribir líneas para expiar sus puntos de sanción. Además, le gustaba tener la libertad de hablar, y a Janik también parecía gustarle tener compañía. Los dos se habían hecho amigos rápidamente, o al menos, Janik era lo más parecido a un amigo que Erik tenía en la Academia Kuldiga.

Janik no era como Maese Lepkin, ni como ninguno de los maestros que Erik conocía. Era cálido y amistoso, incluso con los desconocidos. Sus ojos eran tan verdes que parecían relucir, y siempre tenía una sonrisa en la cara. Vestía una vieja túnica color tostado bajo un guardapolvo de color marrón y manchado de grasa. La mayoría de los maestros de la Academia hablaba con Janik sólo en raras ocasiones, si lo hacía, excepto para darle órdenes, pero a Janik nunca parecía importarle. Erik pensaba a menudo que ambos podrían ser hermanos por lo similares que eran, excepto por el hecho de que Janik estaba ahora bien entrado en la cincuentena.

Durante los meses que Erik había pasado expiando sus puntos de sanción ayudando a Janik, ambos habían hablado sobre todas las cosas. Bueno, sobre casi todas. Janik caminaba con una cojera terrible, y su mano izquierda estaba encogida a la altura de la muñeca de forma permanente, como un garfio de carne. La causa de la deformidad de Janik era lo único de lo que Janik se negaba a hablar. Erik se lo había preguntado una vez, pero después de ver la cara que había puesto Janik, decidió no volver a mencionar el tema.

—Me he dado cuenta de que ya no blandes la espada cuando caminas, — dijo Janik.

—Maese Lepkin dijo que ya no tenía por qué hacerlo más, — contestó Erik. Cogió el cubo en brazos y se giró para seguir a Janik.

—Supongo que le pareció que ya la habías utilizado bastante durante los duelos a espada de esta tarde, — dijo Janik.

—Has oído hablar sobre ello, ¿eh? — preguntó Erik.

—Lo vi desde una de las ventanas del segundo piso del ala sur, — contestó Janik.

Erik asintió. Quería preguntar lo que le había parecido a Janik. Después de todo, Erik había vencido a muchos de los otros Aprendices de la Espada, pero siempre había algo en el tono de Janik que le hacía detenerse.

—Espero que sigas teniendo el brazo lo suficientemente fuerte como para limpiar ventanas, — dijo Janik mientras le pasaba un trapo a Erik.

—Estoy bien, — replicó Erik. —Aunque empiezo a estar dolorido, especialmente los hombros.

—Pensé que lo estarías. Es probable que mañana estés muy rígido y te duela todo.

—Maese Lepkin hizo que uno de los Aprendices de la Mano me echara un vistazo.

—Bah, ¿qué sabrán ellos de eso? — protestó Janik.

—Bueno, están entrenando para ser sanadores, — contestó Erik encogiéndose de hombros.

Janik agitó su mano retorcida en el aire y sacudió la cabeza. Erik se preguntó por qué Janik parecía guardar tanto resentimiento a los sanadores.

—De hecho, ¿por qué no dejas el cubo en el suelo y vienes aquí?

Erik puso el cubo en el suelo y caminó de vuelta hacia Janik. El viejo hombre tullido renqueó hasta un mostrador, abrió la cerradura del cajón superior y sacó una botella color azul cobalto.

Agarró el corcho con los dientes y tiró del tapón para destapar la botella.

— ¿Qué es eso? — preguntó Erik.

Janik escupió el corcho sobre el mostrador y mantuvo la botella en alto hacia Erik. —Frótate un poco de esto en los hombros. Te ayudará a evitar quedarte demasiado rígido.

Erik se quitó la camisa y se vertió un poco del líquido transparente en la mano. No olía a nada, pero el aceite se sentía frío en la mano. Mientras se lo frotaba por los hombros, la sensación fría y hormigueante se volvió caliente. El calor le penetró debajo de la piel y se hundió en sus articulaciones.

— ¿Qué tal? — preguntó Janik.

—Es maravilloso, — contestó felizmente Erik. — ¿Qué es esto?

—Es una mezcla especial que utilizo a veces en la muñeca y en la pierna.

Erik volvió a dejar suavemente la botella en el mostrador y colocó el tapón. — ¿Dónde la has conseguido? —

—Lady Dimwater la elabora para mí, — contestó Janik. — Desde luego vence a cualquier cosa que tengan esos pretendidos sanadores, eso seguro.

— ¿La conoces bien? — preguntó Erik. —A Lady Dimwater, me refiero.

Janik levantó una ceja y se dio la vuelta para devolver la botella al interior del cajón. —La conozco lo suficiente.

— ¿Hay algo entre ella y Maese Lepkin? — preguntó Erik.

—No es correcto hablar de otros a sus espaldas, — contestó Janik.

—Pero si viste los duelos, entonces tuviste que ver la pelea entre Lepkin y Orres. Habrían sacado las espadas el uno contra el otro de no ser por ella. — Erik cruzó los brazos y esperó una respuesta.

—En realidad, habrían sacado las espadas debido a ella, — contestó Janik. —Hace mucho tiempo, desde luego, — aclaró Janik.

— ¿A qué te refieres exactamente?

—Ya te he contado demasiado, — contestó Janik.

—Debo saberlo, — presionó Erik.

— ¿Por qué, a ti en qué te incumbe? — exigió Janik.

—Janik, no seas así. O me lo dices, o lo descubriré por mi cuenta, — prometió Erik.

Janik sonrió astutamente. —Muy bien, vuelve a poner el cubo en la esquina.

Erik se inclinó sobre el cubo y lo apartó a un lado. Janik observaba en silencio. Una vez el cubo en su sitio, Janik señaló a la puerta. Erik se sintió confundido durante unos instantes. No estaba seguro de si le estaban ordenando que se retirase o pidiéndole que cerrara la puerta. Decidió cerrar la puerta, esperando que Janik estuviera a punto de revelar algún gran secreto.

—Vuelve a ponerte la camisa, — ordenó Janik mientras lanzaba la camisa de Erik a la cara del aprendiz.

Erik la atrapó y con torpes movimientos intentó ponérsela rápidamente por la cabeza.

—Te conozco lo suficiente como para saber que no vas a dejar de darme la lata con esto, — dijo Janik. —Pero no habrás de mencionarle a nadie lo que estoy a punto de contarte.

—Lo juro, — contestó Erik.

—El estudio de Lady Dimwater está en la torre sur, — empezó Janik. —Si quieres respuestas, tendrás que encontrarlas por ti mismo, pero quedas avisado de que si te atrapan, esto será mucho peor que cualquier cantidad de puntos de sanción con la que puedas soñar.

Erik movió nerviosamente los dedos de los pies dentro de las botas. Estaba casi tan emocionado por el estudio de Lady Dimwater como asustado de que le atrapasen. — ¿Cómo entro? — preguntó Erik.

—Por suerte, da la casualidad de que tengo una llave de repuesto. — Janik sacó un gran llavero de su guardapolvo y rebuscó entre las aparentemente infinitas llaves. Después de unos momentos, separó una llave verde del llavero y se la lanzó a Erik. — Como portero, tengo acceso a todas las habitaciones de la Academia Kuldiga, excepto el estudio de Maese Orres.

—Pues entonces si me atrapan, sabrán que tú me diste la llave, — caviló Erik.

—Si te atrapan, diré que la robaste, — contestó Janik. — ¿Sabes cuál es el castigo por robar, verdad?

—Lo sé, — contestó Erik con un profundo suspiro.

—Esta es tu última oportunidad para arrepentirte. Puedes elegir entre ayudarme a limpiar las ventanas, o bien buscar tus respuestas. ¿Qué va a ser?

Erik pensó con intensidad durante unos instantes. El riesgo de que le atrapasen probablemente significaría su expulsión, si no le arrojaban antes en las empalizadas y deshonraban además a su familia adoptiva. Era posible que tampoco consiguiera nunca un empleo fuera de las propiedades de su padre adoptivo, a no ser que estuviese dispuesto a unirse al ejército como soldado raso. Pero, por otra parte, hacía tiempo que se preguntaba sobre la historia de Maese Lepkin. Quizá fuese finalmente capaz de desvelar el misterio de la gran batalla del monasterio de Gelleirt, y por supuesto, el motivo exacto de la animosidad entre Lepkin y Orres. El trofeo era demasiado grande como para que Erik lo rechazase. Alargó la mano y le cogió la llave a Janik de la mano.

—Iré, — afirmó Erik con decisión.

—Entonces, por el bien de ambos, te sugiero que no te dejes atrapar. — Janik cojeó hasta una mesita y se sentó detrás de ella en una silla acolchada. Revolvió un par de papeles en su escritorio y después miró a Erik. —A menudo he visto un diario en el escritorio de Lady Dimwater. Yo me figuraría que las respuestas que buscas pueden encontrarse en él. Normalmente todos los Maeses y Damas se han ido sobre las cuatro y media. Como hoy es viernes, nadie debería aparecer por allí en toda la noche, exceptuándome a mí y al Guardabosques Rick. Necesitaré la llave de vuelta esta noche a las ocho. Si no me has devuelto la llave para entonces, tendré que llenar un informe declarando que se ha perdido. ¿Lo entiendes?

—Sí señor, — contestó Erik. Levantó la vista hacia el reloj de pie que había junto a la ventana. —Son casi las cinco, ¿debería ir ahora?

Janik agitó la mano y suspiró. Erik no podía estar seguro de si a Janik esto le hacía feliz, pero él tenía que saber más sobre Lady Dimwater. ¿Qué habría entre ella y Maese Lepkin? ¿Había utilizado la magia para calmar a Maese Orres en el patio? ¿Y qué era aquella poción que hacía para Janik? Estas, y muchas otras preguntas sobre Maese Lepkin, le daban vueltas en la cabeza mientras se dirigía hacia la torre sur.

Mientras caminaba a través de los corredores, Erik tuvo cuidado de no pisar demasiado fuerte. También se mantuvo alerta por si veía gente. Forzó los oídos, escuchando cualquier señal de otras personas, pero los corredores estaban vacíos. Se relajó un poco después de pasar por el comedor. Sabía que iba en el buen camino cuando se dio cuenta de que estaba dejando atrás cuadros de los grandes magos del pasado. No sabía demasiado sobre hechicería, aparte del hecho de que la magia era un regalo. O bien nacías con una capacidad natural, o bien debías volverte hacia las artes oscuras para obtenerla. Había muchas historias sobre magos oscuros en los territorios que llegaban a acuerdos con demonios a cambio de grandes poderes. De hecho, la existencia de los Diablos de Sombras, que era el nombre que recibían, era prácticamente la única razón de la existencia de la Academia Kuldiga. Desde la fundación de la Academia, habían surgido nuevos problemas y amenazas contra el reino, y la Academia Kuldiga se amplió hasta que finalmente se había convertido en lo que ahora era, con varios tipos diferentes de aprendices aprendiendo y esperando graduarse como profesionales en sus campos específicos.

Erik hizo una pausa para admirar una magnífica representación de un brujo luchando contra demonios alados sobre una montaña. Los colores eran impactantes, y en general el cuadro estaba admirablemente ejecutado, pero esto no fue lo que llamó su atención. En la pintura había un segundo humano. El hombre sostenía un hacha y un escudo, cubierto de sangre. A los pies del hombre yacían cuatro demonios masacrados, pero era la cara del hombre lo que Erik contemplaba fijamente. Parecía Janik, si a la cara de Janik le quitabas las arrugas, claro.

Erik posó la vista en la placa de latón que había en la parte inferior del marco y leyó las palabras grabadas en ella.

—El rescate de Lady Zana, hija del Conde Reginald, —leyó Erik en alto. Erik entrecerró los ojos para observar el cuadro, intentando discernir si el hombre del hacha era realmente Janik.

Por el rabillo del ojo, Erik vislumbró algo moviéndose a través del pasillo. Se giró, pero no vio nada. Escuchó con atención, pero no se escuchaba sonido alguno. Los pelos de la nuca de Erik se erizaron y un escalofrío le recorrió la espalda. Dio un último vistazo a la pintura y después siguió andando hacia la torre sur.

Mientras Erik salía del corredor de los cuadros, no pudo evitar volverse y mirar por encima del hombro. Podía sentir que algo le vigilaba. Era la peor sensación que había tenido nunca. Miró por la pequeña habitación, que no era más que una intersección de cuatro fríos corredores, y comprobó que no hubiese señales de movimiento.

—No dejes que el miedo tome el control, — susurró Erik para sí. —Janik pasa por aquí cada día limpiando las habitaciones. Si es lo bastante seguro para él...— Erik se detuvo en seco mientras un fuerte viento soplaba a través del corredor detrás de él. Sonaba como si el propio viento le estuviese rugiendo. Echó a correr directamente por el pasillo siguiente. Corrió dejando atrás armaduras en exposición, tapices, pinturas y la ocasional puerta o ventana, pero no se detuvo a mirar en ninguna de ellas. Algo le pisaba los talones y el viento aullaba con más fuerza. Erik corrió más y más rápido. No se atrevía a darse la vuelta.

Pronto pudo ver el final del corredor. La puerta que conducía a la torre sur se acercaba frente a él. Sus pies le llevaron con más rapidez hacia el pasillo cortado, mientras el rugido se acercaba cada vez más a su cabeza y algo casi le agarraba la pernera del pantalón. Sabía que tendría que girarse y hacer frente a su cazador, porque no tendría tiempo suficiente para abrir la puerta de Lady Dimwater antes de que lo atrapase por detrás.

Erik vislumbró una armadura exhibida a la derecha de la puerta de Lady Dimwater. El guantelete sostenía una lanza en posición vertical. Erik sabía que esta era su única oportunidad. Corrió hacia la lanza y la arrancó del soporte con tal fuerza que el guantelete salió volando a través del pasillo y se estrelló contra la pared. Erik se dejó caer para deslizarse sobre las rodillas. Justo antes de llegar a la puerta de Lady Dimwater, se giró y apuntó la lanza hacia arriba, hundiendo el extremo inferior de la lanza en la grieta que había bajo la pesada puerta de roble para conseguir apoyo.

Una forma plateada, demasiado distorsionada como para poder ser identificada, se dividió en torno a la punta de la lanza y voló pasando junto a Erik y atravesando la puerta. El rugido fue sustituido por un silbido mientras fluía un fino vapor. Erik permaneció de rodillas, con las manos sosteniendo incansablemente la lanza preparada.

¿Qué era aquello? se preguntó Erik. Se levantó lentamente, manteniendo los músculos tensos y preparados. Pensó en volver con Janik y dejar en paz el diario de Dimwater, pero ahora no podía darse la vuelta. Fuese lo que fuese, ya se había ido. No tenía sentido abandonar su misión.

Apoyó la lanza contra el rincón y se sacó la llave verde del bolsillo. Deslizó la llave en el ojo de la cerradura y la giró lentamente. Los mecanismos chasquearon al encajarse y la puerta se entreabrió. Erik echó un último vistazo a su alrededor y después empujó la puerta para abrirla. Introdujo la cabeza y estudió la habitación buscando cualquier señal de la aparición, pero todo estaba en calma. La luz del sol inundaba la estancia a través de la ventana, iluminando la habitación. Un libro abierto de gran tamaño descansaba en el escritorio de madera de cerezo de Dimwater, entre los papeles desparramados. Una desordenada pila de libros se apoyaba contra el lateral del escritorio. Una jaula de latón para pájaros, vacía, se elevaba en la esquina del otro extremo de la habitación. Erik vio muchas estanterías forradas de libros, matraces y los cráneos de diversos animales. Erik se deslizó a través de la puerta y la cerró suavemente tras de sí.

Se acercó al escritorio. Se sentó en el sillón y observó el gran libro abierto. Era un antiguo y polvoriento tomo amarillento que describía la historia de diversas regiones de Terramyr. Apartó el libro a un lado y empezó a buscar el diario de Dimwater. Abrió el cajón y rebuscó entre unos papeles rígidos y viejos. Algunos eran recetas de pociones, algunos eran bocetos anatómicos y otros estaban escritos en idiomas extraños que Erik no entendía. Después de una minuciosa búsqueda del cajón, encontró un pequeño libro encuadernado en cuero debajo de los papeles. Sacó el libro y lo abrió. Esperaba haber encontrado el diario, pero sufrió una nueva decepción. Las páginas del interior estaban en blanco. Erik volvió a guardar el libro en su sitio y cerró el cajón.

Algo grande gruñía frente a él.

Erik levantó lentamente la mirada. Un magnífico lobo plateado se alzaba con las zarpas delanteras sobre la mesa frente a él. Tenía los fruncidos belfos contraídos hacia atrás para exponer unos relucientes colmillos blancos tan largos como los dedos de Erik. El lobo agachó la cabeza y clavó la mirada directamente en los ojos de

Erik. A Erik se le congeló el cuerpo. El miedo lo apretó con tanta fuerza que no podía moverse. Se sentó paralizado, indefenso, mientras el lobo se iba acercando con lentitud.

El lobo adelantó una pata deslizándola sobre el escritorio. Tenía las orejas pegadas a la cabeza y sus ojos no interrumpieron su feroz mirada ni un instante. Erik sabía que debía hacer algo, pero era incapaz. Incluso al sentir el aliento del lobo en la cara, apenas consiguió parpadear.

El lobo abrió sus gigantescas fauces y Erik pudo verle la garganta. No tenía nada con lo que pelear. Su espada de madera estaba en el estudio de Maese Lepkin, y se había dejado la lanza en el corredor, pero sabía que tenía que intentar algo, ¡cualquier cosa! Finalmente, se liberó del hechizo y arremetió contra el lobo con los puños. Dejó escapar un grito salvaje y lanzó un puñetazo al lobo, pero su puño no chocó contra nada.

El lobo había desaparecido, tan súbitamente como había venido. Erik se tomó un momento para recuperar el aliento. El corazón le latía como un martillo en el pecho. Se recostó en el sillón y se enjugó la frente.

—Más vale que encuentre ese libro y salga de aquí, — se dijo a sí mismo.

—Me parece que no, — dijo alguien.

Erik se puso tenso y miró a su alrededor. Una luz morada, no mayor que la llama de una vela, flotaba justo sobre el espacio que había ocupado la cabeza del lobo. La luz se expandió lentamente al principio, y después explotó. Erik levantó los brazos para protegerse mientras toda la habitación se inundaba de una luz violeta, que a continuación se colapsó, implosionando hacia sí misma. Un instante después de extinguirse la luz, todo el mobiliario de la habitación desapareció.

Erik cayó pesadamente y se golpeó la rabadilla en el suelo desnudo de piedra. No quedaba nada. Los libros, los matraces, la jaula para pájaros y hasta el último trozo de papel se habían esfumado.

— ¿Qué es esto? — preguntó Erik.

—Es magia, — contestó la voz con condescendencia.

Erik levantó la vista y vio a una mujer de pie frente a él. —Lady Dimwater, — dijo Erik sin aliento. Intentó improvisar algo que decir, pero Lady Dimwater fue la primera en hablar.

—Sé por qué estás aquí, — dijo. —Has venido a descubrir por ti mismo la verdad sobre mi pasado. ¿No es así?

Erik deseaba explicar que su curiosidad era simplemente demasiado fuerte. Tenía gran cantidad de preguntas que esperaba que el diario le contestase, pero sentía demasiada agitación como para componer una explicación. Todo había sucedido tan rápido, que apenas podía poner sus pensamientos en orden.

—No hace falta que hables, — dijo Dimwater. Agitó la mano y apareció una mesa rectangular de madera a un lado. Chasqueó los dedos y Erik vio dos sillas materializarse a ambos lados de la mesa. Un tapete rojo de seda apareció y se desdobló a lo largo de la mesa. A continuación, aparecieron dos platos, una tetera y una gran botella transparente llena de un líquido verde.

—Ven y toma asiento, — ordenó Dimwater. Ella se sentó de espaldas a la pared.

—Sí, señora, — contestó Erik. Se levantó y caminó hasta el asiento vacío. Alargó la mano y cogió la silla, sólo para asegurarse de que no era una ilusión.

Dimwater dejó escapar una risita y le hizo un gesto a Erik para que se sentase. —La silla no va a desaparecer, te lo prometo.

Erik asintió, pero mantuvo la mano en la silla hasta haber terminado de sentarse. — ¿Puedo hacer una pregunta? — preguntó Erik.

—*Podría* hacer una pregunta, — corrigió Dimwater. —Por supuesto, dispones de la capacidad física de hablar y ordenar palabras en forma de pregunta, pero dado que estás pidiendo permiso, la forma correcta de hacerlo es decir *Podría*.

—Sí, señora, quería decir, ¿podría hacer una pregunta?

—Puedes.

— ¿Qué son esas cosas que me atacaron? El fantasma y el lobo, me refiero.

—Vuelves a hacer preguntas cuyas respuestas ya conoces, — Lady Dimwater tamborileó con las uñas en la mesa y miró fijamente a Erik. —Seguramente el selecto aprendiz de Maese Lepkin no es tan estúpido como aparenta ser. Creo que lo que querías decir era *por qué* te atacaron, porque ya has deducido correctamente *qué* son, pero la respuesta a eso también debería ser obvia. Son guardianes de mi estudio. Mantienen fuera a los intrusos.

Erik suspiró y miró hacia una ventana, que se abría a gran altura en la pared. Estaba acostumbrado a que otros se burlasen de él, pero por alguna razón los insultos de Lady Dimwater dolían más que la mayoría.

— ¿Qué tipo de té querrías tomar? — preguntó Dimwater. Señaló la tetera.

—Me gusta el té de menta, ¿podría tomarlo?

—Muy bien, — dijo Dimwater. Musitó algo que Erik no consiguió entender y segundos después toda la habitación se llenó del aroma del té de menta recién hecho. El vapor salía por el pitorro de la tetera y se iba deshaciendo a medida que ascendía por el aire. —Me parece mejor discutir los temas amargos con algo de beber, — dijo Dimwater. Chasqueó los dedos y aparecieron dos tazas de té; una en cada platillo. La tetera flotó suavemente hacia Erik y vertió té en su taza. La botella de líquido verde se acercó flotando a Dimwater, se quitó su propio tapón y llenó la taza de Dimwater.

— ¿Qué es eso? — preguntó Erik. Empezaba a sentirse algo más cómodo después de que le hubiesen ofrecido un refresco en vez de puntos infinitos de sanción o la expulsión inmediata.

—Es absenta, — contestó Dimwater. —Es un poquito fuerte para ti, pero yo encuentro que me ayuda a aclarar la mente. — Tomó un lento sorbito y volvió a dejar la taza en el plato.

Erik probó su té. Estaba casi demasiado caliente, pero así es cómo a él le gustaba. Lo suficientemente caliente como para morderle los labios y sentir cómo le bajaba por la garganta. —Está muy bueno, gracias. — Erik levantó la vista y vio que Dimwater todavía estaba observándole. Su cara era como la piedra y, a pesar de sus bellas facciones, daba miedo. Su dedo seguía suavemente el borde de la taza mientras le contemplaba. Fue entonces cuando Erik se acordó de por qué estaba aquí. —Lo siento. No debería haber entrado en vuestro estudio sin su permiso.

—Disculpa aceptada, — contestó Dimwater. —Sin embargo, deberíamos tratar el asunto de tu castigo.

Erik dejó el té y se preparó para lo peor.

—Yo me ocupo de los intrusos de manera un tanto diferente a la de los otros profesores de la Academia.

— ¿Otros estudiantes han hecho esto ya? — preguntó Erik con incredulidad.

—Por supuesto, — se rió Dimwater. Una sonrisa rompió su expresión pétrea. —Hay muchos rumores sobre mí, joven Erik. Los rumores, combinados con mis poderes y posición aquí en la Academia Kuldiga, forman una tentación irresistible para todo tipo de intrusos, al parecer. Esta es la razón por la que pongo tanto cuidado en proteger mi estudio.

— ¿Pero por qué protegerlo si podéis hacer que todo desaparezca? — preguntó Erik.

Dimwater se rió en alto durante unos segundos. Cuando se calmó, se enjugó una lágrima del ojo izquierdo. —Esta habitación no es mi estudio, — aclaró.

— ¿Pero y qué hay del escritorio y de los libros? — argumentó Erik. — ¿Y por qué me diría Janik que viniese aquí si no era vuestro estudio?

Dimwater sonrió y dio otro trago antes de responder. —Así pues, ¿Janik te dio la llave, verdad? — preguntó.

Erik se removió nervioso en la silla. Intentó pensar en alguna historia para salvar a su amigo, pero no se le vino nada a la mente. —Le obligué a hacerlo, — fue todo lo que se le ocurrió decir.

—Mi querido muchacho, — se rió Dimwater. —Sería imposible que un simple aprendiz obligase a Janik a hacer cualquier cosa, ni siquiera el protegido electo de Lepkin.

—Está tullido, señora, eso me da ventaja, — respondió Erik con suficiencia.

—Puede que tenga la mano y la pierna retorcidas, pero aunque tuvieses la espada llameante de Lepkin, ni te acercarías a derrotar a Janik. ¿Quizá viste el cuadro de él en el corredor?

Erik asintió hoscamente.

—No te preocupes; no voy a involucrar a Janik en tu castigo.

—Gracias, señora, — respondió Erik.

—Bien, para que entiendas lo que quiero decir sobre que esta habitación no es mi estudio, — empezó Dimwater. Terminó su bebida y después lanzó la taza al aire, donde se desvaneció. —Esta habitación es un reclamo. Mi auténtico estudio está en lo alto de la torre.

—Pero no hay ninguna escalera. ¿Cómo llegáis hasta allí?

—Tu ignorancia sobre la magia me divierte, — respondió Dimwater. —Déjame advertirte que los otros guardianes de mi estudio hacen que los que te has encontrado parezcan ratones de iglesia en comparación.

— ¿Por qué no me advirtió Janik sobre el fantasma y el lobo? — preguntó Erik. La pregunta era retórica, pero Dimwater contestó de todos modos.

—El objetivo de los guardianes es mantener a los intrusos fuera. Janik no es un intruso, y su trabajo es limpiar la Academia Kuldiga.

—Pero apuesto a que nunca ha visto vuestro estudio de verdad, — contestó Erik.

Dimwater se llevó el dedo índice a la nariz y asintió. — Ahora estás empezando a comprender. — Se apartó de la mesa y agitó la mano hacia la pared de su derecha. Un gran mapa de Terramyr se desenrolló desde el techo. —Ven y mira aquí. — Dimwater señaló una pequeña isla.

Erik estaba pasmado. Todo el mundo de Terramyr estaba representado en un solo mapa. Nunca había visto antes un mapa así de grande. Se acercó ansiosamente a él. Al aproximarse, se quedó boquiabierto. Había olas en el océano y en los mares, no sólo ilustradas, sino auténticas olas ondulantes. Los árboles de los bosques se agitaban con el viento. Las nubes avanzaban sobre las cimas de las montañas y los valles. Erik vio incluso una tormenta de nieve en el continente más meridional.

—Esto es increíble, — exclamó Erik.

Dimwater sonrió. —Lo creé yo misma, — dijo. Entonces tocó la isla que le había señalado a Erik. —Esto es Kelboa. La isla se encuentra a cincuenta millas al oeste de aquí. Para llegar a ella utilizaremos un dispositivo mágico, llamado teleportador.

— ¿Nosotros? — preguntó Erik. Su esforzada mueca demostraba que no estaba comprendiendo.

—Cuando un estudiante irrumpe en mi torre, me lo llevo conmigo en una misión. De esta manera, el estudiante puede expiar su ofensa como mi asistente, y aprender de primera mano qué tipo de persona soy. Por supuesto, también podría suministrarte un castigo aprobado por la Academia, si lo prefieres.

—No, señora, — respondió Erik con rapidez. —Pero me temo que no os seré de mucha ayuda, no sé hacer magia.

—No he dicho que quisiera que la hicieses. He dicho que ibas a ser mi asistente. Eso puede hacerse de diferentes maneras. Sólo tienes que hacer lo que yo te diga.

—Sí, señora, — contestó Erik con una inclinación de cabeza.

—Mi misión tiene dos partes. Primero debo ir a Spiekery y persuadir a un sacerdote local de que desista de dar sermones y practicar su religión en la ciudad.

— ¿Por qué tendríamos que hacer eso? Pensé que podíamos practicar cualquier religión que quisiéramos en este reino.

—Eso es verdad casi siempre, pero este hombre ha creado una religión que exige sacrificios humanos. Por ello, se me ha encargado que le ponga fin.

— ¿Quiere decir que matan gente? — preguntó Erik.

Dimwater asintió. —El sacerdote jura que esta es la única manera de apaciguar a un demonio que está asolando la ciudad, pero se me han proporcionado nuevas pruebas sobre este asunto y la religión terminará hoy, de una forma o de otra.

—Eso es horrible, — dijo Erik.

—Después de eso, debemos viajar a Kuressar. Debo hablar con un representante local allí. —

— ¿Sobre qué? — preguntó Erik.

Dimwater permaneció unos momentos en silencio. El mapa se puso blanco, se enrolló como un pergamino y desapareció. — Debo hacerte jurar que guardarás el secreto antes de contarte nada más. — Sacó una aguja de la nada y cogió la mano de Erik. —No debes contarle a ningún aprendiz lo que estoy a punto de revelarte. De hecho, sólo te lo digo porque desempeñarás un papel importante en los eventos venideros.

—No se lo diré a ningún aprendiz, pero no puedo tener ningún secreto con Maese Lepkin.

—Maese Lepkin debería habértelo contado él mismo, — contestó Dimwater. —Quizá sintió que no estabas preparado para conocer el propósito por el que te había escogido, pero creo que los eventos están desarrollándose con demasiada rapidez como para seguir retrasando este asunto.

Erik frunció el ceño. *¿De qué está hablando?* se preguntó. Todo lo que quería era saber más sobre el pasado de Dimwater con Orres y Lepkin.

—Puedes hablar de esto con Lepkin, pero con nadie más. ¿Juras hacerlo así?

—Lo juro, — aseguró Erik. Lady Dimwater le pinchó un dedo y la aguja con su sangre empezó a brillar. Erik se preguntó qué podría ser tan importante, pero nada podría haberle preparado para las siguientes palabras de Dimwater.

—Erik, el reino se está resquebrajando desde dentro mientras nuevas amenazas, mortales, se arrojan a través de nuestras fronteras cada día. Los Maestros de la Academia Kuldiga se están preparando para la guerra.

— ¿Qué queréis decir con que nos estamos preparando para la guerra? — preguntó Erik. — ¿Quién es nuestro enemigo?

—No es así de sencillo, — respondió Dimwater. —No se trata simplemente de una guerra entre el reino y alguna fuerza invasora, o algún enemigo legendario. Esta es una guerra con múltiples frentes. Hay muchas facciones diferentes rivalizando por obtener poder en el reino. Algunas facciones son amigas del Rey Mathias, otras son neutrales, y otras son extremadamente hostiles.

—Pero si el enemigo no está unificado, ¿cómo puede amenazarnos?

—No estás escuchando lo que estoy diciendo, — dijo Dimwater. Su tono se impacientó. —El reino tampoco está unificado. Tenemos enemigos dentro y fuera de él. Es demasiado complicado como para explicártelo todo bien ahora. Sólo debes entender que incluso los nobles señores están enfrentados entre sí. No me sorprendería que algunos de los Maestros también estuviesen implicados. Pronto te pondrás al día. Después de volver, puedes preguntarle a Lepkin sobre ello. Se enfadará porque te lo he contado, pero creo que hasta él verá que resulta sensato ayudarte a entender tu papel en los acontecimientos que se avecinan. — Dimwater dio una palmada y apareció un espejo en el centro de la habitación.

Erik observó mientras cintas verdes, azules y moradas de luz chispeaban sobre la superficie del cristal. Cada chispa era anunciada por un chasquido apenas audible para Erik antes de dispararse a través del cristal. Tras un minuto, el espejo empezó a emitir una luz pálida. La luz fue haciéndose más brillante mientras las rápidas luces corrían a través del espejo en vez de sobre él. Bajo la mirada de Erik, débiles siluetas de casas empezaron a hacerse visibles en el espejo. La vista se aclaró, mostrando pinos, personas, cerdos, cabañas y un altar de piedra.

—Coge mi mano, — ordenó Dimwater. Erik le cogió la mano, y Dimwater corrió directa hacia el espejo. Erik dudó al principio, pero Dimwater le arrastró a través del portal. Mientras Erik entraba al espejo, se vio cegado por una abrasadora luz blanca. Intentó decir algo, pero no le salía la voz. Intentó darse la vuelta, pero el apretón de Dimwater era demasiado fuerte. Cuando la luz se desvaneció, Erik se encontró de pie sobre la tierra frente al altar de piedra que había visto en el espejo.

—Ponte derecho, — ordenó Dimwater. —La gente está mirando y debemos dar una buena impresión.

Erik se esforzó por mantener las piernas firmes mientras miraba a su alrededor. Probablemente hubiese cincuenta o sesenta campesinos de pie a su alrededor. Era obvio que no habían estado esperando una visita de una hechicera. Algunos de los hombres llevaban leña a la espalda en grandes fardos, mientras que las mujeres llevaban cubos o cestas. Erik vio a unos cuantos niños espiando desde detrás de las piernas de sus madres, mientras algunos adolescentes más mayores permanecían cerca de una cochiquera sin quitarles la vista de encima.

—He venido a hablar con Baltezer. ¿Dónde está? — Dimwater produjo una vara de mago con un chasqueo de los dedos. Golpeó con fuerza la parte inferior de la vara contra la tierra prensada bajo sus pies y el trueno más terrible rugió sobre el pueblo. Algunos de los aldeanos cayeron de rodillas, agarrándose las orejas.

—Estoy aquí, hechicera, — llamó un hombre desde detrás del altar. —Tu teatralidad resulta innecesaria.

—Tampoco hay ninguna necesidad de la tuya, Baltezer, — replicó Dimwater cortantemente.

Erik vio cómo el hombre de pelo oscuro se adelantaba entre la multitud. Llevaba largos ropajes de seda de color crema. Tenían una luna creciente negra bordada en el pecho, justo sobre el corazón de Baltezer. Caminó con las manos agarradas tras la espalda y una sonrisa en la cara. Tenía la cabeza ligeramente inclinada, pero a pesar de su humilde apariencia, Erik se sintió extremadamente incómodo.

—Habla, te lo ruego, ¿qué puede hacer por ti la humilde aldea de Spiekery? — preguntó Baltezer.

—El asunto que me trae aquí no es con la gente de Spiekery, es contigo, — contestó Dimwater. Entonces le puso una mano a Erik en el hombro. —Saca el pergamino del bolsillo y lee los cargos, — indicó a Erik.

Erik bajó la mirada y se quedó asombrado al ver que ahora estaba vestido con largos ropajes de seda negra. Se sacó un pergamino del bolsillo y lo abrió. Sus ojos se agrandaron al posarse sobre la lista de cargos.

—Adelante, léelos, e intenta por favor sonar autoritario, — susurró Dimwater.

Erik se recompuso y leyó el pergamino en alto para que todos lo oyesen. —Baltezer el Marrón, por orden del Honorable Juez Alan McTeabe, se te acusa por la presente de varios crímenes contra la corona. Estos crímenes incluyen: fraude, extorsión, asesinato y la práctica de artes oscuras prohibidas. Es orden del Tribunal Real que seas arrestado y llevado a juicio, y de ser encontrado culpable, colgado por tus crímenes.

— ¡Largo de aquí! — gritó un hombre de gran tamaño. La muchedumbre se hizo eco de sus sentimientos. Baltezer permanecía de pie en silencio, sin dejar de sonreír con arrogancia.

—Continúa, — susurró Dimwater.

—Si te resistes a tu arresto, entonces la agente del tribunal, Lady Dimwater, ha sido autorizada a utilizar cualquier fuerza necesaria para someterte, incluyendo la muerte. Cualquier otra persona que intente ocultar o defenderte también será sometida al juicio de Lady Dimwater.

— ¡Esto es un ultraje! — gritó una mujer.

—El sacerdote no ha hecho nada malo, ha bendecido nuestra aldea, — gritó otro.

—Ha hecho más por nosotros de lo que nunca ha hecho la corona, — chilló otra.

Baltezer levantó las manos para silenciar al gentío. — ¿Por qué venís aquí con falsas acusaciones, leídas por un niño barbilampiño? Me siento insultado. No tenéis pruebas de estas alegaciones.

—Si deseas pruebas, te las daré, — replicó Dimwater. —Sé que tu religión exige sacrificios humanos. Tengo tres testigos que ya lo han testificado así. ¿Lo niegas?

—Los sacrificios mantienen a salvo a nuestro pueblo de demonios que nos destruirían, — gritó un hombre grande y fornido.

—Tenéis razón, Lady Dimwater, — dijo Baltezer. —No puedo negar que ocasionalmente hacemos sacrificios, pero sin ellos, el demonio devoraría nuestra población entera.

— ¿Cuál es el nombre de este demonio? — solicitó Lady Dimwater.

Muchos de los espectadores jadearon y se cubrieron la boca.

—Sabéis que pronunciar el nombre de un demonio es convocarlo, — exclamó enfadado Baltezer. Se acercó unos pasos más y plegó los brazos. Su sonrisa fue sustituida por mejillas congestionadas y ojos penetrantes. —No pronunciaré su nombre.

—Como agente del Tribunal Real, es mi derecho exigirte esta y cualquier otra información que considere apropiada.

Erik inspiró profundamente mientras Dimwater le devolvió a Baltezer la mirada fija.

—Baltezer el Marrón, te ordeno, bajo riesgo de muerte, que me digas el nombre del demonio. — Lady Dimwater levantó su vara y la inclinó, apuntando a Baltezer con el extremo superior. Erik no había advertido antes el adorno con forma de cabeza de león de latón que había en la parte superior de la vara. A Erik le dio la impresión de que la cabeza del león estaba enseñándole los dientes a Baltezer.

—Milady, con respeto, debo recordaros que si pronuncio el nombre del demonio, será convocado aquí. Nos pondrá en riesgo a todos. Temo que el demonio sea demasiado poderoso, incluso para una hechicera.

—Basta de juegos, Baltezer, — rugió Dimwater. —Sabes perfectamente que puedes escribir el nombre y esto no lo convocará. — Un trozo de papel blanco y una pluma aparecieron mágicamente en el aire frente a Baltezer. —Escribe el nombre y dámelo.

—Baltezer tenía razón sobre los nobles, — gritó el hombre corpulento. —Dijo que nunca nos ayudarían sin ver al demonio por sí mismos. — La multitud murmuró y gritó comentarios despectivos sobre el Rey Mathias, Erik y Lady Dimwater. —Bien, no voy a permitir que una bruja de alto copete cualquiera nos eche un demonio encima. — El hombre corpulento sacó una espada de hoja ancha de una vaina de la espalda y cargó.

Erik no se había traído su espada de madera, pero movió la mano instintivamente hacia ella y se sorprendió cuando tocó el pomo de una espada de acero con ella. Sacó la espada y adoptó una postura defensiva alta, sosteniendo la hoja por encima de su cabeza. El público se rió de él, pero Erik expulsó el ruido de su cabeza. Desvió toda su atención hacia su enemigo. Esto no era un duelo con espadas de madera. Esto era real. Estudió la pesada carrera de su enemigo, calculando cuántos pasos harían falta para que el hombretón llegase hasta él. Durante el transcurso de un solo segundo, Erik determinó que el corpulento hombre era diestro, debido al hecho de que agarraba la espada con la mano derecha por encima de la mano izquierda. También supo que el hombre le alcanzaría en siete zancadas más, con la pierna izquierda por delante. Erik se figuró que estos dos hechos, combinados con la gran inercia del hombre, probablemente significarían que el primer ataque sería una dura estocada hacia delante. Erik sabía lo que tenía que hacer.

Dos segundos después, el pie izquierdo del hombre aterrizó en el suelo con fuerza. Entonces el hombre bajó la espada y lanzó una estocada directa al pecho expuesto de Erik. Erik giró sobre el talón de su pie izquierdo para esquivar la estocada. Mientras se movía, torció simultáneamente la espada en un movimiento descendente y le dio al hombre un tajo en la axila derecha. El hombre aulló agónicamente pero siguió sosteniendo la espada. Erik se colocó detrás del hombre y dibujó una línea roja a través de su espalda al deslizarle la hoja por ella. Después se volvió grácilmente, colocándose en el lado izquierdo del fornido hombretón, y terminó la pelea golpeando las manos del hombre con la parte plana de la hoja. El hombre dejó caer la espada y cayó de rodillas.

—Ríndete, — exigió Erik. El aprendiz colocó la punta de su espada en el cuello del hombre. —Ríndete y te permitiré vivir. — El tono de Erik era seguro y sin rastro de miedo.

—Me rindo, — cedió el hombre. Mantenía la mano izquierda sobre la axila derecha y jadeaba pesadamente.

—Baltezer, dame el nombre antes de que alguien más salga herido, — ordenó Dimwater cuando el duelo hubo terminado.

—No lo haré, — rugió Baltezer. —Llévate tus queridas leyes tiránicas a otra parte. Aquí no eres querida. — Otros entre la muchedumbre agarraron sus espadas y empezaron a acercase lentamente.

Dimwater entrecerró los ojos. Erik estaba casi tan asustado de ella en aquel momento como antes había estado del lobo que guardaba su estudio. Tras unos segundos, Dimwater sacó un pergamino de entre sus ropajes.

—Pueblo de Spiekery, habéis sido engañados. El hombre que conocéis como Baltezer es un Diablo de Sombras. Vuestro torturador y vuestro salvador son una única persona.

La multitud dejó de avanzar, pero una oleada de gritos protestaron contra las palabras de Dimwater. La hechicera tocó el suelo la cabeza de la vara, que emitió un sonido como el de un imponente gong. El público se cubrió las orejas y se apartó.

—Si deseáis pruebas, aquí las tenéis. — Dimwater desdobló el pergamino y miró brevemente su contenido. —Uno de tus acusadores nos dio el nombre del demonio. Ahora revelaré la verdad que se oculta tras tu fraude, Baltezer el Marrón, ¿o debería decir Be'alt e Negro?

La muchedumbre emitió un jadeo colectivo y empezó a dispersarse.

Dimwater volvió a golpear el suelo para obtener su atención. —Erguíos y contemplad a vuestro sacerdote, porque él es la bestia. Él es quien arrasa vuestra aldea, exigiendo que se hagan sacrificios.

—Maldita seas, mujer, — gruñó Baltezer.

Erik retrocedió mientras observaba cómo la boca y la nariz del sacerdote se alargaban hasta transformase en un espantoso hocico lleno de colmillos. El pelo se le volvió negro y áspero. Sus orejas se volvieron puntiagudas. Los ropajes se llenaron de músculos abultados hasta los límites, y entonces se desgarraron y cayeron al suelo. Las cerdas negras le cubrían ahora todo el cuerpo.

—El demonio ha sido ahora revelado, — anunció Dimwater.

La gente empezó a chillar y a correr. Algunos hombres sacaron espadas o cuchillos, pero la mayoría se apresuró a poner a salvo a sus familias.

— ¿Qué hago? — preguntó Erik. Se le quebró la voz y le temblaban las manos, pero mantuvo la espada alzada, intentando prepararse para un combate.

—Métete en un lugar seguro, joven aprendiz. Trataré con esto yo misma. — Dimwater empujó a Erik y después avanzó hacia la bestia. Erik se escondió detrás de la esquina de una casita de piedra, pero atisbó desde detrás y observó a Lady Dimwater enfrentarse a la bestia.

—Be'alt el Negro, hoy vas a morir, — gritó Dimwater.

La bestia gruñó, enseñando los dientes. Largas garras puntiagudas le crecían de las puntas de los dedos, pero Dimwater permanecía impávida. Apuntó a la bestia con la vara y le envió una bola de fuego. Be'alt agitó la mano y la bola de fuego se convirtió en una nube de humo.

—Ya he tratado antes con magos entrometidos, — rugió Be'alt. Se precipitó directamente contra Dimwater, pero fue rechazado y lanzado en el aire por un estallido psiónico.

—Y yo he tratado con más de unos cuantos Diablos de Sombras, — respondió Dimwater después de que Be'alt aterrizase sobre la espalda.

Be'alt sacudió su gigantesca cabeza y rugió desafiante. Volvió a cargar, esta vez lanzando una serie de estallidos mágicos con las manos. Lady Dimwater mantuvo levantada la mano izquierda, con la palma hacia fuera, y creó un escudo de luz dorada. El ataque mágico de Be'alt se estrelló como un trueno contra el escudo, pero el escudo se mantuvo firme. El escudo detuvo incluso a Be'alt. Arañó y golpeó la barrera dorada, pero nada funcionó. Lady Dimwater levantó con calma la vara y empezó a pronunciar las palabras de un antiguo hechizo.

Mientras Dimwater continuaba con el hechizo, Be'alt intentó rodear el escudo, pero el escudo se movió a la vez que él. Daba igual lo rápido que corriese o cambiase de dirección, el escudo estaba siempre en posición entre él y Dimwater. Be'alt, llevado por la locura, estrelló el cuerpo contra el escudo una y otra vez. Le lanzó zarpazos y hechizos, hasta lo mordió, pero el escudo continuaba aguantando. Finalmente, dejó escapar un rugido que hizo temblar el suelo. Sus zarpas empezaron a relucir como brasas al rojo, y entonces golpeó el escudo con tal fuerza, que una ráfaga de viento levantó una nube de polvo a su alrededor. El escudo empezó a agrietarse. Be'alt volvió a golpear, provocando nuevas grietas, pero Dimwater mantuvo la concentración y continuó hasta completar las palabras del hechizo.

El escudo se rompió. La luz dorada se quebró y después se disipó como vapor en el viento. Be'alt, con los ojos enloquecidos por la sed de sangre, se lanzó hacia la garganta de Dimwater. En aquel momento, la hechicera completó el encantamiento. Descargó la vara tan fuerte como pudo. La cabeza de león de latón golpeó primero el hocico de Be'alt, después sus costillas, luego su garganta y finalmente su columna. Dimwater era tan rápida, y su magia tan fuerte, que la bestia giró en el aire con cada golpe.

Cuando Be'alt aterrizó, Dimwater le golpeó una vez más en el cráneo. Chispas doradas salieron disparadas cuando la vara tocó la cabeza de Be'alt. Entonces la bestia quedó inmóvil. Dimwater se arrodilló y colocó la mano derecha en la frente de Be'alt.

—Márchate, demonio, — ordenó. Una pequeña chispa voló de su mano hasta la cabeza del ser. Retrocedió varios pasos y entonces el cuerpo de Be'alt se consumió entre fuego. Después de contemplar las llamas, se giró y llamó a Erik a su lado.

Él dudó al principio, pero sólo un instante. — ¿Qué puedo hacer? — preguntó Erik mientras se acercaba.

—Cuando se extinga el fuego, recoge las cenizas en este vial. Debo llevármelas de vuelta conmigo como prueba de la muerte del demonio.

—De acuerdo, — dijo Erik tomando el vial y observando cómo se iba apagando el fuego.

—Hablaré con los lugareños. Se merecen una explicación, — dijo Dimwater.

Erik asintió y empezó a recoger ceniza en el vial obedientemente. El hedor era inconcebible. Intentó protegerse la nariz de él, pero era demasiado intenso. Tuvo que hacer grandes esfuerzos para no vomitar mientras iba metiendo las cenizas en el vial. Apartó la cara de la pestilencia y vio a un grupo de hombres hablando con Dimwater.

Erik no pudo oír la conversación, pero parecía estar yendo lo mejor que cabría esperar. Los hombres parecían conmocionados, pero se comportaban educadamente y asentían de vez en cuando. Erik ni siquiera podía empezar a imaginarse lo que podría estar sintiendo la gente. Intentó hacerse una idea de cómo sería el que esto hubiese sucedido en su pueblo, o en la Academia Kuldiga, pero la noción le era tan extraña que fue incapaz de evocar las emociones que era probable que sintieran los aldeanos.

Terminó de recoger la ceniza, puso un tapón en el vial y empezó a volver hacia Dimwater. Mientras caminaba, miró a su izquierda y vio al hombre que había combatido hacía sólo unos minutos. Una joven dama estaba vendándole las heridas mientras descansaba sentado con la espalda contra una valla de madera. La expresión de su rostro era distante y aturdida. Erik no estaba seguro de por qué, pero sintió la necesidad de hablar con el hombre.

— ¿Se encuentra bien? — preguntó Erik. El hombre levantó la vista hacia él y después volvió a posarla sobre el montón de cenizas.

—Se curará, — dijo la joven. Erik podía percibir la ira en sus palabras. —No tenías por qué rebanarle de esta manera, — le regañó.

—En realidad, sí que tenía, — respondió Erik encogiéndose de hombros. —Intentaba matarme, no podía quedarme simplemente ahí de pie.

La joven resopló y se concentró en su trabajo. Tenía la cara sonrojada y los hombros le ascendían y descendían con cada respiración, expresando su enfado. —Mi padre tenía buena intención, él no sabía lo de Baltezer. Ninguno de nosotros lo sabía. No tendrías que haberle tratado de esa manera.

—Siéntete agradecida de que el joven Erik mostrase clemencia, chica, — reprendió Dimwater acercándose por detrás de Erik. —Yo no habría sido tan amable.

La joven hervía de rabia. Las manos le temblaban y tuvo que dejar de vendar a su padre. El hombre finalmente salió de su trance y colocó una mano sobre las de su hija.

—Les debemos nuestro agradecimiento, — susurró. —Actué con imprudencia.

—Bueno Erik, de ti depende el que arrestemos a este hombre por traición contra la corona, — dijo Dimwater.

Erik miró inquisitivamente a Lady Dimwater. No sabía qué decir, ni qué hacer. El hombre había atacado a Erik, pero Erik podía entender sus motivos; además, recordó las palabras de Maese Lepkin sobre matar a otro y el efecto que ello tendría en otras personas. La traición era un crimen que se castigaba con la muerte.
—Creo que esta aldea ya ha sufrido bastante. No deseo arrestarle.

—Que así sea, — contestó Dimwater. —Debemos irnos. —La hechicera se dio la vuelta y se marchó. Erik se giró para seguirla, pero el hombre alargó la mano y le agarró el brazo.

—No olvidaré su clemencia, Sir Erik, — dijo con una inclinación de cabeza.

—Gracias, — añadió la joven. El enfado había desaparecido de su rostro.

Erik asintió y después alcanzó a Lady Dimwater. — ¿Os he decepcionado? — preguntó Erik.

—No, ¿por qué preguntas eso? — contestó Dimwater.

—No estaba seguro de si aprobabais mi decisión, — dijo Erik.

—Creo que fue sensata, — dijo Dimwater. —Recordará tu clemencia largo tiempo después de que la punzada de sus heridas haya desaparecido. — Lady Dimwater chasqueó los dedos y el espejo mágico apareció ante ellos. —Me impresionó tu destreza con la espada, — añadió. —Es raro que un aprendiz de tu edad venza a un hombre adulto. También has demostrado sabiduría al desarmarle. Las cosas habrían ido de forma muy diferente si lo hubieses matado.

Erik sonrió y estaba a punto de darle las gracias cuando ella le agarró del brazo y tiró de él a través del portal mágico.

—Eso me gusta bastante poco, la verdad— dijo Erik mientras se agachaba, agarrándose el estómago.

—Requiere algo de práctica acostumbrarse, — replicó Lady Dimwater comprensiva. —Si sirve de algo, lo llevas bastante bien para ser tu primera vez. — Se inclinó, le pasó un brazo a Erik bajo el brazo izquierdo y tiró de él para levantarlo. —Ven, el castillo está justo encima de esta colina.

— ¿Por qué el portal no nos llevó todo el camino de vuelta hasta el castillo? — preguntó Erik. —Nos llevó justo donde teníamos que ir la primera vez.

—Está prohibido teleportarse directamente en el castillo de un señor, — replicó Dimwater. —Con los tiempos tan agitados que corren, a nadie le gusta demasiado la idea de que se aparezcan magos en sus hogares sin invitación. —

—Nunca me di cuenta de que vivíamos entre tanto peligro, — comentó Erik.

—Los niños no deberían tener que conocer la guerra, — dijo Dimwater con sobriedad. —Pero, para bien o para mal, aprenderás sobre ella dentro de muy poco.

Erik se quedó entonces en silencio mientras dejaba vagar sus pensamientos. Hizo todo lo que pudo para seguir a Lady Dimwater mientras se imaginaba a arqueros agazapados en el frondoso bosque de pinos a su derecha, u orcos espiándole desde el campo de piedras de su izquierda. Como lo acontecido en Spiekery, a Erik le resultada difícil entender totalmente la guerra y sus miserias. Todo lo que sabía de la guerra provenía de los libros de historia y las canciones de los bardos. Pronto su mente empezó a divagar y a pensar en otras cosas mientras seguía a Dimwater por la carretera.

Mientras ambos empezaban a subir la cuesta, Erik se detuvo y echó un buen vistazo a su alrededor. El camino iba serpenteando en su ascenso hacia el castillo. La muralla frontal del castillo era basta, hecha de piedra, con un puente levadizo de madera, dos torres en la puerta de entrada y otras dos en las esquinas del muro. Erik también pudo distinguir las afiladas puntas de un vallado de picas de madera que recorría la parte exterior de la muralla de piedra. No se imaginaba que un sitio así necesitase tantas fortificaciones. Se giró y observó el bosque y los campos a sus pies. Todo parecía pacífico y en calma.

—No te rezagues, — llamó Lady Dimwater.

Erik se volvió y comprobó que ella ya estaba bastante lejos. Trotó para alcanzarla y se disculpó. —Estaba intentando hacerme una idea de la zona, — explicó.

Lady Dimwater no dijo nada; simplemente siguió ascendiendo por el camino hasta que llegaron a la cima y estuvieron junto a la valla de madera.

— ¿Quién va? — exclamó un guardia desde unas de las torres de la entrada.

—Soy Lady Dimwater, enviada para hablar con el Lord del Castillo de Kuressar.

Erik levantó la vista hacia la torre. El corazón se le paró por un momento cuando vio que en la torre había más guardias, y que estaban apuntándoles con ballestas.

—Lord Hischurn no atiende invitados hoy, — replicó el guardia.

—A mí me verá, — insistió Dimwater. —Estoy aquí como agente del Rey Mathias.

—Lo siento señora, pero mis órdenes son negar la entrada a todo el mundo, — dijo el guardia.

—Harías bien en recordarle a Lord Hischurn que no tiene derecho a impedir la entrada a un emisario del rey, a quien está obligado a servir.

—Le transmitiré vuestro mensaje, Lady Dimwater, — prometió el guardia.

—Vámonos, Erik, — dijo Dimwater. Chasqueó los dedos para conjurar su portal mágico, pero antes de marcharse le hizo una advertencia al guardia. —No soy conocida por mi paciencia. Le dirás a Lord Hischurn que volveré en una semana. Si vuelve a negarse a verme, lo hará bajo su propio riesgo. Esperemos que tu amo recuerde a quién debe sus lealtades.

CAPÍTULO 3

—No tenías derecho a llevarte a Erik sin mi permiso expreso, — amonestó Maese Lepkin. —Podrían haberle matado.

—Tengo derecho a castigar a los intrusos como me parezca conveniente, — respondió Lady Dimwater. —Además, no corrió peligro alguno mientras estaba conmigo, lo sabes bien. — Dimwater suspiró y cruzó la habitación para sentarse en su escritorio. —Quizá no deberías mantenerle a ciegas. — Sacó un papel del cajón del escritorio y lo colocó frente a ella.

—Mis secretos le protegen. Todavía no es lo suficientemente fuerte. —Lepkin cruzó los brazos y lanzó una mirada airada a Dimwater, ignorando el papel.

—Tus secretos le protegen demasiado, — replicó Dimwater. —Es más fuerte de lo que piensas. —

— ¿Qué se supone que quiere decir eso? — preguntó Lepkin. Su tono empezaba a volverse violento según se le iba agotando la paciencia.

— ¿Te contó Erik cómo lo encontré?

—Sólo dijo que le pillaste después de que intentara entrar en tu habitación con una llave que Janik le había dado.

—Fue demasiado fuerte para el Natu, — Janik dijo desde un asiento en el extremo opuesto de la habitación.

— ¿Le dejaste enfrentarse al lobo de Dimwater? — la cara de Lepkin enrojeció y se le tensaron los músculos. — ¡Erik no tiene conocimientos de tales seres! Podrías haberle enviado a su muerte.

—Tranquilo, amigo mío, — contestó Janik en tono de disculpa. —No tenía ni idea de que podría ir más allá del Natu. El fantasma normalmente detiene hasta a los mejores aprendices de magia.

—Deberías haberle seguido para garantizar su seguridad, — le regañó Lepkin.

—Lo hice, — dijo Janik. Se inclinó hacia delante y se dio unos golpecitos en la retorcida pierna izquierda. —Debo haber hecho algún ruido. No soy tan sigiloso como solía ser, la verdad. Erik salió corriendo al pasar el corredor con los retratos de los magos. Intenté mantener el ritmo, pero iba demasiado rápido para este viejo tullido. —

—Ya he hablado con Janik, — informó Dimwater.

—Como maestro de Erik, es decisión *mía* decidir lo que hacer con Janik por contribuir a la delincuencia de Erik, — replicó Lepkin. — ¿Por qué enviaste a Erik a la torre? — le preguntó a Janik.

—Porque hacía preguntas sobre ti y Lady Dimwater. Pensé que lo mejor sería enviarle aquí a por respuestas. Dime, Lepkin, ¿debería haberle contado la verdad sobre ti y Maese Orres?

Lepkin meditó unos instantes antes de responder. En aquellos momentos estaba más enfadado de lo que lo había estado en mucho tiempo, pero no había nada que pudiera hacer para arreglar la situación a estas alturas.

—Lepkin, los Natu son inofensivos, — dijo Dimwater. — El fantasma se alimenta del temor de las personas y utiliza sus poderes para dejar inconscientes a los intrusos. Janik no podía saber que Erik sería demasiado fuerte para el Natu.

—Aún así, no tendrías que haberle enviado aquí. Podía haber sido lo suficientemente fuerte como para rechazar al Natu, pero su lobo podía haber acabado con él con facilidad.

—No te ofendas, pero no iba a pasarme el resto de la tarde siendo interrogado sobre vosotros dos. Sabes lo cabezota y determinado que puede llegar a ser el chico a veces. Si quieres proteger al muchacho, entonces quizá deberías contestar a sus preguntas antes de que su curiosidad le meta en auténticos problemas. — Janik levantó los pies y estiró sus decrépitos miembros.

Lepkin asintió sombríamente. —Admito que sus incesantes preguntas me han llevado a imaginar soluciones similares para hacerle callar, especialmente cuando me da la lata con el monasterio de Gelleirt.

—Yo también tengo algunas preguntas sobre el monasterio, — añadió Dimwater.

—Ahora no, Dimwater, por favor, — dijo Lepkin.

—Muy bien, — dijo Dimwater con un gesto de asentimiento. —Deberías ver esto. — Deslizó el papel a través de la mesa.

Lepkin recogió el papel y observó desplegarse la imagen mágica. Se quedó sorprendido al ver a Erik levantarse y lanzarle un puñetazo al lobo de Dimwater. — ¿Atacó al lobo? — murmuró Lepkin con incredulidad.

—Con su puño desnudo, — añadió Dimwater. —Sabes tan bien como yo que Colmillo de Plata ha matado a varios Diablos de Sombras que han cometido el error de invadir mi estudio. Si el chico es lo suficientemente fuerte como romper el hechizo paralizante del lobo, entonces está listo para aprender sobre su verdadera vocación. —

Lepkin dobló el papel y lo depositó sobre la mesa. —Es más fuerte de lo que pensaba.

—Es más fuerte de lo que ninguno pensábamos, — dijo Janik. —Pero, considerando su linaje, supongo que su fuerza realmente no debería sorprendernos.

— ¿Le has contado algo sobre eso? — le preguntó Lepkin a Dimwater con sequedad.

—No, no lo he hecho, — contestó ella.

—Bien. No debe saber nada sobre ello hasta que esté completamente preparado.

—Es tu aprendiz, — dijo Dimwater a regañadientes.

Lepkin la conocía lo suficiente como para saber que desaprobaba su decisión, pero también sabía que respetaría sus deseos. —Janik, disculpa mi mal humor.

—No pasa nada, — replicó Janik. —Yo habría sido mucho peor si alguien le hubiese hecho lo mismo a uno de mis aprendices.

—Sí, bueno, tú y tu hermano siempre habéis tenido mal carácter, — se rió Dimwater.

—Hablando de Maese Orres, quiere verte acerca de Spiekery y Lord Hischurn, — cortó Lepkin.

— ¿Has hablado con él? — preguntó Dimwater.

—Me topé con él de camino a verte, — contestó Lepkin.

Lady Dimwater empezó a tamborilear las uñas y a morderse el labio inferior. — ¿Le contaste algo sobre Erik?

—No, dejo a tu criterio si contárselo o no, — replicó Lepkin.

—Con la manera en la que Erik vapuleó a nuestro sobrino, yo evitaría sacar el tema, — sugirió Janik.

—Tengo que informar sobre el espadachín herido en Spiekery, — declaró Dimwater. —Orres se pondrá furioso si no doy cuenta de cualquier uso de fuerza.

—Es bastante particular redactando sus informes para el rey, — acordó Lepkin. —En cualquier caso, te deseo suerte.

—La necesitarás, — coincidió Janik.

*****

Erik descansaba de espaldas en un charco de sudor. Le dolían los brazos, tenía las piernas dormidas y le ardía el estómago. Intentó levantarse, pero su cuerpo estaba desprovisto de energía. Incluso la tardía brisa nocturna que entraba por la ventana de su sala de entrenamiento resultaba insuficiente para revivirle.

La puerta se abrió con un chirrido y después se cerró de golpe, retumbando en las paredes de la habitación. Erik intentó girar la cabeza, pero estaba tan agotado que sólo pudo mover los ojos. El suave palmoteo de unas botas de cuero se fue acercando a él. *Tip…tap…tip…tap.* Entonces el sonido se interrumpió. Una enorme sombra se cernió sobre Erik. Pudo ver a Maese Lepkin de pie junto a él.

— ¿Cuántas flexiones has hecho? — preguntó Lepkin.

—Las mil completas, — susurró Erik sin aliento.

— ¿Terminaste también las mil sentadillas?

Erik asintió lentamente.

— ¿Qué hay de tus abdominales? — preguntó Lepkin.

Una vez más, Erik asintió.

—También ordené mil dominadas, ¿has terminado esas?

—No, — murmuró Erik.

— ¿Cuántas has hecho? — Lepkin cruzó los brazos y levantó la ceja izquierda.

—Ochocientas cuarenta y siete, — contestó Erik.

Lepkin se inclinó y examinó las manos de Erik. —La piel se ha desgarrado en un par de sitios. Te vendaré las manos. Estarás bien en unos cuantos días.

—Siento haberme colado en la torre, — declaró Erik.

Lepkin se levantó y caminó hacia un pequeño armario para coger vendas para las manos de Erik. —No te estaba castigando por eso, — dijo Lepkin. —Te estaba castigando por no contarme toda la verdad cuando te pregunté.

— ¿Sabéis lo de la llave? — aventuró Erik.

—Lo sé, — replicó Lepkin. Volvió sobre sus pasos y empezó a limpiarle las manos de Erik. —Pero me molestó más que no me contases lo del fantasma y el lobo. Un maestro debe ser capaz de confiar en su aprendiz. No puedo fiarme de ti si me ocultas cosas.

—Lo siento.

—Yo también lo siento, — dijo Lepkin. —Yo tengo parte de culpa. Sé que yo también te oculto cosas. Algún día te hablaré del monasterio de Gelleirt, pero no hasta que llegue el momento adecuado. Hay muchas cosas que tienes que aprender antes.

— ¿Me hablaréis sobre vos y Lady Dimwater? — preguntó Erik.

—No, eso no es algo que necesites saber. Es un asunto privado. — Lepkin suspiró y empezó a envolver las manos de Erik. —Sin embargo, dado que Dimwater te ha hablado sobre el estado de nuestro reino, te incluiré en algunas de mis misiones, siempre que a Lord Lokton le parezca bien, por supuesto. ¿Eso te gustaría?

—Muchísimo, — contestó Erik. Sonrió un instante, pero su alegría le fue arrebatada por el ardor de la mano mientras Lepkin le ataba la venda.

—Si me acompañas, deberás seguir mis instrucciones instantánea y exactamente.

—Lo haré, — prometió Erik.

—Y debo poder confiar en ti en todo momento.

—Sí, Maese Lepkin, lo entiendo.

—Bien. Tu padre está esperando fuera para llevarte a casa. El lunes por la mañana te recogeré en la mansión Lokton. En vez de volver a la Academia Kuldiga, vamos a ir a Livany. Ahora ve y descansa un poco. — Lepkin ayudó a Erik a levantarse y le empujó suavemente hacia la puerta.

Erik atravesó la sala como bajo un encantamiento. Parecía que sus pies le estuviesen llevando hacia su padre adoptivo sin ningún esfuerzo consciente por parte de su cerebro. No miró los cuadros ni otras decoraciones. No advirtió que el reloj de la entrada daba las campanadas al llegar la medianoche. Ni siquiera saludó al conductor del carruaje antes de abrir la puerta y trepar al interior.

—Tengo entendido que hoy ha sido un largo día para ti, — dijo Lord Lokton.

Erik se dejó caer en el otro banco acolchado y se recostó. Asintió con la cabeza a la pregunta de su padre adoptivo.

—Bien, — dijo Lord Lokton con una amable sonrisa. — Vamos a llevarte a casa para que puedas descansar. — Se estiró y cerró la puerta del carruaje, ya que Erik estaba demasiado cansado como para acordarse de hacerlo él mismo. Entonces, Lord Lokton se quitó el largo guardapolvo verde y lo echó sobre Erik, que ya estaba profundamente dormido.

— ¿Estamos preparados, señor? — llamó el conductor.

—Sí, Louis, estamos preparados, — contestó Lord Lokton.

El carruaje dio un salto hacia delante. Las primeras yardas fueron algo movidas. Lord Lokton puso la mano en el hombro de Erik para evitar que el chico se resbalase. Finalmente, los dos caballos que tiraban del carruaje acompasaron el trote y el movimiento se suavizó.

—Lo siento, milord. Tuve que sustituir a Zancada porque antes se le cayó una herradura. No tuve otra opción que utilizar a Azabache, — dijo Louis.

—No hay problema, — contestó Lord Lokton. —Sable tiene que aprender alguna vez. Muy bien puede ser esta noche. — Lord Lokton se inclinó por la ventanilla izquierda para examinar a Azabache a la luz de la luna. No era tan grande como Trotador, el veterano caballo de tiro que avanzaba junto a ella, pero como cualquier Clydesdale, Azabache era rápida en ponerse a trabajar.

Lord Lokton admiró la reluciente capa negra de la joven yegua durante un momento y después desató la cortina del interior de la ventana. Mientras desenrollaba el grueso tejido verde, comprobó que la luz de la luna no le diese a Erik en la cara. Para asegurarse, desató la otra cortina, la que había junto al banco de Erik, y también la bajó.

Cuando estuvo seguro de que Erik podría descansar sin que le molestase la brillante luz plateada, Lord Lokton se deslizó hacia el extremo derecho de su banco y observó pasar los árboles. Los grandes pinos contrastaban con los altos abedules blanco oscuro. Arbustos, setos y helechos de todas las formas y tamaños se arremolinaban en torno a los árboles. A Lord Lokton siempre le complacía la naturaleza, especialmente durante la noche. Aunque las cosas eran más vibrantes bajo la luz diurna, Lord Lokton prefería la serenidad de la noche. En la tranquilidad de aquellas horas, Lord Lokton se sentía más en sintonía con la naturaleza, como si formase parte de ella. Era algo que no podía sentir con tanta fuerza durante el día, cuando el bosque hervía de vida y bullía de actividad.

Durante todo el viaje de una hora, Lord Lokton observó pasar el bosque, lanzando miradas ocasionales a su hijo (porque quería a Erik como si el chico fuese de su propia sangre), para asegurarse de que estuviese cómodo. Pudo distinguir varias edificaciones a lo largo del camino. Su nariz captó el leve olor a humo. Escudriñando el aire vio finas cintas de vapor elevándose desde varias cabañas pequeñas en el borde del bosque.

—Ya casi en casa, — susurró Lord Lokton. Se reclinó en el asiento y contempló cómo el bosque daba paso a las casitas, y las casitas a un amplio campo, rodeado por una cerca de madera para caballos que Lord Lokton había ayudado a su abuelo a reemplazar de niño. Unos minutos después, el carruaje traspasó la puerta de hierro forjado de la valla interior. La gran mansión de piedra gris apareció al girar Louis el carruaje hacia la izquierda.

—Hemos llegado, señor, — anunció Louis deteniendo el carruaje.

—Lo hemos hecho, — respondió Lokton.

La puerta del carruaje fue abierta por Braun, el hombre de armas de Lord Lokton. — ¿Qué tal fue el viaje? — preguntó Braun.

—Perfecto, gracias Braun, — Lord Lokton se soltó el cinturón de la espada y le tendió su arma a Braun. —Confío en que hayas recibido el mensaje que te envié, — dijo Lord Lokton.

—Sí, señor, el halcón llegó de la Academia Kuldiga poco después de las nueve. Gracias por la información. —

—Bueno, no queríamos que llamases a todos los guardias y os lanzaseis al bosque a buscarme cuando no apareciese a la hora, — se rió Lord Lokton.

Braun sonrió y asintió en dirección a Erik, que todavía seguía dormido. —Así pues, ¿por qué no llegó esta vez? ¿Seguía Erik lavando ventanas?

—No, — replicó Lord Lokton, —no exactamente. — Lord Lokton extendió el brazo hacia atrás y cogió su guardapolvo de encima de su hijo. —Llévate esto también, Braun, — instruyó Lokton.

Braun cogió el abrigo y vislumbró las vendas de Erik. — ¿Qué les ha pasado a sus manos? — preguntó Braun.

Lord Lokton percibió cómo se endurecía el tono de Braun y no pudo evitar soltar una risita. —Erik fue atacado por una barra de dominadas. ¿Deberíamos salir al galope y vengarle, bravo Braun? — se burló Lord Lokton.

Braun frunció el ceño.

—Perdóname Braun. Me temo que te llevas la peor parte de la mayoría de mis chanzas. No debería recompensar así tu lealtad, pero a veces tu sobreprotección resulta divertida.

— ¿Necesitaréis algo más de mí, milord? — preguntó Braun con el ceño todavía marcado en la cara.

—No, puedo arreglármelas por mí mismo. Sólo coloca mis cosas sobre el escritorio de mi estudio.

—Como deseéis. — Braun se dio la vuelta y se alejó.

Lord Lokton se sintió un poco culpable por tomarle el pelo a Braun. Sabía que el hombre tenía la mejor intención. Quizá fuese a verle por la mañana. Por ahora, sólo quería meter a Erik en la cama. Lord Lokton sacudió suavemente a su hijo.

Los ojos de Erik se agitaron pesadamente al abrirse. — ¿Estamos en casa? — preguntó.

Lord Lokton asintió y ayudó a Erik a salir del carruaje. — ¿Puedes andar?

—Me las apañaré, — contestó Erik a través de un bostezo de agotamiento. El chico caminó con esfuerzo sin añadir palabra. Lord Lokton se quedó junto al carruaje, viendo cómo su hijo desaparecía en el interior de la mansión.

—Está hecho polvo, — apuntó Louis.

Lord Lokton asintió. —Cuando hayas terminado con los caballos, ¿podrías darle esta nota al Señor Stilwell? — Lokton se sacó un sobre del bolsillo y lo mantuvo en alto para Louis.

—Lo haré, — aceptó Louis. — ¿Pasa algo malo, milord?

—No, — contestó Lord Lokton mientras introducía la nota en las manos de Louis. —Simplemente tengo la sensación de que podemos tener algunos visitantes inesperados durante el fin de semana, y creo que el Señor Stilwell debería saberlo.

— ¿A quién estáis esperando, si no os importa que pregunte?

—Lo siento Louis, pero deseo guardar silencio sobre esto. Te agradecería que le entregases la nota y no volvieses a mencionarlo. El Señor Stilwell sabrá qué hacer.

—Como ordenéis, — contestó Louis con una reverencia.

*****

Erik abrió los ojos. La luz dorada del sol se derramaba por su habitación a través de la alta ventana arqueada. Erik gruñó y se dio la vuelta. Se puso la almohada sobre la cabeza para desterrar a la mañana. Era sábado y nada iba a hacerle salir de la cama hasta que estuviese preparado para ello.

Boom boom boom. Los pesados golpes alarmaron a Erik. Sacó la cabeza de debajo de la almohada.

— ¿Quién es? — preguntó Erik.

—Tu padre solicita tu presencia en el solárium, — dijo una voz.

Erik gruñó una protesta y estrelló el puño en la cama. La aguda punzada que sintió en la palma le recordó los anteriores eventos del día. —Oh no, — susurró Erik para sí. Seguramente su padre tenía algo que decir sobre su irrupción en el estudio de Lady Dimwater.

— ¿Me has escuchado, joven Erik? — bramó la voz desde el otro lado de la puerta. —Tu padre te está esperando.

—Sí, lo he oído, — contestó Erik. Se sentó en la cama y estiró la espalda rígida y dolorida. —Desearía que Janik me hubiese dado cuatro botellas de esa poción suya, — gimió Erik. Se levantó y empezó a quitarse el pijama, salvo por el hecho de que, al mirar había abajo, se dio cuenta de que todavía llevaba la ropa de ayer. El sudor seco le atacó los sentidos al olfatearse bajo el brazo.

—Buf, — exclamó Erik. Sus ojos se abrieron de golpe y volvió a bajar el brazo. —No es precisamente el olor más agradable por la mañana. — Se desembarazó de sus prendas usadas y se apresuró a ponerse ropa limpia tan rápido como se lo permitían las punzadas de dolor de las manos. Después, se puso un toque de colonia y se dirigió con paso rígido hacia el solárium.

Hizo una pausa antes de abrir la puerta con paneles de cristal que conducía al solárium. ¿Qué diría su padre adoptivo? ¿Qué haría? Erik se había metido en problemas muchas veces antes, pero la mayoría de sus ofensas provenían de su falta de puntualidad. Lord Lokton se había reído cuando Erik le había explicado la ridícula forma de andar que le había impuesto Lepkin, y por la cual había llegado tarde, pero esto no era lo mismo. Erik estaba seguro de que Lord Lokton no estaría riéndose ahora mismo. Un extraño pensamiento acudió a la mente de Erik. ¿Y si Lord Lokton le repudiaba?

Erik respiró profundamente intentando ser valiente y abrió la puerta hacia dentro. Vio a Lord Lokton sentado en una silla verde de respaldo alto entre dos plantas en miniatura del Ave del Paraíso. Lord Lokton estaba sentado con una pierna cruzada sobre la otra, por lo que Erik podía ver la pernera del pijama negro debajo de la bata verde y dorada que llevaba puesta Lord Lokton. Estaba de cara a la pared oriental, formada enteramente por ventanas de cristal, y pelaba una naranja.

—Buenos días, Erik, — dijo Lord Lokton. Señaló un taburete de madera y le indicó, —Ven, siéntate. —

Erik apartó una planta de orquídea que se inclinaba hacia él y caminó hacia el taburete. Normalmente, el aroma de todas las flores del solárium habría resultado agradable, pero Erik estaba demasiado nervioso. Se sentó en el taburete, se miró los pies y empezó a explicarse.

—Perdonadme por cualquier vergüenza que os haya causado, Lord Lokton, — dijo Erik.

— ¿Cuántas veces tengo que decirte que no me llames así? — Lord Lokton le tendió la naranja recién pelada a Erik y sonrió cálidamente. —Entiendo que puedas no sentirte cómodo llamándome padre, pero no consentiré que me llames por mi título, como si fueras mi sirviente.

—Sí, señor, — contestó Erik. Cogió la naranja y separó uno de los gajos.

—Señor es igual de malo, Erik. Llámame padre, o llámame por mi nombre de pila.

Erik asintió, pero no dijo nada. Se metió el gajo de naranja en la boca y lo aplastó con la lengua, permitiendo que el néctar dulce y ácido le inundase la boca.

—Por lo que respecta a tus acciones, no te he hecho bajar para hablar de eso, — dijo Lokton. Cogió otra naranja de un cuenco que tenía en el regazo y empezó a pelarla.

— ¿No estáis enfadado conmigo? — preguntó Erik con incredulidad.

—Venga, Erik, — dijo Lokton. —Hasta yo espié a un profesor o dos en la Academia Kuldiga. — Los ojos de Erik se ensancharon, y Lord Lokton se rió. —Me colé en el estudio de Maese Baird cuando estaba en primer año, era un profesor de alquimia. Sentía curiosidad por todas las criaturas que guardaba en frascos.

— ¿Os pillaron? — preguntó Erik.

—Desde luego. El propio director entró justo cuando yo hacía caer unos cuantos matraces llenos de diferentes pociones.

—Buf, apuesto a que os costó un montón de puntos de sanción, — susurró Erik.

—En realidad, el director quiso expulsarme, — corrigió Lokton.

— ¿Qué hizo vuestro padre? — preguntó Erik. Esperaba una historia de terror sobre la deshonra de la familia y cosas así. Seguramente el padre de Lord Lokton habría estado enfadado en extremo.

—Mi padre era muy sabio, — contestó Lord Lokton con una sonrisa nostálgica. —Me llevó a una reunión con Maese Baird. Durante la reunión, me disculpé, y mi padre dispuso que me convirtiese en el ayudante de Maese Baird. Me pasé casi tantas horas con Baird después de las clases como tú pasas con Janik para expiar tus puntos de sanción. También trabajé como mozo de cuadra de Maese Baird durante los veranos.

— ¿Así que no os expulsaron?

Lokton soltó una risita. —No, para desgracia del director, nunca me expulsaron. — Lord Lokton se comió un gajo de su naranja, masticando lentamente. —Mi padre entendía que una mano estricta no era la herramienta correcta conmigo. En vez de ello, hablaba conmigo, me instruía y me mostraba lo que esperaba de mí a través del ejemplo. Esa es una forma sagaz de tratar a los niños inteligentes, en mi opinión. — Lord Lokton abrió mucho la boca y se metió dentro el resto de la naranja.

—Supongo que tendrá otras cosas para ti a medida que pase el tiempo, — contestó Lord Lokton con la boca medio llena. Se tragó el resto de la naranja de golpe. —Pero esa es una decisión que deben tomar ella y Maese Lepkin. Te he hecho bajar esta mañana para algo totalmente diferente. — Lord Lokton se levantó de la silla y caminó hacia la pared cubierta de cristaleras. —Me impresionó sobremanera el informe de Maese Lepkin sobre tu destreza con la espada. No resulta nada fácil batirse contra tantos oponentes en un solo día, especialmente cuando algunos de ellos son más mayores, más fuertes, y cuentan con más entrenamiento a sus espaldas.

Erik sonrió de oreja a oreja. —Gracias, — dijo.

—Desafortunadamente, me temo que tu duelo con uno de los muchachos te va a causar algunos problemas en la Academia Kuldiga.

—El sobrino de Maese Orres, — dijo Erik. Su sonrisa desapareció y dejó caer los hombros.

—Bueno, supongo que eso puede causar algunos problemas, pero no estoy hablando de Maese Orres. — Lord Lokton volvió a su sillón y se sentó en el brazo del mismo, con la pierna izquierda en el suelo y la derecha sobre el cojín de asiento. — Estoy hablando del padre de Timon, — dijo. —Conozco muy bien a Lord Cedreau. Fuimos juntos a la Academia Kuldiga. Valora el honor familiar por encima de todo. Estoy seguro que aparecerá hoy o mañana. —

— ¿Por qué razón vendría aquí? — preguntó Erik.

—Le rompiste la mano a su hijo. Exigirá algún tipo de reparación por ello.

— ¿Puede hacer eso?

—Según la ley, tiene derecho a exigir una restitución.

—Lo siento, no pretendía hacerle daño, y jamás desearía causaros a vos o a Lady Lokton ninguna pena.

—Sólo nos causas pena cuando te diriges a nosotros por nuestros títulos. Puede que sea Lady Lokton para nuestros sirvientes, pero tú deberías llamarla o bien madre, o bien por su nombre de pila, Raisa.

—Lo siento, — dijo Erik avergonzadamente.

—Yo me encargaré de Lord Cedreau, — anunció Lord Lokton. —Mientras hablamos estoy preparando una cacería de jabalíes. Nunca has ido a una cacería de jabalíes, ¿verdad?

—Sólo tengo catorce años, no puedo cazar un jabalí hasta que tenga dieciséis.

—Ah sí, es verdad. — Lord Lokton se levantó del sillón y cruzó los brazos. —Bueno, a la vista de tus excepcionales proezas de ayer, quizá deberíamos hacer una excepción.

Erik levantó ansiosamente la mirada, con los ojos brillantes y muy abiertos. — ¿De verdad?

Si puedes superar a varios aprendices en combate y encararte con el lobo de Dimwater, ciertamente puedes unirte a una cacería de jabalíes. Ya he encargado tu primera espada de caza. Demetrius dijo que la tendría terminada hoy a mediodía.

— ¡Gracias! — exclamó Erik saltando del taburete. — ¡Seré el primero en encontrar al jabalí!

Lord Lokton se rió con ganas. —No lo dudo. — Lord Lokton se acercó a Erik y le puso una mano sobre el hombro. — Estás convirtiéndote en un magnífico joven, — dijo con una sonrisa. —A medida que recibas más responsabilidades en la Academia Kuldiga, aprenderás todo lo que necesitas saber sobre la espada, y sobre las otras asignaturas que Maese Lepkin tenga a bien impartirte. Yo te enseñaré las otras cosas del reino. Desde este momento, eres el heredero de todas mis posesiones. Raisa y yo somos incapaces de tener nuestros propios hijos. Esta es la razón por la que busqué a alguien como tú. Tienes el potencial de ser algún día un Lord magnífico. Esperaré de ti que pases conmigo todos los días que no estés en la Academia. Asistirás a audiencias conmigo, saldrás a patrullar conmigo y, por supuesto, vendrás a cacerías conmigo.

Erik se quedó sin palabras que contestar. Se le abrió mucho la boca y tenía los ojos del tamaño de platillos. *¿Cómo puedo ser yo el heredero?* se preguntó Erik. *No soy de sangre noble.*

Lord Lokton se rió, a sabiendas, y apretó a Erik en un enorme abrazo. —Ve a comer, — dijo. —Sólo naranjas no te sustentarán en la cacería.

Erik asintió y salió a toda prisa hacia el comedor.

*****

—Erik, adelántate y arrodíllate frente a mí, — dijo Lord Lokton con voz potente para que todos le oyeran.

Erik miró a toda la gente que había alrededor. Conocía a la mayoría de los sirvientes, al menos sus caras, si no sus nombres. También conocía a un par de los niños que vivían en las casitas próximas a la mansión, pero jamás había visto muchas de las caras que ahora le sonreían. Intentó aparentar confianza mientras caminaba hacia su padre, pero por dentro estaba nervioso. *No te tropieces… no te tropieces*, se decía Erik a sí mismo una y otra vez. Quería correr, o quizás que la lluvia alejase a la mayoría de la gente, para no sentirse tan incómodo y expuesto, con todo el mundo mirándole. Aún así, su incomodidad desapareció mientras se arrodillaba ante Lord Lokton, su padre adoptivo.

—Hoy, mi hijo se convierte en un hombre, — anunció Lord Lokton. Colocó su mano derecha sobre la cabeza de Erik y su cara se iluminó de orgullo mientras observaba a la multitud. —Ayer, mi hijo tuvo que enfrentarse a varios desafíos. Primero, combatió contra varios Aprendices de la Espada, derrotando a cada uno de los contrincantes que le desafiaron. Después acompañó a Lady Dimwater a enfrentarse a un Diablo de Sombras y a llevar al demonio ante la justicia. Durante este cometido, Erik superó a un hombre adulto en combate con armas de verdad, pero honorablemente, perdonó la vida al hombre. Estas hazañas son ejemplo del valor, la fortaleza, el honor y la piedad de Erik. Algunos quizá opinen que es inusual regalarle a Erik su primera Espada para Jabalíes a una edad tan temprana, pero a esas personas les digo: mostradme un chico de dieciséis años que ejemplifique mejor las cualidades de un noble de la Casa Lokton.

La multitud vitoreó y aplaudió. Muchos gritaron elogios a Erik y otros invocaron las bendiciones de los Dioses sobre la Casa Lokton. Lord Lokton observaba a la festiva multitud, pero su sonrisa disminuyó al ver a tres individuos abriéndose paso a empujones.

—Lord Lokton, no puedo permitir esto, — dijo el individuo más alto. La multitud interrumpió sus vítores, pero algunos susurraron y murmuraron entre ellos. —Este huérfano vuestro ha deshonrado a mi familia. Mirad la mano de Timon, — Lord Cedreau empujó a Timon hacia delante y el chico levantó su mano rota, envuelta en una escayola. —La ley exige una restitución. Así pues, para desagraviar a mi hijo, vuestro marginado no recibirá su espada de caza hoy.

Erik se giró y vio a Lord Cedreau por primera vez. Era más alto que Timon, pero tenía el mismo pelo oscuro y ondulado, acentuado por unos ojos grises ahora entrecerrados. La nariz del noble era prominente, con un ligero repunte al final. Aunque la forma del hombre se había redondeado más que la de sus hijos, a Erik le resultaba obvio que todavía poseía una formidable fuerza física. Tenía los brazos y las piernas grandes, y los hombros anchos. La túnica azul y dorada permanecía en su sitio gracias a un gran cinturón de armas, del que colgaba una larga espada con empuñadura de plata. Entonces Lord Cedreau atrapó la mirada de Erik con su propia mirada, fija y acerada. Al principio, Erik quiso desviar la mirada, pero no lo hizo. Sostuvo fijamente la mirada de Lord Cedreau, entrecerrando los ojos para observar al hombre.

—Estáis tergiversando la ley, Lord Cedreau, — respondió Lord Lokton. —La ley no *exige* una restitución, la *permite*. Además, el festival de hoy es un rito de paso. En esta ceremonia, Erik se convierte en un hombre. El pago que solicitáis no es proporcional a la ofensa contra vuestro hijo que denunciáis.

—Es un pago justo, — contestó Lord Cerdeau.

—No, — respondió Lord Lokton. —Mi hijo le rompió la mano a Timon. Erik le tendría que haber roto algo más para justificar la cancelación de esta ceremonia.

Se elevaron algunas risitas entre la multitud.

— ¿Cómo os atrevéis? — rugió Lord Cedreau. — ¡Mi hijo es un noble de cuna, el vuestro un marginado, un huérfano! No es digno de la ceremonia que estáis celebrando en su honor ahora mismo.

— ¿Que cómo me atrevo? — repitió Lord Lokton. —No, señor, ¿cómo *os* atrevéis *vos*? ¿Cómo os atrevéis a irrumpir en la Konn Deta de Erik? ¿Cómo os atrevéis a llamar marginado a mi hijo, y cómo os atrevéis a exigir una restitución desproporcionada ante toda mi gente y todos estos testigos? Vuestra ofensa de hoy es mucho peor que cualquier ofensa cometida por Erik. Habéis insultado a mi hijo, a toda mi casa, y a la ley que profesáis mantener.

—Cuidad vuestras palabras, Trenton Lokton, o podríamos vernos obligados a poner fin a esta contienda con sangre, — gruñó Lord Cedreau.

— ¿Es eso un desafío? — siseó Lord Lokton. —No recuerdo que jamás os acerqueis siquiera a vencerme en duelo en la Academia Kuldiga, así que quizás podrías escoger vuestras palabras con cuidado.

—Convocaré al magistrado, y él decidirá sobre este asunto, — prometió Lord Cedreau. —No me sorprendería que me concediese una parte de vuestras posesiones por rehusar una restitución a mi familia.

Otro hombre se abrió paso a empujones entre la multitud, seguido de un hombretón con una capucha sobre la cabeza. El primer hombre tenía el pelo gris y una poblada barba también gris. Tenía la piel bronceada y curtida. Llevaba una sencilla túnica azul con borde verde y pantalones negros. Sobre los hombros llevaba una capa negra, larga y fluida, fijada en la parte delantera con un broche en forma de ojo dorado. Erik supo al instante de quién se trataba.

—Ya estoy aquí, Lord Cedreau, — anunció el magistrado.

Lord Cedreau se puso rígido y apretó los puños. —Veo que vuestro ingenio sigue aguzado, Lord Lokton, — murmuró Lord Cedreau.

—Lo suficientemente aguzado para los de vuestra clase, — replicó Lord Lokton agriamente.

—Por el momento no veo causa alguna para esta intrusión, Lord Cedreau, — dijo el magistrado. —Como sabéis, la Academia Kuldiga me informa directamente de todos los incidentes con lesiones.

—No pensé que sabríais de esto hasta el lunes, — contestó Lord Cedreau con la más ligera inclinación de cabeza.

—Ese fue vuestro primer error, — replicó el magistrado. —El segundo fue exigir restitución sin contar con el apoyo de un magistrado local para respaldaros.

—La ley me permite buscar restitución sin hablar con vos, — contestó amargamente Lord Cedreau.

—Cierto, pero la tradición os conmina a actuar con prudencia, buscando primero el apoyo del magistrado. Si lo hubieseis hecho, podría haberse evitado todo este desastre.

— ¿Quién os habló del incidente? — preguntó Lord Cedreau. —Tengo derecho a saberlo, para poder desafiar el relato de los hechos dado por el testigo.

—Hay dos profesores de la Academia Kuldiga, — replicó el magistrado. —El primero es vuestro cuñado, Maese Orres. — El magistrado señaló entre la multitud y Maese Orres se adelantó. Iba vestido con sencillez, sin espada ni armadura, pero sus gigantescos brazos y su expresión fría como la piedra arrancaron un jadeo a la multitud.

—Di mi versión del suceso ayer por la noche. Como dije entonces, encuentro a Erik inocente de cualquier ofensa. Fue un accidente de entrenamiento, nada más.

—Por si ponéis en duda la opinión de Maese Orres, — empezó el magistrado, —recordad que Timon es su sobrino tanto como es vuestro hijo.

Lord Cedreau miró a Lord Lokton con el ceño fruncido. Se contemplaron fijamente y parecían estar batiéndose con la mirada, hasta que se adelantó el siguiente testigo.

—Yo soy el segundo testigo. — El hombre encapuchado que había tras el magistrado dio un paso adelante. Erik conocía aquella voz fuerte y confiada. Era Maese Lepkin. Mientras la capucha se retiraba para revelar el rostro de Lepkin, las mejillas de Lord Cedreau se pusieron de color escarlata.

—Supongo que debo darle las gracias al Señor Stilwell por esto. — Lord Cedreau escupió al suelo junto a los pies de Lord Lokton.

— ¿Estáis insinuando que el magistrado podría no estar siendo objetivo? — preguntó Lord Lokton.

—El Señor Stilwell es primo del magistrado, — respondió Lord Cedreau.

—Pero no me controla, — replicó el magistrado. —Lo vuelvo a repetir, no me parece que se cometiese ofensa alguna contra la Casa Cedreau, y por tanto vuestras reivindicaciones de restitución son erróneas. Además, si se consideran el momento y la forma en que fueron hechas vuestras peticiones, la Casa Cedreau ha insultado a la Casa Lokton con la mayor gravedad, y por la presente se la encuentra responsable de daños contra el honor de Lord Lokton.

— ¡Esto es un ultraje! — gritó Lord Cedreau.

—Conteneos, Lord Cedreau, — advirtió el magistrado. — Recordad que el poder del tribunal me acompaña en todo momento. Por lo tanto, allá donde me encuentre hay un tribunal del reino, y debéis respetarme a mí y a mis dictámenes. Si me desafiáis, o tenéis un solo estallido más, hay caballeros aquí presentes más que capaces de arrestaros.

Maese Lepkin avanzó un par de pasos y apartó el lateral de su capa hacia atrás para revelar su famosa espada negra. Erik también vio al Señor Stilwell, a Maese Orres y a unos cuantos más dar un paso hacia delante, rodeando con eficacia a Lord Cedreau y a sus dos hijos. Erik observaba el enfrentamiento con nerviosismo, pero sólo pasaron uno o dos segundos antes de que Lord Cedreau dedicase una amplia y magnífica reverencia al magistrado.

—Siempre estoy al servicio del reino, — anunció Lord Cedreau. Erik estaba seguro de haber detectado sarcasmo en la declaración.

—Entonces permaneced firme y encajad lo que se os viene encima, — ordenó el magistrado. —Lord Lokton, como estamos en vuestras tierras y la ofensa por parte de la Casa Cedreau es de una naturaleza tan personal, os permitiré decidir la restitución apropiada de entre las siguientes opciones, que considero razonables.

Lord Lokton inclinó la cabeza y esperó, mientras Lord Cedreau permanecía de pie, erguido, con la cara roja y la mandíbula apretada.

Podéis escoger uno de los siguientes: catorce caballos de buena crianza, siete acres de pastos de las posesiones de la Casa Cedreau que limitan con las tierras de la Casa Lokton por el este, o un pago único de catorce mil piezas de oro, más siete lingotes de acero para usar como estiméis conveniente.

La multitud permaneció en silencio mientras Lord Lokton rumiaba la decisión en su mente. Las opciones eran justas, pero sabía que Lord Cedreau nunca lo entendería. Cualquiera de las opciones probablemente empujase a Lord Cedreau a una ira más profunda de lo que Lord Lokton había visto nunca. Por otra parte, no podía permitir que la Casa Cedreau insultase a su hijo, su único heredero, sin consecuencias. Debía pedir responsabilidades a Lord Cedreau.

—Con la venia del magistrado, ¿puedo proponer una ligera variación? — preguntó Lord Lokton.

— ¿Qué deseáis proponer? — preguntó el magistrado.

—Quizá podríamos permitirle a Erik escoger un caballo de las manadas de la Casa Cedreau. Mi hijo todavía no tiene un caballo, y todos sabemos que la Casa Cedreau cría los mejores caballos de batalla de todo el reino. Esto sería pago suficiente. Después de pagar la restitución, invitaría a Lord Cedreau y a su hijo mayor a participar en la caza de jabalíes de esta tarde.

—Si eso es todo lo que requiere la Casa Lokton, por mí está bien. ¿Qué decís vos, Lord Cedreau? — preguntó el magistrado.

Erik podía ver la indignación pintada en el rostro de Lord Cedreau. Los puños del hombre estaban fuertemente apretados y le latían las venas de la frente. Se volvió hacia el padre adoptivo de Erik, pero permaneció largo tiempo en silencio. Finalmente, Lord Cedreau aflojó los puños y extendió la mano.

—Volveré a casa y prepararé los caballos, — dijo con amargura.

—Entonces está decidido, — declaró el magistrado. — Lord Cedreau partirá de inmediato y preparará todos sus caballos para enseñárselos a Erik. Una vez termine la Konn Deta, acompañaré a Lord Lokton y verificaré que se ha realizado la restitución.

Lord Cedreau giró sobre sus talones y salió como una tromba entre la multitud, que se apresuraba a dispersarse a su paso. Sus hijos casi tenían que correr para mantener su ritmo.

Lord Lokton volvió con andar tranquilo a su sitio junto a Erik. —Ahora, — dijo Lord Lokton en voz alta. — ¿Por dónde iba? — En un instante, la tensión había desaparecido del aire y la muchedumbre se rió junta. —Demetrius, tráeme la espada. — Lord Lokton colocó una vez más la mano derecha sobre la cabeza de Erik.

Erik observó aproximarse a Demetrius. Llevaba un mandil de herrero limpio y nuevo sobre su túnica y pantalones pardos. En los pies llevaba botas de cuero con cuentas cosidas en los laterales en forma de martillo. Era la única vez que había visto al herrero sin hollín encima. Hasta sus manos estaban limpias.

Entonces Erik vio lo que sostenía Demetrius en las manos.

Erik no podía ver la espada porque estaba envuelta en un paño verde. Erik sabía que la costumbre dictaba que se envolviese la Espada para Jabalíes en una capa con los colores y el escudo de armas o amuleto de la familia. Erik entendía la trascendencia de aquello y estaba casi demasiado emocionado como para esperar a que su padre adoptivo se la diese. Estaba a punto de convertirse en un hombre de la Casa Lokton. Un noble tan cierto como si hubiese sido hijo natural de Lord y Lady Lokton.

—Erik Lokton, — empezó Lord Lokton, mientras tomaba el fardo con la mano izquierda. —Cuando te arrodillaste, eras un muchacho, pero ahora es momento de que te pongas de pie con los hombres. Te entrego tu capa, para que puedas oficiar en los asuntos de la Casa Lokton. Todo el que te mire a partir de ahora sabrá quién eres. — Lord Lokton hizo una pausa. Raisa se adelantó, desenvolvió la capa, y la colocó sobre los hombros de Erik.

La multitud estalló en una aclamación. Lady Lokton tomó la mano derecha de Erik y le deslizó un anillo de oro con una gran esmeralda en el dedo. —Te doy este anillo, para que puedas recordar tu sitio en la Casa Lokton. La esmeralda que hay en el centro de la alianza de oro te representa, al igual que tú estás en medio de los que vinieron antes, y de los que aún están por venir. Si miras a través de la gema, verás un león dorado. Esto simboliza tu nobleza interior, y sirve como recordatorio de tus obligaciones. — En ese momento, Raisa se inclinó y besó la mano de Erik. Retrocedió, mientras la multitud contenía el aliento.

—Como un hombre de la Casa Lokton, — empezó Lord Lokton. —Tus obligaciones son tu familia, tus posesiones y tu rey. Aprenderás tus responsabilidades en ese orden. Por lo tanto, resulta adecuado que al convertirte en hombre, recibas tu primera Espada de Jabalíes. Esto es un símbolo de que te impondrás el deber de cuidar de tu familia. Proveerás sustento, refugio y abrigo. La capa y el anillo simbolizan tus obligaciones para con tus posesiones. Cuida de las personas que viven en tus tierras. Defiéndelas y preside sobre ellas. — Lord Lokton levantó la mano de la cabeza de Erik. Agarró la empuñadura de la Espada de Jabalíes y empujó la punta en la tierra frente a Erik. —Levántate, — indicó Lord Lokton.

—No puedo, — dijo Erik, concentrándose a fondo para recordar su parte del guión. —Mi capa cuelga suelta, y sin un broche se caerá.

Lord Lokton se sacó un broche del bolsillo y lo mantuvo brevemente en alto para que todos lo vieran. —Y al igual que la capa no puede permanecer en su sitio sobre tus hombros sin un broche, la Casa Lokton no puede permanecer en su lugar sin cumplir con su deber con el reino. Defiende la ley, y la Casa Lokton prosperará. Incumple la ley, y la Casa Lokton caerá como una capa desabrochada al viento.

Lord Lokton se inclinó y unió la capa con el broche. —Este broche representa tu juramento de completar tu formación en la Academia Kuldiga, y de convertirte un día en un caballero de la Orden de Kelteshteg, deseoso de servir y proteger al reino. — Lord Lokton se levantó y retrocedió tres pasos. —Levántate, — indicó. —Levántate y saca tu espada.

—Erik se puso de pie y fue a coger su espada. Al sacar la mano, el broche dio un chasquido y la capa cayó al suelo. La muchedumbre ahogó un jadeo. Erik echó la mano izquierda hacia atrás y atrapó la esquina izquierda de la capa. Se volvió para mirar a Lord Lokton, que permanecía inmóvil como la piedra. Erik podía oír a la multitud murmurando a sus espaldas.

—Esto es un mal presagio, — susurró Demetrius.

CAPÍTULO 4

Erik permanecía de pie mirando a través de la puerta ligeramente abierta, escuchando atentamente a su padre y a otros mientras hablaban de la Konn Deta.

—La capa se cayó antes incluso de que el muchacho agarrase la espada. Os lo aseguro, ¡es un mal augurio! — gritó Demetrius.

—A veces las cosas simplemente se caen, Demetrius, — replicó Lord Lokton. —No siempre tiene que haber una señal o un presagio.

—Aún así, es inusual que el broche se partiera en dos, — añadió el Señor Stilwell. —Las cosas como esa no pasan porque sí.

—Especialmente no durante una ceremonia Konn Deta, — afirmó Demetrius.

—Si esto es un mal presagio, Lord Lokton, sabéis que sólo puede significar una cosa, — dijo Maese Orres.

—La Casa Lokton crea su propio destino, — contestó Lord Lokton. —No agacharé las orejas sólo porque un trozo de tela se cayera. — Lord Lokton despidió a todo el mundo con un ademán.

Erik se apartó de la puerta justo cuando Demetrius la abría de golpe. El herrero, grande y lleno de músculos, bajó la mirada desdeñosamente hacia Erik. Erik le clavó la suya, sin saber qué hacer o decir. Entonces, el Señor Stilwell llegó por detrás y empujó a Demetrius hacia delante.

—Vamos, tenemos obligaciones que atender, — dijo el Señor Stilwell.

Demetrius empujó a Erik a un lado con un barrido de su gigantesco brazo y después continuó andando. El Señor Stilwell le arqueó una ceja curiosa a Erik durante un momento, y después siguió tras Demetrius. A continuación, Maese Orres salió de la habitación y pasó junto a Erik dedicándole poco más que un rápido vistazo. Tras él siguió Sir Duvall, otro de los caballeros al servicio de Lord Lokton. Por último, salió Lord Lokton. Sonrió a Erik, pero Erik pudo ver la preocupación en los ojos de su padre adoptivo.

—No pretendía que se cayera la capa, — dijo Erik.

—No te preocupes por eso, — contestó Lord Lokton. — No hiciste nada malo.

—El mal presagio del que habló Demetrius, ¿soy yo, verdad?

Lord Lokton le revolvió el pelo a Erik y agarró el hombro del muchacho. —Demetrius se toma las cosas demasiado en serio. No prestes la más mínima atención a su charla sobre augurios. — Lord Lokton hizo a Erik darse la vuelta y le empujó suavemente hasta que empezó a atravesar el salón. —Además, hoy tenemos cosas más importantes que hacer. Habrá una cacería, y todavía no tienes un caballo en el que montar.

—Sí que tengo un caballo, — respondió Erik sin pensar. —Me disteis el manchado llamado Cielo, ¿os acordáis?

Lord Lokton se rió suavemente. —Sí, eres dueño del caballo manchado, pero ahora eres un hombre. Deberías tener un caballo de hombre. Lord Cedreau tiene los mejores linajes de caballos de batalla del reino. La Casa Cedreau ha trabajado durante generaciones para perfeccionar su programa de cría. Sólo utilizan las mejores líneas sanguíneas para producir caballos de batalla sin igual. Los caballos son fuertes y no tienen miedo. También son tan leales a su dueño que si desmontan al dueño en combate, el caballo peleará y protegerá a su amo caído.

—Caray, no creo que Cielo hiciera eso por mí, — dijo Erik.

—No, — admitió Lord Lokton, —pero Cielo fue criado para otros propósitos.

— ¿Cómo sabré qué caballo escoger? — preguntó Erik.

—Eso es algo que tendrás que sentir en tu interior, — replicó Lord Lokton. —Ven, deberíamos marcharnos ya.

*****

—La Casa Cedreau desea dar la bienvenida a la Casa Lokton y otros invitados distinguidos, — saludó Lord Cedreau al salir de la mansión.

—Lord Cedreau, os agradecemos vuestra hospitalidad, — contestó Lord Lokton.

Erik se dio cuenta de que ambos hombres parecían simplemente cumplir con las formalidades. No había sinceridad en las palabras de ninguno de ellos.

—He reunido a los caballos para que Erik escoja uno, — anunció Lord Cedreau. —Por favor, vayamos al corral oeste.

—Confío en que hayáis reunido a todos los caballos, — dijo el magistrado.

—Por supuesto. — se resintió Lord Cedreau. —Excepto los caballos que ya tienen jinetes. Como sabéis, nuestros caballos son leales a un amo durante todas sus vidas.

—Está bien, — dijo Lord Lokton, a sabiendas. —Sólo esperábamos ver a los caballos sin dueño. —

Lord Cedreau asintió sagazmente y les condujo al corral oeste. Erik quedó asombrado de su tamaño. Al principio sólo vio una pequeña zona vallada alrededor de un granero de grandes dimensiones, pero mientras se acercaban, Erik se dio cuenta de que la valla descendía por una suave colina, extendiéndose varios acres más allá del granero. En el interior del vallado había cientos de caballos, fuertes y majestuosos.

—Vendemos nuestros caballos a caballeros de todo el reino, — declaró Lord Cedreau. —Estoy seguro de que Erik encontrará uno que sea adecuado para él.

— ¿Cómo sé si un caballo ya tiene un jinete? — preguntó Erik. Lord Cedreau adoptó un aire de burla y Erik se sintió estúpido por preguntar.

—Los caballos con dueños tienen una serie de cuentas de colores entretejidas en la crin, justo detrás de la oreja izquierda, — contestó Lord Cedreau. —Pero no te preocupes por eso. Todos los caballos del corral oeste están disponibles. Todos los caballos que ya tienen dueños están en el pequeño corral que hay allí. — Lord Cedreau señaló a otro corral en el extremo norte de la mansión. Sólo tenía una pequeña fracción de las dimensiones del corral oeste, y Erik se dio cuenta de que allí sólo había treinta o cuarenta caballos. —Por favor, no seas tímido. Ve a seleccionar un caballo, — dijo Lord Cedreau.

—Vuestro humor parece haberse aligerado, Lord Cedreau, — comentó el magistrado mientas Erik se deslizaba por la valla del corral y empezaba a caminar lentamente entre los caballos.

—Sí, bueno, digamos simplemente que he tenido algo de tiempo para enfriarme un poco, — contestó Lord Cedreau.

Erik podía oírles hablando, pero decidió sacarlos de su mente. Había visto lo suficiente del comportamiento de Lord Cedreau como para saber que sus actuales ademanes eran cualquier cosa menos genuinos. Sin duda ya tenía algún plan en marcha para vengarse de la Casa Lokton por el desaire que había recibido en la Konn Deta. Erik estaba simplemente agradecido de que Lord Cedreau no hubiese visto lo que sucedió con la capa.

Un caballo grande de color avellana resopló y golpeó el suelo con las pezuñas. El comportamiento del caballo fue suficiente para recordarle a Erik la tarea que tenía entre manos. Primero estudió al caballo color avellana. Admiró el colorido de la enorme bestia. La cabeza era color avellana claro, con una zona en forma de rombo de color blanco entre los ojos. El resto del gigantesco cuerpo era de un marrón más oscuro, salvo por el plumaje blanco en la parte posterior de las patas.

—Ese es un caballo magnífico, — gritó Lord Cedreau.

Erik asintió y continuó andando entre la manada. Fue estudiando a cada caballo mientas caminaba. Se fijó no sólo en el color de cada caballo, sino también en su tamaño, constitución y cómo reaccionaba ante él. Algunos de los caballos le rehuían, otros le miraban y se alzaban inmóviles como centinelas de cuatro patas, pero la mayoría parecía indiferente ante él. Estuvo caminando entre los animales durante casi una hora antes de volver hasta su padre.

—¿Has encontrado alguno que te guste? — preguntó Lord Lokton.

Erik se dio cuenta de que su padre y el magistrado estaban mucho más alejados de Lord Cedreau que cuando los había dejado.

—No me puedo decidir, — contestó Erik con un encogimiento de hombros.

— ¿Estás diciendo que mis caballos no son lo suficientemente buenos para ti, niño? — bromeó Lord Cedreau. Un par de mozos de cuadra soltaron una risita.

Erik no dudó un instante. —Al contrario, Lord Cedreau, — contestó. —Se trata más bien de que todos son de tal calidad, que es difícil decidirse entre ellos. — Erik observó cómo sus palabras desmontaban el enfado de Lord Cedreau y lo sustituían con un atisbo de orgullo.

—Bien, en ese caso, simplemente escoge cualquiera de ellos, muchacho, todos son magníficos animales, — dijo Lord Cedreau.

Lord Lokton se enojó y se giró para contestar a Lord Cedreau, pero Erik se le adelantó.

—Lord Cedreau, con respeto, es costumbre llamarme Maese Lokton, ya que he pasado por mi Konn Deta. El anillo que llevo en el dedo debería recordar este hecho a todos los que lo vean.

—Bien dicho, — susurró el magistrado a nadie en particular.

Lord Cedreau le dirigió a Erik una mirada fulminante, pero el joven se mantuvo en su sitio y le devolvió la mirada con una confianza inquebrantable. —Mis disculpas, Maese Lokton, se me debe haber pasado por alto. — Las palabras destilaban veneno, pero Erik no se acobardó. Se giró hacia Lord Lokton, que sonreía de oreja a oreja rebosante de orgullo.

—Debéis escoger un caballo, Maese Lokton, — insistió el magistrado.

Erik asintió y miró de nuevo a los caballos del corral. Sus ojos recayeron sobre el semental avellana con el rombo en la frente. Estaba a punto de escogerlo, pero una conmoción en el otro corral le detuvo.

Todos los caballos estaban resoplando y relinchando. Un caballo en particular estaba haciendo muchísimo ruido. Erik siguió rápidamente a Lord Cedreau y a los mozos de cuadra, que corrían hacia el otro corral. Cuando se acercaron, vio a un impresionante semental, totalmente negro, que retrocedía sobre sus patas traseras y azotaba el aire con las pezuñas delanteras.

— ¿Qué le ha asustado? — preguntó Lord Cedreau.

—No estoy seguro, — contestó uno de los mozos de cuadra.

Erik observó a los dos mozos de cuadra intentando calmar al caballo, pero su presencia sólo parecía ponerle más nervioso.

Erik trepó a la valla para ver mejor. Lord Lokton le puso la mano en el hombro a Erik, pero Erik se escabulló y saltó al interior del corral. Se aproximó con cautela al caballo, ignorando los gritos de advertencia de todo el mundo. Erik se acercó más, sin pestañear siquiera mientras el gigantesco caballo pateaba a uno de los mozos de cuadra y lo enviaba volando por el aire.

—Tranquilo, chico, — dijo Erik persuasivo. El caballo volvió a retroceder y descendió pesadamente sobre sus patas delanteras. El polvo voló alrededor de Erik, pero no le prestó atención. Algo en su interior le decía que estaba a salvo. Había una conexión entre él y el caballo. Erik miró al caballo a los ojos durante un segundo y después, sin miedo, extendió la mano. El caballo resopló y después dejó caer la cabeza en la mano de Erik. Erik rascó al caballo detrás de la oreja y entonces se dio cuenta de que no llevaba cuentas.

—Quiero este caballo, — le dijo Erik al magistrado.

—Ese caballo está apalabrado, — ladró Lord Cedreau.

—No tiene cuentas en la crin, — replicó Erik.

— ¿Quién es el amo del caballo? — preguntó el magistrado.

—Pertenece a mi hijo, — bramó Lord Cedreau.

— ¿Ha montado vuestro hijo este caballo? — preguntó el magistrado.

Lord Cedreau apuñaló el aire con el dedo, señalando al caballo mientras echaba humo. —Este caballo ha sido específicamente criado y entrenado para Timon, — gruñó Lord Cedreau. —Está apalabrado. Maese Erik puede escoger entre los otros caballos, pero no este.

—Contestad a mi pregunta, — exigió el magistrado. — ¿Ha sido montado este caballo?

En la frente de Lord Cedreau aparecieron venas palpitantes. Erik hubiera jurado que el hombre iba a explotar allí y ahora. —No, — gruño Lord Cedreau por fin. —Todavía no ha sido montado.

—Entonces Maese Erik tiene derecho a escoger este caballo, — declaró el magistrado.

—Lord Lokton, decidle a vuestro hijo que escoja otro caballo, — insistió Lord Cedreau.

Lord Lokton sacudió la cabeza. —El trato era que mi hijo podría escoger cualquier caballo que aún no tuviese un amo. Como este caballo todavía no tiene uno, aunque estuviese destinado a vuestro hijo, Maese Erik tiene derecho a elegirlo. Hablad con él si lo deseáis, para llegar a un nuevo acuerdo.

Lord Cedreau apretó fuertemente la mandíbula. Erik se dio cuenta de que Lord Cedreau quería decirle algo más a su padre adoptivo. Algo realmente desagradable, por su aspecto, pero Lord Cedreau no dijo nada más. Miró fijamente a Lord Lokton durante largo tiempo, apuñalándole con sus fríos ojos, pero dándose volviéndose finalmente hacia él. Lord Cedreau se agarró a la barra superior de la valla, exhaló pesadamente e inhaló nuevamente antes de hablarle. — ¿Quizá podría convenceros para que escojáis un caballo diferente? Hasta podría añadir algo más para endulzar el acuerdo, ¿qué me decís?

Erik pensó por un momento. No quería provocar más mala sangre entre su padre adoptivo y Lord Cedreau, pero también sintió que este caballo estaba escogiéndole a él tanto como él elegía al caballo. Se giró hacia el caballo y le miró a los profundos ojos pardos. El caballo le dio un suave empujoncito a Erik con su enorme cabezota. —Escojo este caballo.

—No olvidaré esto, Lord Lokton, — rugió Lord Cedreau. —Tan pronto como el caballo esté preparado, os quiero a todos fuera de mis tierras, y no se os ocurra volver. — Había una aspereza en sus palabras que Erik no había detectado antes. Erik miró a su padre adoptivo, preguntándose cuál sería su respuesta.

Lord Lokton sonrió disimuladamente. —Entonces, ¿entiendo que no os uniréis a nosotros en la cacería de hoy?

Lord Cedreau escupió en el suelo y marchó echando chispas.

—Ve a por tu caballo, hijo, — dijo Lord Lokton, girándose hacia él. —Es hora de volver a casa.

Erik pasó la silla de montar del caballo manchado a su nuevo caballo. Tuvo que aflojar la cincha hasta el último agujero para poder rodear el gigantesco cuerpo del caballo, e incluso entonces, la silla no terminaba de ajustar bien.

—Vamos a necesitar una silla nueva, — dijo Erik.

—Tenemos una en casa en el establo que debería valer, — contestó Lord Lokton. — ¿Cómo lo vas a llamar?

Erik saltó a la silla y agarró las riendas. —Goliath. — Erik tocó suavemente los flancos del caballo con los talones y Goliath trotó obedientemente por el corral.

—Ahora parece ser obediente, — comentó el magistrado mientras observaba a Erik montar el caballo.

—Aparentemente, sólo necesitaba el dueño adecuado, — acordó Lord Lokton con una inclinación de cabeza.

Al cabo de unos minutos, Lord Lokton abrió la puerta del corral y Erik salió con el caballo. Tiró de las riendas y detuvo a Goliath mientras esperaba a que su padre adoptivo y el magistrado montaran en sus propios caballos.

—Yo llevaré a Cielo conmigo, — dijo Lord Lokton. Cogió una cuerda de guía en la mano izquierda y condujo al caballo manchado camino abajo. —Tú puedes adelantarte si lo deseas, hijo.

— ¿Creéis que la silla aguantará si le dejo correr? — preguntó Erik.

Lord Lokton se acercó y dio unos cuantos tirones a la silla. —Le pondremos la silla más grande para la cacería, pero esta debería aguantar si quieres soltarte un poco. Acuérdate de echarle un ojo, y no vayas demasiado deprisa.

Erik esbozó una gran sonrisa. — ¿Entonces os veo en casa?

Lord Lokton asintió con un suspiro de resignación. Erik hundió los talones y dio un grito. Goliath se arrancó camino abajo. Los terrones de tierra volaban mientras el gigantesco caballo galopaba y desaparecía rápidamente de la vista al dar el camino paso al bosque.

—Me atrevería a decir que hay más de vos en vuestro hijo adoptivo, de lo que uno podría nunca suponer, — dijo el magistrado.

—A veces me pregunto si es demasiado parecido a mí, — replicó Lord Lokton. El magistrado se rio con ganas y asintió comprensivamente.

*****

—Me sorprende que no te quedases para la cacería de jabalíes, — dijo Maese Orres. —Estoy seguro de que Erik os echó en falta. — El enorme hombretón desmontó grácilmente de su caballo y se unió a Maese Lepkin en el parte delantera de la pequeña cabaña de madera rodeada por un bosque espeso.

—El muchacho es mi aprendiz, pero eso no quiere decir que deba depender demasiado de mí para obtener apoyo, — contestó Maese Lepkin.

—Aún así, es habitual asistir a la primera cacería de un aprendiz después de la Konn Deta. — Maese Orres se sentó en un banco de madera y se reclinó contra el exterior de la cabaña. — Siempre me maravilla el hecho de que vivas aquí, Lepkin. Una cabañita en los bosques no parece lo suficientemente buena para un caballero de tu rango. —

—Me gusta la tranquilidad, — dijo Maese Lepkin en tono neutro.

—Una mansión también puede ser tranquila, — señaló Maese Orres.

—Las mansiones son para las familias. Yo no tengo hijos propios, ni tampoco una esposa. — La intención del tono de Maese Lepkin no pasó desapercibido para Orres.

Maese Orres suspiró y cruzó los brazos. —Podrías haberte batido en duelo por el derecho a su mano, — le contestó huraño.

— ¿Has venido a reabrir viejas heridas, o hay algún otro propósito para tu visita? — bromeó Maese Lepkin.

Maese Orres sacudió la cabeza y desvió la mirada de Lepkin. —He venido a hablar sobre el muchacho.

— ¿Qué le pasa? — preguntó Maese Lepkin.

—Dados los últimos acontecimientos, creo que sería prudente mantener a Erik fuera de la Academia Kuldiga durante un tiempo.

—¿Quieres expulsarle? — preguntó Lepkin. Su ceja se arqueó severamente mientras se levantaba de la silla.

—No, no se merece eso, — contestó Maese Orres, todavía sin mirar a Lepkin a los ojos. —Pero con las tensiones en aumento entre la Casa Lokton y la Casa Cedreau, creo que podría ser malo para Erik quedarse en la Academia Kuldiga. Hay muchos aprendices a los que avergonzó a fondo en el torneo del viernes. No me sorprendería que estuviesen planeando algo para vengarse de Erik.

—¿Estás realmente preocupado por Erik? ¿O es el riesgo de perder el apoyo financiero de la Casa Cedreau para la Academia Kuldiga lo que te roba el sueño por las noches?

—Maese Lepkin, me conoces mejor que eso, — gruño Orres. Finalmente, giró los ojos para mirar a Lepkin. Eran severos y fieros, pero Lepkin sintió que estaba escondiendo algo, además. — También conoces las casas de los grandes señores. Conoces sus formas, sus costumbres y el alcance de su poder. No estoy sugiriendo una retirada permanente; sólo estoy proponiendo una solución a corto plazo.

—¿Durante cuánto tiempo? — preguntó Lepkin.

—Hasta que termine el primer curso de Erik.

—¡Qué! No puedes decirlo en serio. — Lepkin se giró sobre sus talones y se estrelló los puños contra las caderas.

—Lepkin, escúchame. Una semana o dos no serán tiempo suficiente para que nadie olvide lo que sucedió el viernes. Y piensa en la Konn Deta. Sabes tan bien como yo que Lord Cedreau no olvidará aquello con facilidad, ni tampoco el caballo que ha elegido Erik. El primer curso de Erik terminará en seis meses. Llévatelo contigo al terreno y entrénale allí. Será mejor de esta manera. Además, los estudios sobre el terreno son comunes entre los Aprendices que ya han pasado la Konn Deta.

—Erik no es un aprendiz común, ya lo sabes. No tenemos seis meses que perder.

—Entonces entrénale, y hazlo bien, Maese Lepkin. Yo también sé lo que se avecina, pero antes de poder lidiar con ello, debo ser capaz de ocuparme de otros asuntos. Sabes que no puedo hacerlo si la Academia Kuldiga se sume en el caos. Fue tu propia idea genial la que nos metió en este embrollo, y eres tú quien lo va a arreglar. Erik termina este curso en el terreno. Es mi última palabra.

—Como Director de la Academia Kuldiga, tienes la autoridad de dirigir la escuela como desees. — Lepkin se giró y se acercó a Orres. —Pero te lo advierto, se aproximan problemas más graves que unos cuantos reyes obstinados u órdenes de caballería caprichosas. Los Diablos de Sombras están creciendo en número y fortaleza. Están planeando algo. Si cometemos aunque sea el más mínimo error, no viviremos lo suficiente como para proteger el reino.

Maese Orres permaneció de pie en silencio. Asintió sombríamente y se abrió paso alrededor de Lepkin para alejarse del porche. — ¿Puedo contar con que permanezcáis alejados de la Academia Kuldiga?

—Iré el lunes por la mañana a recoger algunas cosas, y después haré lo que has solicitado, — contestó Lepkin.

—Gracias, Maese Lepkin, — dijo Orres. —Me alegro de poder contar contigo. — Maese Orres sonrió y metió el pie en el estribo de su silla de montar. Se subió al caballo y se despidió con la mano. —Cuídate, viejo amigo, y que los Dioses te ayuden a entrenar a ese chico tuyo. — Orres se giró y puso en marcha su caballo a un trote ligero entre los bosques.

Maese Lepkin se quedó allí, mirando al camino largo tiempo después de que Maese Orres se hubiese esfumado entre los árboles. La palabra —cuídate— seguía resonando en su cabeza. Algo en el tono de Maese Orres le hizo preguntarse si no sería una amenaza.

*****

Erik miró a su alrededor con los ojos sonrientes. Toda la Casa Lokton y muchos invitados estaban sentados por el salón para compartir el banquete. Él estaba sentado en la mesa principal, a la derecha de su padre, mientras que Raisa, su madre adoptiva, se sentaba a la izquierda de Lord Lokton. El magistrado también estaba sentado a la mesa, junto con el Señor Stilwell y Sir Duvall. Dos mesas más, unidas a cada lado de la mesa principal, se extendían a lo largo de ambos laterales del gran comedor. Lord Lokton no había ahorrado esfuerzos para este banquete. Los tapetes más elegantes, hechos de seda verde y con borde dorado, se extendían sobre cada mesa. Encima de los tapetes había dos adornados candelabros de plata, que bañaban la habitación con una cálida luz. Se estaba sirviendo el jabalí entre bandejas repletas de frutas, carnes y panes dulces. Los aromas del banquete llenaban el gran comedor de la mansión. Un malabarista actuaba en el centro de la sala, mientras los invitados hablaban entre ellos.

Durante el banquete, parecía como si todos hubiesen olvidado lo que había sucedido en la Konn Deta. Fuertes carcajadas surgían ocasionalmente de diversas partes del salón. Erik advirtió que se trataba de la risa alegre que provocaba la buena comida y los buenos momentos. Todo parecía en perfecto orden. Fue entonces cuando una nube de humo apareció en el centro de la sala.

El malabarista se apartó apresuradamente del humo como una gallina asustada, graznando desgarbadamente mientras agarraba sus mazas de malabares. El humo giró hacia fuera, mientras negros zarcillos ondeaban suavemente y una luz surgía del centro. Salieron rayos de luz verdes, amarillos y blancos hasta que por fin, un hombre se abrió paso entre el humo. Con un ademán de la mano, hizo desaparecer el humo. Todas las conversaciones cesaron y fueron sustituidas por jadeos y gruñidos. Algunos de los hombres, el Señor Stilwell y Sir Duvall entre ellos, sacaron las espadas y se pusieron en pie para defender a su señor.

El extraño volvió a sonreír y chasqueó los dedos. Todas las antorchas, velas y lámparas de aceite se apagaron. Ni siquiera la luz de la luna era capaz de atravesar la insondable oscuridad que se adueñó de la habitación. Erik se puso la mano delante de la cara, pero no fue capaz de verla. Entonces sintió un escalofrío. El calor se había ido con la luz. Hacía un frío de muerte en el salón. Si alguien estaba gritando o moviéndose, Erik no pudo oírlo debido al atronador sonido de su propio corazón latiendo.

—Tukai, — dijo alguien después de unos momentos. Erik sólo pudo oír las palabras débilmente, como si el hechizo de oscuridad amortiguara el sonido. —Ya basta, — continuó la voz.

—Oh, pero justo ahora estaba empezando a divertirme, — contestó alguien más. La oscuridad se desvaneció y fue sustituida por una luz tan brillante como el sol de mediodía. Erik miró a su alrededor, pero no había antorchas, lámparas ni candelabros encendidos. Sólo estaba el hombre del centro de la habitación.

—Enfundad las espadas, hombres, — ordenó Lord Lokton. Fue entonces cuando Erik se dio cuenta de que había sido su padre el que había hablado primero en la oscuridad.

—Pero, señor, ha roto la ley apareciéndose directamente en su casa sin una invitación. Seguramente nada bueno salga de todo esto, — respondió Sir Duvall.

—Aunque aprecio vuestras intenciones, Sir Duvall, nuestras espadas no nos servirán de nada si decide hacernos algún mal, — replicó Lord Lokton. —Bajad vuestra espada.

Erik sintió cómo el miedo le atenazaba el estómago y se lo retorcía en nudos mientras estudiaba al intruso. El hombre vestía largos ropajes de color negro con un brillante borde púrpura en las mangas. Una larga capucha colgaba flojamente sobre el rostro del extraño, cubriendo sus facciones. Los mechones de pelo plateado sobresalían de la capucha como viejas serpientes. El hombre llevaba un medallón colgado del cuello. El reluciente triángulo de oro encerraba la imagen de un ojo abierto. Una vara de madera apareció en la mano izquierda del hombre, que dio tres pasos en dirección a Lord Lokton.

—Ya te has acercado suficiente, Tukai, — anunció Lord Lokton. — ¿A qué has venido?

—Me desilusionó escuchar que la Casa Lokton no me había invitado a presenciar la Konn Deta de su hijo más reciente. — Tukai se giró para mirar a Erik. Erik no podía ver la cara del hombre, pero estaba seguro de que Tukai estaba mirándole directamente a los ojos.

—La Casa Lokton no se relaciona con hechiceros, — contestó Lord Lokton.

—Ah, sí, — silbó Tukai, con un dedo apuntando al aire. — Soy un hombre malvado, lo olvidé. — Tukai se quitó la capucha y Erik pudo verle el rostro. Los globos oculares de Tukai eran de un blanco puro, sin color ninguno. Su larga nariz ganchuda terminaba en una afilada punta por encima de unos labios finos y retraídos en una mueca. —La Casa Lokton puede no desear tener trato con hechiceros, pero tengo conocimiento del mal presagio que empañó hoy la ceremonia del chico.

— ¿Fue cosa tuya, vieja serpiente? — bromeó Lokton.

—Vamos, vamos, ¿por qué querría yo hacer algo así? — respondió Tukai ladinamente. Sin previo aviso, flotó por el aire y se deslizó hasta alzarse junto a la mesa principal, justo frente a Erik.

Sir Duvall se inclinó hacia delante con su espada y atravesó el pecho del hechicero. Tukai retrocedió, agarrando la hoja con las manos y gritando de dolor. Se tambaleó algunos pasos hacia la derecha de Erik, y después, cansado de la pantomima, empezó a reírse.

—Hace mucho tiempo que alguien no intenta eso conmigo, — silbó Tukai. —Me hace unas cosquillas horribles. — Erik no podía creer lo que veían sus ojos. Tukai se sacó la espalda del pecho y la tiró sobre la mesa, frente a Sir Duvall. No había orificio alguno en su cuerpo, ni siquiera en sus ropajes. La espada no le había hecho el menor rasguño a Tukai, a pesar de que le había atravesado de lado a lado.

Sir Duvall recogió su espada y la enfundó con renuencia.

—Vengo con una advertencia para vos, ya que el augurio no sólo atañe a la Casa Lokton, sino a todo el reino. — Tukai se giró hacia Erik y lanzó la mano con la palma abierta hasta casi tocar la cara de Erik. Se detuvo a sólo un centímetro de su nariz. Tukai cerró los ojos y echó la cabeza hacia atrás. Erik no se atrevió a moverse, como tampoco nadie más. Tukai empezó a temblar y gruñir ligeramente. Erik se sentaba inmóvil, paralizado por el hechicero. De repente, Tukai retiró la mano y abrió los ojos.

—Vuestro hijo destruirá vuestra casa, Lord Lokton. Hay un poder que le recorre, y es un poder muy peligroso. Si se le permite descubrirlo, el poder se despertará un día y consumirá a todos los vivientes. Deberéis escoger ahora. —

— ¿Escoger el qué? — preguntó dubitativo Lord Lokton.

—Escogeréis entre matarle, o dejarle destruir el reino. Sobre la cabeza de vuestro hijo pesa una maldición. — Tukai se deslizó hasta Lord Lokton y colocó una daga sobre la mesa frente a él. El puño con incrustaciones de esmeralda relucía bajo la luz mágica. —Matadle ahora y salvad a vuestra casa, salvadnos a todos.

Lord Lokton se quedó muy quieto. Fijó la mirada en el hechicero durante un momento, antes de levantar la daga con la mano y arrojarla de vuelta. —Sal de mi salón, ahora. No voy a matar a mi hijo.

—Pero, Lord Lokton, si no matáis a vuestro hijo esta misma noche, él os matará a vos, — respondió Tukai.

— ¡No lo haré! — rugió Erik airadamente. Sintió la furia hirviendo en su interior hasta que ya no pudo quedarse sentado mirando más tiempo. Levantó su tenedor con la mano y corrió sobre la mesa para llegar hasta Tukai. Lanzó un golpe, apuñalando a Tukai en el hombro con su tenedor.

Tukai retrocedió como había hecho antes, sólo que esta vez no emitió ningún sonido. Sus ojos estaban dilatados de terror al devolver la mirada a Erik. El hechicero se extrajo lentamente el tenedor del hombro. La sangre manó de la herida, empapando los ropajes desgarrados. Con un silbido, Tukai desapareció, llevándose la luz mágica consigo. Una vez más, la habitación quedó a oscuras, pero no como antes. La luz de la luna se derramaba a través de las ventanas, haciendo descender su plateada calma sobre el salón.

—Luces, ya, — ordenó Lord Lokton. Muchas personas se apresuraron a encender las antorchas y las lámparas. —Quiero que todos los hombres a mi servicio en el centro del salón y arrodillados ante mí y mi hijo.

Erik observó con una expresión confundida mientras todos los hombres de la sala se apresuraban a arrodillarse ante él. Sólo el magistrado se abstuvo de arrodillarse ante él, ya que él había jurado servir al reino, y no a Lord Lokton.

—Quiero que cada uno de vosotros juréis lealtad ahora a mi hijo, Erik, — ordenó Lord Lokton.

—Con todo respeto, milord, — intervino el magistrado. — Los Hechiceros del Ojo no mienten. Las profecías que comunican son verdaderas y siempre terminan sucediendo.

Lord Lokton asintió. —Eso lo sé, amigo mío, pero las profecías no siempre son lo que parecen. Los hechiceros retuercen sus palabras para adaptar la profecía a sus propios propósitos. He sido instruido en estos asuntos por el Guardián de los Secretos en persona. Tukai no es de fiar, aún cuando su profecía se convierta en realidad. — Lord Lokton se giró hacia los hombres que había ante Erik y sacó la espada. —Jurad ahora lealtad a mi hijo, todos y cada uno de vosotros. No me importa lo que penséis sobre mí, mi hijo, el presagio o esta profecía. Ninguno de vosotros le tocará un solo pelo de la cabeza a mi hijo, jamás. Jurad lealtad ahora, o morid bajo mi espada.

CAPÍTULO 5

Erik estaba tumbado en la cama aquella noche con demasiado en lo que pensar como para dormir. Cada vez que conseguía cerrar los ojos, surgía la imagen de Tukai y le hacía dar un salto en la cama. Se preguntaba si aquel presagio era cierto, y si era posible que se cumpliese la profecía. Después de cenar, Lord Lokton había echado a todo el mundo de la mansión, excepto a Braun, que recibió órdenes de doblar la vigilancia y hacer guardia junto a Erik.

Erik observó la rendija bajo la puerta. Dos sombras rompían la línea de luz proveniente del salón. Las sombras las producían las piernas de Braun, como bien sabía Erik. El capitán de la guardia siempre mostraba la máxima dedicación cuando se trataba de proteger a la Casa Lokton, y a Erik le tranquilizaba el hecho de que Braun nunca hubiese fallado a la hora de detener una amenaza. Se encontró a sí mismo deseando que Braun pudiera meterse de alguna forma en su cabeza y borrar la imagen de Tukai de su mente.

El hechicero le había asustado más que nada, incluso más que el lobo de Dimwater. Y, sin embargo, se las había arreglado para herir a Tukai con un tenedor. Erik no sabía mucho sobre magia, pero por la expresión que vio en el rostro de Tukai, sabía que no debería haber sido posible herir al hechicero. Erik se maravilló ante su éxito, cuando sólo momentos antes, Sir Duvall había intentado matar al hechicero y su espada había traspasado el pecho de Tukai sin hacerle daño. No tenía ningún sentido.

Algo dio golpecitos la ventana.

Erik se giró rápidamente y vio un cuervo sentado en el alfeizar, picoteando el cristal con el pico. Observó al pájaro con curiosidad durante un minuto. El ojo amarillo reflejaba la pálida luz de la luna mientras se clavaba en Erik. Picoteó el cristal tres veces más. Erik se puso de pie y empezó a caminar hacia la ventana. Hizo aspavientos al pájaro para asustarlo, pero el cuervo se limitó a graznarle. Tocó el cristal otras tres veces y después inclinó la cabeza, mirándole directamente.

Erik estaba a punto de pedirle a Braun que entrase, pero se detuvo en seco. Se sentía tonto. ¿Qué podía importarle un pájaro a Braun? Estaba haciendo guardia para proteger a Erik de personas, no de pájaros. Erik corrió las persianas sobre la ventana y se volvió a la cama. El picoteo continuó, haciéndose más insistente con cada nuevo grupo de tres golpes.

—¡Ah, perro ladrador…! — gimió Erik, y saltó nuevamente fuera de la cama.

—¿Está todo bien, Maese Erik? — preguntó Braun desde el otro lado de la puerta.

—Sí, — contestó Erik. —Sólo es que hay un estúpido cuervo golpeando en mi ventana, y no puedo dormir. — Antes de que Erik diera un paso, la puerta se abrió de golpe y Braun irrumpió en la habitación con un hacha en la mano izquierda. El muscular hombretón metió a Erik de un empujón en la cama y desgarró las cortinas de las paredes. —Sólo es un cuervo, — dijo Erik mientras se frotaba el pecho.

El cuervo salió volando ante la súbita conmoción, y Braun volvió a meterse el hacha lentamente en el cinturón. — ¿Decís que estaba golpeando en la ventana? — preguntó Braun.

—Sí, pero podría haberlo asustado yo mismo, — dijo Erik.

—¿Cuántos golpes? — preguntó Braun, ignorando la queja de Erik.

—¿Qué? — preguntó Erik.

—¿Cuántos golpes, chico? — preguntó Braun.

—Ya no soy un chico, Braun, — protestó Erik, todavía frotándose el pecho.

Braun cruzó el dormitorio de tres zancadas y levantó a Erik de la cama con un puñado de su camisa en la mano derecha. —El cuervo viene de noche para comunicar con golpes el mensaje de muerte. Seis golpes significa que un amigo tuyo morirá esta noche, cinco golpes significa que alguien de tu casa morirá esta noche, cuatro golpes significa que tú morirás esta noche, y tres significa que la muerte proviene de ti, pero que puede evitarse. Dime ahora mismo, ¿cuántos golpes había?

Erik era incapaz de pensar. Boqueó tomando aire y finalmente consiguió emitir una palabra, mientras pensaba sobre los golpes. —Tres, — silbó Erik. —El cuervo tocó muchas veces, pero cada vez era un grupo de tres golpes. —

Braun le dejó caer como si fuese un saco de pescado podrido y abrió la ventana con violencia. —Vosotros dos, — le gritó al par de guardias que se apoyaban contra el muro que había bajo la ventana del tercer piso de Erik. —Manteneos alerta, pronto seremos atacados. ¡Haced sonar la alarma! — Erik escuchó el sonido agudo y penetrante de un silbato siendo tocado abajo. Un instante después, sonó una campana como respuesta. —Vestíos, Maese Erik, y daos prisa haciéndolo. Es posible que tengáis que partir esta noche.

Erik no discutió. Se arrancó la camisa de dormir y se echó encima las ropas que tenía más a mano, su túnica marrón de entrenamiento y unos simples pantalones pardos. Metió los pies en sus botas de cuero, sin calcetines, y después cogió una capa de un gancho en el interior de la puerta del ropero. —Estoy listo, — dijo mientras se envolvía en la capa.

Lord Lokton entró corriendo por la puerta sujetando una gran espada con una esmeralda en el pomo y el protector. — ¿Qué sucede? — exigió saber. Su cota de malla brillaba bajo la luz de las antorchas del vestíbulo mientras se esforzaba por recuperar el aliento.

—Un cuervo tocó tres veces en la ventana de Erik, — contestó Braun.

Erik medio esperaba que su padre adoptivo estallara en carcajadas, o quizá reprendiese a Braun, pero no hizo tal cosa. Lord Lokton ni siquiera esbozó su normalmente confiada sonrisita, ni respondió con observación ninguna. Sus ojos se endurecieron y su mandíbula se bloqueó como si su rostro estuviese hecho de piedra. —Entonces no hay tiempo que perder, — dijo Lord Lokton.

Braun empujó a Erik hacia delante. Si Erik había olvidado algo, ya era demasiado tarde. Lord Lokton abrió la marcha por el vestíbulo, con Braun empujando a Erik como un toro enloquecido. Corrieron hasta que Lord Lokton se detuvo ante un cuadro del salón y lo arrancó de su sitio. Desgarró la escayola falsa que había tras el cuadro y sacó una anilla de hierro, conectada a una vieja y resistente cadena que salía de la pared. Se oyó un fuerte chasquido a través de la pared, y después el sonido de engranajes y ruedas dentadas girando y rechinando. Una sección de la pared se hundió hacia dentro para revelar un pasadizo secreto. Antes de que Erik pudiera decir nada, los tres se apresuraron a su interior.

El túnel dio paso rápidamente a un conjunto de escaleras en espiral que descendían de forma vertiginosa. Erik se esforzó al máximo para no tropezar mientas Braun continuaba empujándole sin pausa hacia delante. Erik no estaba seguro de cuánto habían descendido, pero parecían muchos más escalones que sólo tres pisos. Cuando estuvieron en el fondo, Lord Lokton corrió hacia una caja metálica que había en la pared y la abrió. Dentro de la caja había varias palancas y cadenas. La primera palanca de la que tiró Lord Lokton abrió un agujero bajo la escalera en espiral y los escalones metálicos se hundieron en su interior de golpe, como un perrillo de las praderas esfumándose en su madriguera, hasta que desaparecieron de la vista. La segunda palanca abrió un pasillo en el interior de otra pared.

—Sácalo de aquí, Braun, — ordenó Lord Lokton.

— ¿Qué pasa con vos y Raisa? — preguntó Braun.

—Ve, Lady Lokton estará segura, pero yo debo quedarme y ayudar a nuestros hombres.

—Con todo respeto…— empezó a protestar Braun, pero Lord Lokton se le acercó rápida y duramente, agarrándole por el cuello del uniforme. A Erik le había asustando Braun cuando el enorme guardia le había sacado de la cama, pero la ira que hervía en los ojos de su padre parecía empequeñecer por completo al hombretón.

—Haz lo que ordeno, — gritó Lord Lokton. —Protege a mi hijo, y no me falles Braun, o te encontraré y pagarás por ello.

Braun no dijo nada. Agarró a Erik y le arrastró hacia el interior de la sala. La puerta que daba al pasillo se deslizó hasta cerrarse. Durante un segundo, todo estuvo completamente a oscuras. Entonces, Erik oyó otro chasquido, seguido de un fuerte silbido. La luz inundó la habitación mientras surgían chorros paralelos de fuego a través de las paredes de la sala, por encima de la cabeza de Braun.

—No tengáis miedo, — dijo Braun mientras seguía empujándole por la espalda. —El fuego lo ha encendido vuestro padre, para iluminar nuestro camino. Hay dos depósitos de aceite que corren a lo largo de estas paredes. —

— ¿A dónde conduce este túnel? — preguntó Erik.

—Primero, a una cámara secreta donde podremos hacernos con armas y equipamiento, y después sale a los establos. Nuestros caballos ya estarán esperándonos.

— ¿Cómo saben los mozos de cuadra que deben preparar nuestros caballos?

—La alarma, — dijo sencillamente Braun, mientras le empujaba más fuerte. —Moved menos la boca y más las piernas, si deseáis vivir.

Erik corría con toda su alma, pero seguía sin ser lo suficientemente rápido como mantener la enorme mano de Braun apartada de él. Era como intentar correr delante de Goliath. Pronto, vislumbraron el final del túnel. Una gran puerta marrón de metal permanecía cerrar. Erik intentó detenerse, pero Braun continuó empujándole. La puerta estaba acercándose cada vez más. Erik sintió cómo se le paraba el corazón al ver que había puntas sobresaliendo de la puerta metálica.

— ¿Braun? — preguntó Erik débilmente. El gran guardia empujó con más fuerza, y Erik se precipitó trastabillando hacia las enormes puntas relucientes.

*****

Maese Lepkin se apartó con la silla de la mesa y contempló los papeles que tenía ante sí. Había pasado las últimas horas estudiando los antiguos textos de la biblioteca de la Academia Kuldiga. Le había dicho a Maese Orres que volvería el lunes por la mañana, pero algo en su interior le dijo que no podría retrasarlo. Así pues, poco después de la marcha de Orres, Lepkin montó en su caballo y galopó de vuelta a la Academia. Primero había ido a su estudio a recuperar un viejo tomo marrón. También había reunido unas cuantas cosas que sentía eran necesarias para el entrenamiento de Erik, y las había guardado sobre su caballo, escondido en un bosque cercano. Después de eso, había regresado a la biblioteca, donde ahora estaba sentado consultando tablas y diagramas.

— ¿Leyendo un poco, no? — una voz familiar se dirigió a él desde las sombras.

—Sí, unos cuantos preparativos de último minuto, — contestó Maese Lepkin. Se giró en la silla y sonrió mientras Janik aparecía bajo la luz de las velas. —Estaba seguro de haber conseguido escabullirme de ti esta vez, anciano.

— ¿A quién estás llamando *anciano*? — contestó Janik desdeñosamente. Cogió una silla en silencio y se sentó junto a Lepkin. Sus ojos estudiaron los papeles que había sobre la mesa. — El hechizo del halcón nocturno, — dijo Janik siguiendo con el dedo uno de los papeles. — ¿Para qué te estás preparando, exactamente?

—Tu hermano nos ha enviado a Erik y a mí lejos para el resto del curso, — contestó Lepkin.

Janik arqueó una ceja curiosa un instante, pero siguió estudiando los papeles. —Ya veo.

— ¿No te sorprende? — preguntó Lepkin.

—No, no hay muchas cosas que Orres haga que me sorprendan. Le conozco desde hace mucho tiempo, después de todo. — Janik sacó un librito de detrás de su silla y lo puso sobre la mesa. —Quizá esto te ayude.

Maese Lepkin tomó el libro en la mano y leyó el título en alto, —Anécdotas del Viajero Olvidado. — Maese Lepkin abrió la tapa y pasó suavemente algunas páginas. — ¿Qué es esto? Las páginas están en blanco.

—Las páginas están en blanco, pero hay palabras en las páginas, tan seguro como que ahora estoy respirando. Es el diario de mi hermano. Escribe en él casi todas las noches antes de irse a dormir. Lleva haciéndolo desde que era un crío.

— ¿Y para qué querría yo el diario de tu hermano? — preguntó escéptico Maese Lepkin.

—Tengo la sospecha de que no está jugando en el mismo equipo que tú y yo, — contestó Janik con un tono de voz neutro.

—¿Por qué dices eso?

Janik se levantó y se aproximó hasta la ventana, cojeando y frotándose la pierna dolorida mientras avanzaba. —Ven aquí, — susurró. —Pero deja la vela donde está.

Lepkin se levantó y se acercó a Janik. Sus ojos siguieron el dedo de Janik y posó la mirada abajo, en el patio. Allí, bajo la luz de la luna, vio a Maese Orres de pie con los brazos cruzados sobre el pecho. Janik tocó el hombro de Lepkin y le señaló un punto al otro lado del patio. Maese Lepkin miró y vio una luz a través de una ventana del tercer piso. Esa era su ventana.

—Ese es mi estudio, — dijo Lepkin.

Janik asintió y abrió suavemente la ventana en el momento en el que tres hombres entraban en el patio y se acercaban a Orres. Janik mantuvo un dedo apretado contra la boca, indicándole a Lepkin que guardara silencio.

—Bien, ¿lo habéis encontrado? — preguntó Orres.

—No, no estaba allí, — contestó uno de los hombres.

—¿Qué quieres decir con que no estaba allí? — estalló Orres. —Él es el Guardián de los Secretos; ¡sé que tiene el libro!

—¿Maese Orres está buscando el libro? — susurró Lepkin. Janik le puso un dedo a Lepkin en la boca y le dirigió una mirada severa.

—Quizá Maese Lepkin haya vuelto y se haya llevado el libro, — dijo uno de los tres hombres.

—No, — rugió Orres. —Yo mismo vi a Lepkin, en su cabaña. Dijo que no iba a volver hasta el lunes. Además, nunca habría venido aquí mientras la vida de Erik corre peligro.

Lepkin apartó el dedo de Janik y le fulminó con la mirada. —¿De qué está hablando tu hermano?

Janik le agarró la cara a Lepkin y le hizo volver a mirar a Orres.

—Estoy seguro de que Lord Lokton habrá hecho llamar a Lepkin después de que Tukai le hiciese una visita. Lepkin no habría venido aquí si hubiese sabido algo sobre la profecía formulada durante el banquete de la Konn Deta. ¡Ahora, volved a subir allí y no regreséis a mí hasta que hayáis encontrado el Secreto de Nagar! — Orres le dio un fuerte puñetazo a uno de los hombres, derribándolo al suelo. Los otros dos se apresuraron a ayudar a levantarse a su compañero y después volvieron a entrar corriendo en el edificio.

Janik cerró la ventana y empujó a Lepkin de vuelta a la mesa. —Estaba haciendo mis rondas cuando oí a Orres dar la orden inicial de registrar tu estudio. Pensé que detenerles llamaría mucho la atención, así que en vez de ello, me colé en el estudio de Orres y cogí su diario. No estoy seguro de por qué busca el tomo oscuro, pero sospecho que averiguarás las respuestas en ese diario, si consigues descubrir cómo hacer que aparezcan las palabras.

—Hiciste bien, — dijo Lepkin. Empezó a organizar los papeles y los embutió rápidamente en la alforja que había subido consigo. —Orres puede buscar toda la noche. No encontrarán el libro aquí.

—Entonces, ¿has escondido el Secreto de Nagar en otra parte? — preguntó Janik. Maese Lepkin no respondió. Janik hizo una pausa e inhaló profundamente. — ¿Has oído lo de Tukai?

—Sí, he oído a tu hermano mencionar al hechicero, — dijo Lepkin sombríamente. —Si eso es verdad, entonces ya es probablemente demasiado tarde para Erik.

Janik agarró a Lepkin por los hombros. —Mírame, — imploró Janik. —Si Erik es lo suficientemente fuerte como para vencer al lobo de Dimwater, probablemente pueda rechazar a un hechicero, por lo menos durante un tiempo. Tienes que llegar hasta él.

—Hay pocas probabilidades de que Erik continúe con vida, — dijo Lepkin, con más frialdad de la que pretendía.

—Si muere, entonces no hay muchas posibilidades de que ninguno de nosotros sobreviva. — suspiró Janik pesadamente.

—De acuerdo, iré. Tú échale un ojo a tu hermano, pero no hagas nada hasta que yo vuelva. Me ocuparé de él más tarde.

—Que los dioses te concedan fuerza, — dijo Janik. —Le diré a Lady Dimwater que lamentaste no poder despedirte de ella. — Se dieron un apretón de muñecas y a continuación Lepkin agarró la alforja y salió apresuradamente hacia la puerta.

Janik despejó el resto de los papeles y libros de la mesa y los puso de vuelta en sus sitios correspondientes en las estanterías. Acababa de guardar el último libro cuando tres hombres, vestidos con ropas sucias y sencillas, llegaron por el pasillo. Uno de ellos tenía el labio inferior partido.

—Caballeros, me temo que la Academia Kuldiga está cerrada para el fin de semana. Tendrán que volver en un par de días.

— ¿Pensáis que sabe algo? — preguntó uno de los hombres. Janik notó que la mano del hombre descendía hasta la empuñadura de una espada que colgaba de su cinto.

—Hay una forma de averiguarlo, — dijo uno de los otros.

*****

Erik trastabilló atravesando las afiladas puntas y después la puerta, y a continuación aterrizó pesadamente sobre su estómago. Braun le adelantó corriendo y se detuvo en un anaquel de espadas. Cogió una espada corta y rápidamente se la ató a la cintura. — Levantaos, Maese Erik, — dijo Braun secamente.

Erik se volvió para mirar la puerta, pero había desaparecido. Todo lo que podía ver era el pasillo por el que habían llegado corriendo. — ¿Dónde está la puerta? Juro que vi una puerta con pinchos, y tú me empujaste contra ellos.

Braun se volvió para mirar a Erik durante un instante antes de sonreír burlonamente. —Los hechiceros no son los únicos que tienen magia. Es un antiguo hechizo destinado a ralentizar a cualquier intruso que pueda haber encontrado el túnel.

— ¿Quieres decir que la puerta no era real? — preguntó Erik con incredulidad.

—Eso es exactamente. — Braun acercó la mano a un anaquel de la pared y cogió un par de hachas de combate. —Vamos muchacho, debemos movernos. Levantaos y escoged una espada.

Erik se impulsó para levantarse y se dirigió al anaquel de las espadas. Cogió la espada larga más próxima a él y la sostuvo en alto, probando su equilibrio. Decidiendo que serviría perfectamente, se llevó la espada hasta un ropero cercano para encontrar un cinto. Braun se acercó a zancadas y apartó a Erik del ropero. Le echó un rápido vistazo, midiéndole, y después cogió un peto de cuero, unas calzas de cuero y un casco de cuero.

—Poneos esto tan rápido como podáis, — ordenó Braun. —Directamente encima de la ropa, — añadió. Erik hizo lo que se

93

indicaba. Para cuando hubo terminado, Braun había escogido una camisa de cota de malla y un casco de acero para completar el conjunto. —A ver, brazos arriba chico, — dijo Braun. Erik levantó los brazos y Braun levantó y depositó la pesada malla sobre el torso de Erik. A continuación, Braun le puso el casco en la cabeza y apretó la correa de la barbilla. —No es la mejor armadura, pero bastará hasta que podamos llegar a alguna parte en la que compraros un atuendo adecuado.

Braun ayudó a Erik a abrocharse la espada a la cintura y después contempló al muchacho durante unos instantes. Braun se dio la vuelta y sacó un arco de un estante que había junto al ropero. Deslizó el arco sobre uno de los hombros de Erik y a continuación cogió un carcaj con una docena de flechas y se lo ató a Erik en la espalda.

—Nunca antes he disparado un arco, — dijo Erik.

—Nos preocuparemos por eso más tarde, — replicó Braun. —Vámonos. — Braun agarró a Erik por la nuca y le empujó nuevamente hacia delante.

Erik tuvo que concentrarse para no caerse de cara esta vez. La cota de malla le desequilibraba, la armadura de cuero acolchado le hacía más lento y el casco era mucho más pesado de lo que había esperado. Todo lo que Braun tenía que hacer era poner un poco más de empeño en sus empujones, y Erik quedaría clavado en el suelo como un escarabajo patas arriba. Afortunadamente, las tres veces que Erik empezó a caerse, la mano de Braun tiró de él para volver a colocarlo derecho y mantenerle avanzando en línea recta.

Cuando finalmente el túnel terminó en una escalera, Erik no estaba seguro de si podría subirla. Estaba cansado de correr y era incapaz de moverse ni la mitad de bien de lo que acostumbraba. Braun no esperó. Agarró a Erik y le empujó escalera arriba hasta que Erik fue finalmente capaz de arrastrarse hacia arriba él solo. Cuando se abrió la trampilla, Erik vio a cuatro guardias allí de pie, protegiendo su huida. Un quinto guardia se acercó a toda prisa y extendió las manos para tirar de Erik y sacarlo del agujero.

—Deprisa, Maese Erik, vámonos, — dijo el hombre mientras alzaba a Erik en el aire y le depositaba en el suelo.

Erik miró a su alrededor y se quedó con la boca abierta. Algunos de los cobertizos y puestos de guardia estaban en llamas, devorados por lenguas de fuego amarillas y naranjas que ascendían, acariciando el cielo nocturno. Había hombres gritando por todas partes. Erik vio hombres corriendo con cubos de agua, mientras los guardias hacían caso omiso de los incendios y perseguían otras cosas en la oscuridad. Se oían gritos y chillidos de dolor, acompañados de sonidos tintineantes y algún que otro aullido. Erik no tenía ni idea de lo que estaba sucediendo.

Una mano cayó sobre su hombro. —Moveos, vuestro caballo está allí, — gritó Braun. Erik corrió hacia Goliath. Su gigantesco caballo no sólo llevaba una silla adecuada puesta, sino también unas alforjas. Erik se dio cuenta de que no volvería a casa en ningún momento próximo. Con ayuda de varios guardias, Erik finalmente consiguió subirse a la silla. Braun no perdió tiempo. Montó en su propio caballo y después cogió las riendas de Goliath y salió disparado, introduciendo a Erik en la noche y alejándole del peligro.

Erik se agarró fuertemente, manteniendo los ojos fijos en el camino que tenía delante e intentando expulsar los sonidos de sus oídos. Recorrieron a toda velocidad los campos de las tierras de su padre, hacia el bosque. Cuando se acercaban a la línea de árboles, Erik oyó gritos procedentes de una de las casitas de campo cercanas. Algo se estrelló dentro, sonaba como una mesa y platos cayendo al suelo. Erik miró a la casita y se dio cuenta de que era la casa de Louis. Sabía que el anciano vivía con su mujer, y que ninguno de ellos sería capaz de defenderse de un intruso. Erik sintió una extraña emoción inundándole. Se inclinó hacia delante y, con una fuerza hasta entonces desconocida para él, le arrebató las riendas a Braun de un tirón. Erik dio la vuelta a Goliath en dirección a la casita y sacó la espada.

—Erik, no, — gritó Braun. Erik ignoró la advertencia.

El joven saltó desde lo alto del caballo y se estrelló en la entrada de la casa. Se puso rápidamente en pie y evaluó la situación. Durante un segundo, todos los del interior de la casa se detuvieron por completo, como si su presencia les hubiese congelado en su sitio. Erik vio a dos hombres, llevando túnicas viejas y sucias y calzas de cuero. Uno de los hombres sostenía un cuchillo contra la garganta de Louis, y el otro mantenía inmóvil a la mujer de Louis contra la cama. Sus ojos amarillos, como cuentas, le devolvieron la mirada durante lo que pareció una hora.

La ira hirvió dentro de Erik.

Se precipitó hacia delante y le asestó un golpe vertical de espada al hombre que sostenía un cuchillo contra la garganta de Louis antes de que ninguno de los presentes pudiera parpadear. A continuación se giró para enfrentarse al otro hombre, con la furia ardiendo en los ojos. El hombre soltó a la mujer de Louis y corrió hacia la puerta, pero Braun ya estaba allí con su hacha. Braun le quitó la vida al hombre y dejó que el cuerpo cayese al suelo como un fardo.

—Erik, debemos irnos, ya, — ordenó Braun.

Erik miró a su alrededor durante un momento. —Debemos proteger al pueblo, — contestó. Bajó la mirada hacia el hombre que había matado y el color huyó de su rostro. La agonía del hombre estaba grabada para siempre en la expresión que le devolvía a Erik. De repente, el muchacho sintió que se le debilitaban las rodillas. Louis lo cogió antes de que se cayera, y Braun estaba a su lado en un instante.

—Vamos, Maese Erik, — dijo Braun con tranquilidad. — Debemos marcharnos. — Erik asintió lentamente mientras Braun le ayudaba a volver a ponerse en pie.

—Gracias, Maese Erik, — exclamó Louis con una inclinación de cabeza.

Las palabras de Louis ayudaron a Erik a recordar la urgencia de la situación, y aliviaron en cierta medida los sentimientos de culpa y horror que le atenazaban las tripas. El joven levantó la vista para mirar a Louis y le dedicó una sonrisa antes de que Braun lo sacara de la casita y lo depositara en volandas encima de su caballo.

—Eso ha sido valiente, — comentó Braun. —Estúpido, pero valiente. — Braun tomó las riendas de Goliath nuevamente y ambos se dirigieron velozmente hacia el bosque. Tuvieron que aminorar la marcha una vez se adentraron en los árboles, pero Braun parecía mucho más tranquilo ahora, a pesar de que iban más lentos.

Les condujo hasta un enorme y grueso seto de arbustos espinosos. Braun desmontó y lenta, suavemente, empujó los arbustos a ambos lados para que pudiesen atravesarlos. Erik se dio cuenta de que el terreno descendía hasta una especia de cuenco terrestre. Los arbustos espinosos se extendían sobre la cima del cuenco como un techado punzante de madera. A Erik le sorprendió que hubiese espacio suficiente en el cuenco para que él cupiese encima de Goliath sin la más mínima preocupación por las espinas superiores.

—Esto nos mantendrá a salvo durante un tiempo, — dijo Braun. —Pasaremos aquí la noche.

Erik se giró para observar el camino por el que se habían introducido en el cuenco. Los arbustos habían vuelto a su lugar detrás de ellos, bloqueando por completo las vistas del bosque. — Todavía estamos bastante cerca de la lucha, — dijo Erik.

—Cierto, pero cualquier perseguidor intentará rodear esta zona. Los arbustos espinosos son traicioneros de atravesar. Las espinas pueden penetrar la cota de malla si las golpeas correctamente. Aún cuando alguien consiguiese atravesar los arbustos espinosos, tendrían que responder ante mi hacha.

— ¿Qué pasa con todo el pueblo? — preguntó Erik. — ¿No deberíamos ayudarles?

—Estamos ayudándoles, Maese Erik. Les estamos ayudando al protegeros a vos.

Erik sacudió la cabeza. No entendía aquello. — ¿No sería mejor que el enemigo me atrapase? — preguntó Erik. —Si vinieron a por mí, entonces todo esto cesaría si me entrego.

Braun se acercó y agarró al chico por la silla, arrojándole con dureza al suelo de tierra. —Escúchame, chico, — rugió Braun. —Mi trabajo es protegerte de todos los peligros, incluyéndote a ti mismo. Si te entregases al enemigo, ¿realmente piensas que cancelarían el ataque? — Braun endureció su apretón en torno a la cota de malla de Erik. —Tu padre nunca les permitiría marcharse contigo en su poder. Iría a por ti. La lucha continuaría hasta que el último hombre hubiese caído, ¿me estás escuchando, muchacho?

—Sí, Braun, te escucho, — contestó Erik.

—Incluso si la lucha se detuviese, algunos de mis hombres ya han muerto. No puedo ni pensar que hayan muerto por nada. Algunos sufrirán, así es la guerra, pero si nos mantenemos en nuestra trayectoria, podremos salvar a muchos más del sufrimiento. ¿Me has entendido?

Erik asintió con una lágrima en el ojo. No le gustaba pensar en el pueblo sufriendo por protegerle a él. — ¿Todo esto es por el presagio, Braun?

Braun permaneció largo tiempo callado. Soltó a Erik y se alejó. Algo agitaba las ramas de espinos desde un lateral del cuenco. Braun miró a Erik y se apretó un dedo contra los labios. Erik asintió y se giró para ponerse de rodillas. Ambos prepararon sus armas en silencio y esperaron.

A la vez, un trío de hombres se precipitó al interior del cuenco. Rugían salvajemente y tenían una mirada enloquecida en los ojos. Dos de los hombres se dirigieron hacia Braun y uno fue a por Erik. Braun blandió el arma hacia los hombres, pero sólo cortó el aire. Un cuchillo relució en dirección al pecho de Braun, pero estaba protegido por la armadura. Braun lanzó un golpe con el mango del hacha y le acertó a uno de los hombres salvajes directamente en la cara, aplastándole la nariz.

Erik se puso en pie de un salto y sostuvo la espada ante sí, pero su atacante venía directo hacia él, sin señal alguna de temor. Erik no podía ver lo suficientemente bien en la oscuridad como para calcular cuántos pasos tendría que dar su atacante para llegar hasta él, por lo que dio un amplio golpe hacia el hombre mientras se acercaba. El hombre rodó por el suelo y le hundió a Erik un cuchillo en el abdomen con una mano mientras blandía un destral en dirección al costado de Erik con la otra mano. Los ojos de Erik se ensancharon. La fuerza de ambos golpes fue asombrosa. Erik se encogió hacia el lateral, pero no aflojó el puño que agarraba la espada. Su atacante aulló encantado y se alzó sobre la cabeza de Erik para asestar el golpe mortal.

Erik lanzó la espada hacia atrás, torpemente, pero su atacante le agarró la muñeca y se lanzó hacia él con su destral. Justo antes de que la hoja tocase la mejilla de Erik, un destello de pelo, metal y cascos golpeó al atacante en las costillas. Erik sintió la fuerza del impacto como si se tratara de un trueno. Las costillas del atacante se quebraron como ramitas secas, y se desmadejó en un lado del cuenco.

Goliath trotó hasta Erik y se alzo desafiante entre el atacante y su amo. Erik dio las gracias en silencio a su caballo y se prometió recompensar después al animal. Entonces, alzó la vista para ver qué tal le estaba yendo a Braun. Braun tenía la espalda contra un lateral del cuenco. Algo oscuro y brillante le corría por el brazo izquierdo y sobre algunas otras partes de su armadura. Los otros dos atacantes se estaban aplicando con ferocidad al guardia. Erik se puso en pie. Tenía que ayudar a su amigo. El hombre enloquecido con las costillas rotas también se puso en pie, pero Goliath lanzó patadas y pisoteó el suelo. El hombre saltó de un lado a otro, intentando esquivar al caballo y llegar hasta Erik, pero Goliath mantuvo su terreno y empujó al hombre hacia atrás.

Erik le dedicó una inclinación de cabeza a Goliath y después cargó contra la pareja que le lanzaba golpes a Braun. Dejó caer la espada sobre la espalda del atacante más cercano, pero de alguna manera, el hombre supo lo que se le venía encima y se apartó de un salto en el último segundo. Erik tuvo que hacer grandes esfuerzos para evitar caer hacia delante y atravesar a su amigo con la espada. El atacante al que había intentado matar se abalanzó de un salto hacia delante a la velocidad de un gato montés. Erik estaba de espaldas, mirando a los ojos enloquecidos del hombre que tenía encima. Erik levantó una mano y agarró la muñeca del hombre justo antes de que pudiera clavarle una daga en el cuello. Erik intentó mover la mano de la espada, pero el hombre estaba arrodillado sobre su otro brazo y Erik no consiguió reunir la fuerza suficiente para liberarse. Ambos se encontraron en un punto muerto durante el más breve de los momentos, y a continuación la daga empezó a avanzar muy lentamente. Erik intentaba rechazar el brazo del hombre con todas sus fuerzas, pero el atacante se echaba hacia delante, utilizando el peso de su cuerpo para superar a Erik.

Erik se volvió para mirar a Braun a los ojos, con la esperanza de que su amigo pudiera ayudar y salvarle, pero sus esperanzas se vieron aplastadas al ver a Braun todavía enzarzado en combate con el tercer atacante, sin forma de poder llegar hasta Erik antes de que la punta del cuchillo se hundiese en él. Erik gritó de rabia y frustración, volcando toda su fuerza en la lucha. Aún así, la daga descendía hacia su garganta. Erik gritó llamando a Goliath, y en ese momento, el hombre que tenía encima salió disparado, y Erik pudo oír fuertes gruñidos y gritos de agonía.

Erik observó la escena, esperando ver a su caballo pisoteando al hombre contra el suelo, pero el animal que tenía delante no era ningún caballo. Era un lobo. El hombre se retorció súbitamente y arqueó la espalda, y después se quedó inmóvil. El lobo devolvió la mirada a Erik con ojos intensos y fauces húmedas y relucientes. Se trataba del lobo de Dimwater. Erik se quedó petrificado al instante. Un torbellino de pensamientos le inundó la mente. ¿Había venido el lobo a rematarle? ¿Participaba Dimwater en el asalto a su hogar?

El lobo volvió a saltar junto a Goliath. Los dos animales despacharon rápidamente a su enemigo, y después el lobo salió disparado hacia el otro extremo del cuenco terrestre y arrancó al último atacante de encima de Braun. El hombre emitió un terrible grito cuando el lobo le clavó los colmillos en la nuca y empezó a sacudirle como una muñeca de trapo. El cuello del hombre se partió con un chasquido ensordecedor, y todos los músculos del hombre se aflojaron. Con la misma rapidez con la que había empezado la lucha, el silencio inundó el cuenco.

Erik se sentó, observando fijamente al lobo. Braun se dejó caer de rodillas, respirando trabajosamente. Goliath se puso junto a Erik y pateó suavemente el suelo a su lado. Erik estiró una mano con aire ausente y acarició la pata de su caballo, sin dejar de mirar al lobo en ningún momento. El lobo miró a Erik a los ojos un momento antes de saltar fuera del cuenco a través de los espinos, sin mover ni una sola espina de la gigantesca maraña. Erik se encogió de hombros y se acercó a Braun.

— ¿Estás bien, Braun? — preguntó Erik.

—Sí, estaré perfectamente. Necesitaré que me traigáis una bolsita de cuero de mi alforja, eso sí. Tengo que remendarme un par de cosas.

Erik asintió y se puso de pie, y entonces se acordó de que el primer atacante también le había alcanzado. Lentamente, se llevó la mano izquierda hasta el abdomen, por donde había entrado el cuchillo. Había un líquido cálido, pero no tanto como habría esperado. Entonces se llevó la mano derecha al costado, donde el destral le había golpeado, y descubrió que no había nada de sangre.

—Dejadme ver, — dijo Braun. Erik apartó las manos y permitió a Braun examinarle. Braun le recorrió el costado con el dedo índice. —Este costado está perfectamente, la cota de malla contuvo el golpe. Dejadme ver vuestro estómago. — Erik se dio la vuelta y Braun tocó suavemente los alrededores de la herida de la puñalada —Estáis perfectamente, — dijo tras unos segundos.

—Pero me apuñalaron. También hay sangre, — protestó Erik.

—No es tan malo, Erik, — le tranquilizó Braun. —El cuchillo no llegó a tocaros. Un par de eslabones de la cota se rompieron atravesando la armadura y se os clavaron en la piel, pero eso es todo. Id y coged mi bolsa.

Erik estaba perplejo, pero hizo lo que se le pedía. Abrió la alforja y buscó con la mano. Sacó una bolsa de cuero envuelta, cerrada con una correa atada alrededor de la abertura. — ¿Es esto? — preguntó Erik.

Braun asintió y alargó la mano. Erik le llevó la bolsa. — Vale, ahora necesito que consigáis una vela para poder ver lo que estoy haciendo. Encontraréis una en la otra alforja.

— ¿No sería mejor que hiciese una antorcha? — preguntó Erik.

—No, — dijo Braun. Su respiración seguía siendo laboriosa, pero sus palabras estaban suavizándose. —Coged la vela mejor, como os he pedido. Una antorcha daría demasiada luz.

Erik se dirigió a la otra alforja y cogió una vela y algunas cerillas. Puso la vela en el suelo frente a Braun y la encendió. El cuenco terrestre arrojó sombras alrededor ante los temblores de la luz. Erik levantó la vista y se quedó con la boca abierta. Varias grandes cuchilladas se abrían en el brazo izquierdo de Braun. La sangre manaba constantemente de las heridas. Al seguir el recorrido de la sangre, Erik se dio cuenta de que el lateral del muslo izquierdo de Braun también presentaba varias cuchilladas.

—Tomad, calentad esta aguja en la llama, — indicó Braun. Braun terminó de desenrollar el hatillo de cuero y Erik vio muchos instrumentos en su interior. Tijeras, grandes agujas, hilo blanco, gasa, escalpelos e incluso una pequeña sierra de mano. —Es un hatillo de cirugía de campo, — dijo Braun sin levantar la vista. — Voy a coser estas cuchilladas para cerrarlas una vez consiga detener el sangrado. — Braun cogió un poco de gasa y la apretó contra la peor de las cuchilladas del hombro. A Erik le maravillaba el que Braun ni siquiera hiciera una mueca. Su rostro estaba tan tranquilo como siempre. —Hay una bolsa de tela blanca junto a donde estaba el hatillo de cirugía de campo. Id y cogedla para mí.

Erik se levantó de un salto y corrió para coger la bolsa blanca. La trajo de vuelta y aflojó la cuerda negra de cierre para Braun. Braun volcó sin miramientos los contenidos en el suelo y trasteó entre la gran cantidad de botellitas, frascos y cajitas. Cuando encontró un frasco de vidrio con una sustancia verde parecida al polvo en su interior, sonrió y lo abrió.

— ¿Qué es eso? — preguntó Erik con un susurro.

—Es una mezcla que hace vuestro padre. Ayudará a detener la hemorragia, y evitar las infecciones. Tomad, sostened esto en la mano. — Braun vertió una generosa cantidad del polvo en la mano de Erik y después dejó el frasco en el suelo. —Bien, ahora, en cuanto quite la primera gasa, lo frotáis directamente en el interior de la herida. — Erik asintió y acercó la mano a la cuchillada. Braun quitó la gasa y Erik frotó el polvo dentro. Nuevamente, se sorprendió de que Braun no gritase ni hiciese ninguna mueca. Cuando Braun estuvo satisfecho, cogió otro trozo de gasa y se lo tendió a Erik. —Sostened esto mientras coso. — Braun apartó la aguja de la llama de la vela y la enhebró con hilo oscuro. A continuación se cosió ambos bordes de la herida juntos, sellando el polvo verde en el interior. Cuando acabó, mordió el extremo del hilo y asintió en dirección a Erik. —Enrollad la banda de gasa alrededor y haced un nudo.

—Erik hizo lo que se le decía, y entonces Braun volvió a coger el frasco de vidrio. —Bueno, pues ahora debemos repetir el proceso con cada una de estas cuchilladas. — Erik asintió, y ambos estuvieron sentados cerca de una hora vendando las heridas más graves. En alguna ocasión, Erik señalaba un largo tajo y sugería que se cosiese también, pero Braun simplemente frotaba un poco de polvo en la herida y la daba por curada, declarando que no era lo suficientemente profunda como para necesitar puntos. Cuando hubieron terminado, Braun se recostó contra la pared del cuenco y suspiró. Erik devolvió el hatillo y la bolsa blanca a su sitio y después volvió y se sentó junto a Braun.

—Has perdido mucha sangre, — comentó Erik.

—Un millar de cortes pueden matarte con tanta seguridad como una rápida puñalada en el corazón, — contestó Braun evasivamente.

—Esa es la costumbre de los Lenguasnegras, — declaró una voz desde el extremo opuesto del cuenco. Erik no podía verle la cara al hombre, pero Braun se había vuelto a poner de pie en un instante con el hacha en la mano.

—Identificaos, o morid, — rugió Braun.

—Tranquilo, Braun, soy Maese Lepkin, — contestó la voz. — ¿Puedo pasar?

Braun no relajó la postura. —Venid lentamente, y aseguraos de mostrarme el rostro antes de que vea siquiera un atisbo de arma alguna. — Erik estaba tenso. No podía estar seguro de que la voz perteneciera a su mentor, pero esperaba que así fuese. No había una persona a la que ahora mismo deseara ver más que a Lepkin.

Los arbustos de espino se apartaron suavemente a un lado y un hombre bajó. Lentamente, el hombre se echó la oscura capucha hacia atrás y se acercó a la luz de la vela. Allí estaba Lepkin, sonriendo sabiamente hacia ambos, mientras sus ojos analizaban la escena que les rodeaba. —Los Lenguasnegras prefieren utilizar su velocidad y destreza para matar a los oponentes más fuertes, — dijo Lepkin mientras miraba alrededor. —Habrían continuado dándote cuchilladas hasta que estuvieses demasiado débil para pelear, y entonces te habrían rematado.

—Maese Lepkin, veros aquí es un bálsamo para mi corazón, — dijo Braun con una inclinación de cabeza.

—Erik, tu padre y tu madre están a salvo. La batalla ha terminado. — Lepkin se acercó y le revolvió el pelo a Erik.

— ¿Terminado? — preguntó Braun, asombrado. ¿—Quién ha sido?

—No lo sé, — contestó Lepkin encogiéndose de hombros. —Me inclino a sospechar que tuvo algo que ver con Tukai, pero el resto de los enemigos se retiraron poco después de mi llegada.

Braun sonrió astutamente. —Fueron inteligentes al hacerlo.

— ¿Vino Lady Dimwater con vos? — preguntó Erik.

Maese Lepkin enarcó una ceja y miró a Erik con curiosidad. —No, no vino. ¿Por qué lo preguntas?

—Su lobo estuvo aquí, — contestó Erik.

—Es verdad, — confirmó Braun. —Por más que hiera mi orgullo admitirlo, el lobo nos salvó la vida a ambos. Esos Lenguasnegras casi nos tenían.

—Ya veo, — dijo Lepkin mientras se acariciaba la barbilla. —Bien, tendremos que tener una charla con ella luego. — Lepkin puso una mano sobre Erik. —Ahora debes venir conmigo.

— ¿Qué? ¿No puedo ir antes a ver a mi padre?

Lepkin sacudió la cabeza. —Me temo que no.

Braun se levantó y rodeó con su flojo brazo izquierdo los hombros de Erik. —Debería permitirse a Maese Erik ir y ver a Lord Lokton. Se me otorgó la responsabilidad exclusiva de mantener a Erik a salvo, y debo volver junto a Lord Lokton con él.

—No, — dijo Lepkin sacudiendo la cabeza con decisión. —He hablado con Lord Lokton. Hay acontecimientos ya en marcha, y debemos trabajar con rapidez para evitar el desastre. Erik se viene conmigo ahora. Tú volverás con Lord Lokton y le dirás que me has entregado a Erik.

—Como digáis, Maese Lepkin, — aceptó Braun con renuencia.

—Una cosa más, — dijo Maese Lepkin. —Llévate el caballo de Erik de vuelta contigo. — Erik y Braun intercambiaron una fugaz mirada. —Simplemente haz lo que te digo.

Braun asintió y se marchó con tanta rapidez como le permitieron sus heridas. Erik y Maese Lepkin salieron trepando del cuenco terrestre y escogieron cuidadosamente su camino por entre los espinos. Estuvieron caminando a través del bosque largo tiempo. De vez en cuando, Maese Lepkin empujaba suavemente a Erik contra el suelo y le colocaba un dedo sobre los labios. Una vez pasado el peligro, Lepkin permitía a Erik levantarse y continuaban adentrándose más profundamente en el bosque. Ninguno de los dos habló por espacio de dos horas. El único sonido provenía de su respiración y de los pasos amortiguados de sus pies sobre el suelo, o alguna ramita ocasional. Finalmente, llegaron a un bosquecillo de árboles oscuros y se sentaron junto a ellos. Lepkin le tendió una galleta a Erik, pero Erik no la cogió. No tenía hambre.

—He oído lo del hechicero, — dijo tranquilamente Maese Lepkin.

— ¿Quién os lo dijo? — preguntó Erik.

—Eso no es importante, — contestó Lepkin. —Quiero saber cómo te las arreglaste para herir al hechicero, cuando ni siquiera Sir Duvall pudo tocarle. — Lepkin dirigió una dura mirada a Erik, esperando una respuesta.

—No lo sé, — dijo Erik encogiéndose de hombros. — Sólo recuerdo que estaba enfadadísimo con él por decir las cosas que dijo.

—Ah, — dijo Lepkin con una inclinación de cabeza. — ¿Así que no le tenías miedo?

—Al principio sí. — Ambos estuvieron un rato sentados. Erik se preguntó en qué pensaba Lepkin. Pareció estar perdido en pensamientos lejanos durante largo tiempo. — ¿Conocéis la profecía de la que habló el hechicero? — preguntó Erik después de un rato.

—Sí, — asintió Lepkin. —Da la impresión de que tu casa está condenada, muchacho.

Hubo algo en la manera en la que Lepkin dijo —muchacho— que le provocó escalofríos. Le recordó al hechicero, y a la forma en la que le había mirado. Le recordó la mano fría y mortal ante su rostro, como si Tukai le hubiera estado rebuscando en el alma con algún tipo de magia negra. Erik se acercó las rodillas al pecho y se las rodeó con los brazos.

— ¿Qué sientes ahora? — preguntó Lepkin.

—Tengo miedo, — contestó Erik.

— ¿Miedo de terminar matando a tu padre? — preguntó Lepkin.

—Sí, — contestó Erik débilmente. Se le llenaron los ojos de lágrimas.

— ¿Miedo de recompensar su bondad con muerte y maldad, se trata de eso?

—Sí, — susurró Erik. Las lágrimas se le deslizaron por las mejillas ante el mero pensamiento.

—Primero el presagio, y ahora la profecía, — susurró Lepkin ásperamente. —Quizá seas un niño maldito.

Erik asintió, pero no dijo nada.

Lepkin se puso de pie y se colocó las manos en las caderas. —Hay una forma de solucionar este problema, — dijo dubitativamente.

— ¿De qué se trata? — preguntó Erik. Levantó los húmedos ojos hacia su mentor. —Haré cualquier cosa para ahorrarle dolor a mi padre.

Lepkin asintió solemnemente y después se sacó un cuchillo del cinto. Lo tiró en el suelo delante de Erik. —La profecía establece que el hijo de Lord Lokton le matará, a no ser que muera esta noche. Puedes salvarle la vida a tu padre, pero debes actuar con rapidez, muchacho.

Erik se estiró para coger el cuchillo y lo sacó de la funda. Observó cómo la luz de la luna se reflejaba en la hoja curvada al agarrar la empuñadura y levantarlo. — ¿No hay otra manera? — preguntó Erik.

—No hay otra manera, — contestó Lepkin. —El mal se alza por todas partes y necesitamos a todos y cada uno de los hombres buenos que tenemos en el reino para combatirlo. La pérdida de Lord Lokton sería un golpe terrible para esta región del reino. — Lepkin se arrodilló junto a Erik y acercó la boca a su oído. —Piensa en ello, muchacho, — susurró Lepkin duramente. — Debes escoger entre dos males. O bien mueres, esta noche, o tu padre muere más tarde. ¿Cuál es peor? ¿La muerte de un noble y justo señor a manos de su traicionero hijo, o la muerte de un huérfano sin importancia suficiente como que alguien recordase su día de nacimiento? — Lepkin se echó hacia atrás mientras Erik asentía.

—Si yo muero esta noche, al menos podría salvar a mi padre, y proteger el reino, — susurró entre regueros de lágrimas. Dejó el cuchillo en el suelo y se quitó torpemente la cota de malla y el peto de cuero.

—Y serás recordado como un muchacho honorable, uno que se sacrificó a sí mismo para salvar a otros. Eso te gustaría, ¿verdad? — le persuadía Lepkin, ayudándole a quitarse la armadura.

Erik asintió. Lentamente, levantó la daga con la mano izquierda y dirigió la punta hacia su pecho. — ¿Le diréis a mi padre que le quiero? — preguntó Erik. Se giró hacia Lepkin y sus ojos se encontraron.

—Lo haré, — dijo Lepkin.

—Gracias, — dijo Erik. Alargó la mano y dio unos golpecitos en el hombro izquierdo de Lepkin. Lepkin hizo una mueca de dolor y se apartó. Erik arrugó la cara y observó el brazo de Lepkin. — ¿Estáis herido? — preguntó Erik.

—No es nada, — le tranquilizó Lepkin. —Continúa, muchacho, antes de que sea demasiado tarde.

Erik dudó. Maese Lepkin nunca le había llamado —muchacho— de aquella manera antes. Algo no encajaba. Pensó en el hombro de Lepkin. No había sangre a la vista, por lo que no podía ser nada demasiado grave. Su mente retrocedió a toda prisa hasta la idea de Braun cosiéndose a sí mismo sin ni siquiera encogerse. ¿No sería Lepkin al menos tan fuerte como Braun? No, Lepkin era más fuerte que Braun, Erik lo sabía. Erik se puso de pie de un salto y apuntó a Lepkin con la daga.

— ¿Qué estás haciendo? — requirió Lepkin con la ceja arqueada. —Deja de hacer eso.

—Tú no eres Maese Lepkin, — gritó Erik. —Eres Tukai, ¿no? — Erik retrocedió unos pasos y mantuvo la daga extendida con aire amenazante. Lepkin se puso de pie y recogió la espada que Erik había dejado junto a la armadura desechada.

—Eres más fuerte de lo que pensaba, — dijo Lepkin con una malvada sonrisa burlona. Su cara pareció perder sus rasgos, como si estuviese cubierta por una pantalla de agua. La cara de Lepkin se esfumó y fue sustituida por la de Tukai. —No es fácil romper el hechizo de hipnosis de un hechicero. Pero no importa. — Tukai agitó la mano y la daga que sostenía Erik se desvaneció. —Te he dejado sin armas, muchacho, — silbó Tukai. — ¿Qué harás ahora?

Erik se inclinó y recogió un palo largo. Estrelló un extremo contra un árbol y partió un tercio de la madera, dejando una punta aguda y dentada. —Ven a por mí si te atreves, hechicero, — rugió Erik. —No te tengo miedo. — Erik concentró toda su ira en el palo que sostenía. No podía permitir que el miedo se volviese a apoderar de él. Ya se había acercado demasiado al borde.

Tukai se rió. —No puedes vencer a un hechicero, muchacho.

—Ya te he herido antes, — contestó Erik con dureza. — Con un tenedor.

Tukai asintió, pero su ladina sonrisa no desapareció. —Te dejé acercarte demasiado la primera vez, pero no volveré a cometer el mismo error. — Tukai apuntó a Erik con una mano y una gran bola de llamas verdes apareció en el aire. La bola de fuego voló hacia Erik, pero él se escondió detrás de un árbol. La llameante esfera se estrelló contra el árbol y envolvió el tronco en llamas verdes y amarillas. El tronco estalló, abriéndose, y el árbol ardiendo cayó al suelo, crepitando y rompiéndose al estrellarse contra el bosque. Erik se apartó rodando de su camino, sólo para ver cómo otra bola de fuego surcaba el aire en su dirección. Se agachó detrás de una roca. Las llamas acariciaron su lanza improvisada y le cosquillearon los hombros, pero seguía a salvo mientras el fuego se extinguía.

Erik se puso de pie de un salto y le arrojó la lanza al hechicero. Tukai agitó la otra mano y la lanza se convirtió en polvo. —Buen intento, querido muchacho, tu viejo maestro estaría orgulloso de saber que peleaste hasta el final. — Tukai dio una palmada y una fuerza de trueno atravesó el aire. Los árboles se quebraron por el tronco o fueron arrancados del suelo. Erik se vio arrojado al suelo, con dureza. Después de volver en sí, empujó hacia arriba y notó un reguero de cálida humedad a través de la frente. Levantó la mano y se palpó un pequeño corte ardiente.

—Impresionante, — comentó Tukai. —No muchos pueden aguantar la palmada del hechicero. Pero ahora puedes ver que no tienes ningún sitio al que huir.

Erik miró a su alrededor. Todos los árboles en un radio de aproximadamente cincuenta yardas alrededor de Tukai habían sido talados más eficazmente por el hechizo de lo que los leñadores habrían logrado en un mes. No había lugar al que huir, ni nada tras lo que ponerse a cubierto. Erik se puso con esfuerzo de rodillas y sintió el dolor en los huesos. Su fuerza había desaparecido. El hechicero le tenía en sus manos.

CAPÍTULO 6

Tukai dio algunos pasos en dirección a Erik, sin dejar de sonreír en ningún momento. Entonces se volvió hacia un ruido que surgió de entre los árboles. Erik siguió su mirada y vio salir del bosque al lobo de Dimwater, cargando a una velocidad de vértigo. Su pelaje gris y negro era poco más que una mancha mientras atravesaba el claro como un rayo. Tukai se dio la vuelta y estiró la mano hacia Erik. Tres bolas de fuego verde cobraron vida y salieron disparadas en su dirección.

De alguna manera, Erik se las arregló para esquivar cada una de las bolas de fuego mágicas, aunque algunas llamas le rozaron el tobillo izquierdo. Miró hacia arriba, esperando ver una nueva bola de fuego abalanzándose sobre él, pero el lobo ya había llegado hasta Tukai, mordiendo y lanzando dentelladas. Tukai rugió de furia. Un fragor de trueno estalló a su alrededor y un veloz relámpago cayó del cielo en dirección al lobo. El lobo se hizo a un lado de un salto justo en el momento en el que el rayo se estrellaba contra el suelo, abriendo un gran socavón en la tierra. Tukai invocó su vara en la mano izquierda y continuó haciendo aparecer relámpagos con la intención de matar al lobo.

Erik no estaba seguro de lo que hacer, pero debía aprovechar este momento de distracción, antes de que el hechicero recuperase la ventaja. Su primer pensamiento fue correr, ¿pero qué arreglaría con eso? Si mataba al lobo, el hechicero le perseguiría a él. Erik apretó los dientes y corrió hacia el hechicero. Si podía llegar hasta la espada y después atacar a Tukai, es posible que consiguiera ganar.

Corrió con todas sus fuerzas. Todavía tenía el cuerpo dolorido de la palmada del hechicero, pero expulsó el dolor de su mente. Colmillo de Plata parecía saber lo que estaba sucediendo. El lobo avanzó hacia el hechicero por el extremo opuesto, manteniendo a Tukai de espaldas a Erik.

Los rayos abrasaban el suelo y el trueno se desparramaba por el claro, pero Erik mantuvo la vista clavada en la espada. Agachó la cabeza mientras el vello de su nuca se erizaba y se ponía de punta. Juró que podía oler el rancio olor del rayo en el aire. El humo se elevaba a su alrededor mientras el terreno gemía bajo el ataque mágico. Entonces, sin previo aviso, se encontró volando de espaldas por el aire. Sus pulmones se quedaron sin aliento y los ojos le escocían horriblemente. Aterrizó con dureza, pero apenas emitió sonido alguno. Le pitaban los oídos de tal manera, que se agarró la cabeza entre las manos y gimió de dolor.

Escuchó un gañido en la distancia y supo que el rayo había terminado por alcanzar a Colmillo de Plata.

Cuando consiguió abrir los ojos, vio al lobo de Dimwater tumbado de costado, a varias yardas de distancia de Tukai. Tukai se había girado y ahora se dirigía hacia él. Los ojos le brillaban de deleite mientras se aproximaba.

—Hará falta algo más que el perro de la maga para derrotarme, muchacho, — silbó.

Un trueno retumbó en el cielo y la luna quedó cubierta por la súbita llegada de una densa nube negra. Tukai se detuvo en seco y miró hacia arriba. La sonrisa se le borró del rostro mientras se desencadenaba una tormenta de granizo. Piedras de granizo del tamaño de naranjas empezaron a caer del cielo.

Tukai levantó la vara y gritó algo que Erik no entendió. Un escudo de luz, similar al que Erik había visto a Dimwater utilizar contra Be'alt, apareció sobre la cabeza de Tukai y le protegió del helado ataque.

Una mano se deslizó bajo el brazo de Erik, que dio un respingo, relajándose al ver a Maese Lepkin levantándole del suelo.
— ¿Sois vos? — preguntó Erik aturdido.

—Lo soy, Erik, — contestó Lepkin gravemente. —Ponte detrás de mí. — Lepkin empujó a Erik tras de sí, de forma similar a cuando había discutido con Orres, pero con mayor fuerza y determinación. —Tukai, ¿por qué has venido a por Erik?

Tukai gruñó y envió una bola de fuego a toda velocidad hacia Lepkin y Erik. Erik no tenía fuerzas para moverse. Observó avanzar a la bola. En un instante, Lepkin sacó la espada, que se encendió en brillantes llamas rojas. Dio tres pasos hacia delante y atravesó con una simple estocada la bola de fuego de Tukai. El fuego verde se extinguió al instante. Erik miró maravillado a su maestro, que se erguía con la brillante espada en las manos. El fuego era más que suficiente para compensar el oscurecimiento de la luna. Todo el claro estaba bañado en una cálida luz rojiza que bailaba con las sombras.

—Hechicero, responde a mi pregunta, y seré clemente, — ordenó Lepkin.

Tukai apretó los puños, pero dejó caer los brazos a los costados. Ahora su vara estaba nivelada, paralela al suelo y con la cabeza apuntando hacia Lepkin. —No puedes resistir toda mi magia, Guardián de los Secretos, — chilló Tukai. — ¡Hazte a un lado!

—No tiene necesidad de resistir tu magia, Tukai, — dijo una voz de trueno retumbando desde el cielo.

Erik levantó la vista y vio a una mujer que bajaba flotando sobre una nube plateada. El granizo se detuvo mientras ella descendía. Su vestido era azul, con un ribete dorado en el borde. Tenía el pelo negro. Erik supo que se trataba de Dimwater.

—Ah, así que la maga ha venido a recoger a su perro, — gruñó Tukai. —Si conoces la profecía, entonces sabrás que el hijo de Lokton le asesinará si se le permite sobrevivir a esta noche. ¿Podrás vivir con eso, Lepkin? — silbó Tukai.

—No le tengo miedo a tus profecías, serpiente retorcida, — dijo Lepkin tranquilamente.

—Pero las profecías de un hechicero siempre se hacen realidad, — respondió Tukai. — ¿Quieres ver a Lokton morir a manos de su hijo?

— ¿Por qué quieres a Erik? — volvió a preguntar Lepkin.

—¿No resulta obvio? — chilló Tukai. Sus ojos de un blanco puro adquirían un matiz anaranjado a la luz de la espada de Lepkin. —He dicho que si se permite al hijo de Lokton sobrevivir a esta noche, entonces Lord Lokton morirá.

—Eso repites constantemente, — dijo Lepkin. Alzó la vista hacia Dimwater, que ahora flotaba a diez pies del suelo sobre su nube. — ¿A vos qué os parece?

—Yo digo que lo achicharremos, no nos dará la información que deseamos conocer, — contestó Dimwater. Su voz resonó al salir de su boca, dándole una cualidad etérea que asustaba a Erik. —Es verdad que la profecía de un hechicero siempre se hace realidad, pero todavía no he visto a un solo hechicero que explique la totalidad de la profecía. Siempre la retuercen para adaptarla a sus propios objetivos. Este utiliza esta profecía para cazar a Erik. No podemos permitir que lo consiga.

— ¡Idiotas! — aulló Tukai. —Sabéis tan bien como yo que Lord y Lady Lokton no pueden engendrar descendencia. ¿De qué otro hijo podría estar hablando la profecía?

—De qué otro hijo, verdaderamente, — dijo Lepkin.

—Es cierto, — dijo Erik. —Lord Lokton me dijo él mismo que la razón por la que fui adoptado era que ellos no podrían tener hijos. Tengo que ser yo.

—Escucha al muchacho, Lepkin, — advirtió Tukai.

—Tu hipnosis no funcionará conmigo, — contestó Lepkin. Se volvió hacia Lady Dimwater —Achichárralo.

Los ojos de Tukai se ensancharon. — ¡No!

Dimwater alargó la mano y un tornado de fuego surgió de la palma, devorando el escudo mágico del hechicero y envolviendo a Tukai en su ataúd de llamas. Erik contempló la escena, anonadado.

Cuando todo hubo terminado, Dimwater salió de su nube y se deslizó descendiendo junto a Erik. —Colmillo de Plata se ha encariñado bastante contigo, — dijo. —Si no llega a ser por él, es posible que no te hubiésemos encontrado a tiempo.

Erik se giró para contemplar el cuerpo del lobo. Yacía de costado, flácido y sin vida. —Siento que vuestro lobo haya muerto, — susurró.

Dimwater se rió y le revolvió el pelo. —Tienes mucho que aprender sobre la magia, niño mío, — le dijo con una sonrisa. Él alzó la vista y la miró con ojos interrogantes. Ella le devolvió la mirada con un guiño y le aseguró que no pasaba nada. —Colmillo de Plata, aunque parezca un lobo de Terramyr, en realidad no pertenece a este plano. Sus heridas son considerables, pero con tal de que le envíe de vuelta a su plano, se curará y volverá a estar preparado para la acción muy pronto. — Agitó la mano y Colmillo de Plata desapareció del claro. —Es el más leal de los compañeros. Me llamó desde su plano, alertándome de tus problemas. Yo por supuesto le permití acudir de inmediato en tu ayuda, y después fui a buscar a Maese Lepkin antes de reencontrarnos.

—El hechicero me engañó, — confesó Erik avergonzado. —Pensé que erais vos. — Erik señaló a Lepkin. Esperaba una dura reprimenda, pero únicamente vio una sonrisa en el rostro de Lepkin.

—Erik, es tremendamente difícil romper el hechizo de hipnosis de un hechicero. Estoy muy impresionado de que lograras hacerlo. No creo que nunca me haya sentido tan orgulloso de ti como en este momento. — La espada dejó de emitir fuego y Lepkin la volvió a meter en la vaina que le colgaba del cinto.

— ¿De verdad? — Erik pensó en ello unos instantes.

—Erik, un hechicero utiliza el temor como un medio para controlar a las personas. Controla lo que ven, oyen y piensan. La mayoría de las víctimas atrapadas en este hechizo son encontradas muertas después. Es una magia totalmente aterradora, y una que los hechiceros utilizan a menudo cuando les fallan sus trucos menores. ¿Cómo te diste cuenta de que no era yo?

Erik pensó en su conversación con Tukai. —Le di unas palmadas en el hombro y él hizo un gesto de dolor, porque ahí es donde le había apuñalado con un cuchillo cuando se presentó en el comedor de mi padre antes esta noche. Supe que no erais vos porque vos sois capaz de soportar cualquier cosa. Vos no habríais hecho un gesto de dolor. —

Lepkin levantó la vista a Dimwater y ambos intercambiaron una mirada durante unos segundos. Maese Lepkin bajó la vista con una ceja arqueada y se quedó largo tiempo mirando a Erik. — ¿Apuñalaste al hechicero?

—Ajá, — confirmó Erik. —Sir Duvall lo había intentado primero con una espada, pero yo conseguí herirle. —

Maese Lepkin asintió y volvió a mirar a Dimwater. — Deberíamos acampar aquí hasta que amanezca. Sólo faltan unas horas.

— ¿Y después qué? — preguntó Lady Dimwater.

—Volveremos a la mansión Lokton y explicaremos lo que ha sucedido aquí esta noche. Entonces Erik y yo partiremos hacia el este. Tengo un encargo del rey, y después llevaré a Erik al Templo de Valtuu. Es hora de que aprenda algunas cosas.

—Lord Lokton estará toda la noche preocupado por su hijo, — comentó Dimwater. —Podría enviar a un pájaro con un mensaje diciendo que está a salvo.

—Muy bien, pero no reveléis nuestra ubicación. No quiero alertar a otros sin pretenderlo. Recordad lo que os he contado sobre Orres.

—Tendré cuidado de ser discreta, — contestó Dimwater.

Erik se preguntó de qué estaban hablando ambos. ¿Qué había sucedido con Maese Orres, qué era el Templo de Valtuu y por qué se había sorprendido tanto Lepkin cuando Erik había hablado de apuñalar al hechicero? De repente, se sintió muy cansado. Los párpados se le caían y dejó escapar un enorme bostezo que pareció llevarse el resto de su energía. Se acostó sobre una manta que Lepkin estiró bajo él y entrelazó las manos debajo de la cabeza. Apenas sintió el peso de la manta sobre él mientras Lepkin le envolvía con ella, y entonces todo quedó en calma.

—Dormirá bien, — dijo Dimwater.

—Sí, bueno, tus hechizos para dormir parecen tener ese efecto, — contestó Maese Lepkin con una sonrisita. Lepkin se sentó en el suelo con las piernas cruzadas junto a su aprendiz y dejó caer las manos sobre las rodillas. — ¿Le escuchaste decir que había apuñalado a Tukai? —

—Le escuché, — contestó Dimwater solemnemente, mientras sostenía el brazo izquierdo estirado frente a ella, paralelo al suelo. —Te dije que era fuerte. — Un búho bajó del cielo y se posó sobre su brazo. Miró al búho y ambos se observaron fijamente durante un momento. A continuación, impulsó al búho hacia arriba y el búho se fue volando en dirección a la mansión Lokton. — Entregará el mensaje de nuestra parte, — dijo.

—La Orden del Ojo Que Todo lo Ve no es una pandilla de hechiceros de bajo nivel, — dijo Lepkin. —Tendremos que permanecer alerta.

Dimwater asintió y se sentó junto a Lepkin. Deslizó suavemente el brazo izquierdo por su espalda, rozándole el costado. El corazón de Lepkin dio un salto, pero intentó que no se le notase. Ella apuntó con la mano derecha al suelo y encendió una pequeña fogata que los mantendría calientes. Las llamas bailaban sobre el suelo, sin necesidad de otro combustible para arder que el hechizo que las había creado — ¿Te lo llevarás a aprender sobre los Antiguos? — preguntó Dimwater.

—Eso haré, — contestó Lepkin asintiendo.

—Ni un segundo demasiado pronto, además, — dijo Dimwater. —Parece en paz, ¿verdad?

Lepkin dirigió una mirada a Erik y sonrió. —Sí, lo parece.

—Podríamos haber empezado una familia por nuestra cuenta, Lepkin, — dijo Dimwater melancólicamente.

Lepkin sacudió lentamente la cabeza. —No deberíamos hablar de ello.

— ¿Puedo preguntarte algo?

—Claro, — dijo Lepkin mientras se volvía de nuevo hacia Dimwater. Los ojos de ella atraparon su mirada, y así estuvieron contemplándose durante largo tiempo. Él sintió el corazón golpeándole el pecho. Su belleza era de una gran intensidad. Deseaba poder alargar las manos y abrazarla, pero no se movió. En vez de ello, apartó la mirada y volvió a contemplar la fogata.

— ¿Querías batirte con Orres por mi mano?

—Sabes que sí, — respondió Lepkin suavemente. —Pero mi deber me impidió volver. No había nada que hacer al respecto.

—Podrías haber abandonado el monasterio de Gelleirt, — replicó Dimwater.

—No hablemos de ello, — dijo Lepkin con lágrimas en los ojos.

—De acuerdo, — dijo Dimwater. Ella estiró la mano y tiró suavemente del hombro de Lepkin hacia atrás, para poder descansar la cabeza sobre él. —Entonces déjame que te pregunte otra cosa. — Esperó un momento antes de continuar. Lepkin se encontró deseando que ambos pudieran quedarse junto a la hoguera durante el resto de sus vidas cuando ella se acurrucó junto a él y se puso cómoda. —Si Orres es un traidor, entonces sí que puedes batirte en duelo ahora. Tendrías derecho a desafiarle.

—No puedo retarle a un duelo hasta que tenga pruebas, — replicó Lepkin. Lepkin la apartó de él y se perdió en sus ojos tristes. Quería contarle lo del diario que Janik le había dado, pero no podía hacerlo. Sabía que para poder mantener la integridad del diario, para estar seguro de que era la propia mano de Orres la que había escrito en él, no podía contarle nada a Dimwater sobre él. Cualquier ayuda que pudiese ofrecerle para desbloquear el diario incluiría la posibilidad de que manipulase el contenido mediante magia. Lepkin debía encontrar las respuestas por sí mismo. —Lo averiguaré. Debe haber alguna prueba de sus fechorías.

—Sí, debe haberla, — dijo ella suavemente. —Desearía poder ayudarte a encontrarla. — Dimwater volvió a dejar caer la cabeza y suspiró. —Lepkin, si los tiempos fueran mejor, ¿podríamos ganar? Quiero decir, si Orres no fuese un traidor, Janik no estuviese lisiado y los señores de todas las casas principales se unieran a nosotros, si hubieras tenido varios años para entrenar a Erik, y si tuviésemos ambos libros, ¿tendríamos alguna posibilidad contra lo que se avecina?

Lepkin inspiró y después soltó pesadamente el aire. Pensó cuidadosamente en los peligros, en la oscuridad, que se aproximaba y estaba amenazando al reino. —No.

*****

Erik se removió en la silla por milésima vez. Se exasperaba mentalmente de preocupación por su padre. La profecía pesaba sobre él como una nube oscura que ni siquiera el brillante sol de la mañana era capaz de conquistar. Le había preguntado a Lady Dimwater sobre ello antes de salir de la mansión aquella mañana. Ella le había dicho a Erik que le preguntara a Maese Lepkin, pero Lepkin nunca daba demasiadas explicaciones, especialmente hoy. Hoy parecía más callado que nunca. Erik se figuró que estaba perdido en sus propios pensamientos. Era mucho lo que había sucedido la noche anterior, y le breve conferencia con el padre adoptivo de Erik al volver a la mansión no pareció aligerar ni una pizca de tensión.

Al menos Lord y Lady Lokton estaban a salvo. Eso aliviaba bastante a Erik. Braun también había estado presente, aunque tenía algunos vendajes más de los que Erik le había visto la noche anterior. La lucha en la mansión había sido dura, según las propias palabras de Braun. Además de los tres Lenguasnegras que atacaron a Erik en los arbustos espinosos, se eliminó a otros siete alrededor de la mansión. Esta fue la noticia que más pareció preocupar a Maese Lepkin. Todo lo que dijo fue —ya veo, — y no pronunció una sola palabra más. Dimwater había vuelto para ocuparse de algunos asuntos en la Academia Kuldiga, aunque nadie le había contado a Erik qué asuntos eran aquellos. Y ahora, Erik y Maese Lepkin cabalgaban hacia el este.

—Mira allí, — dijo Lepkin, sacando a Erik de sus pensamientos. —Si miras carretera abajo, a lo lejos verás las murallas de Buktah. Nos detendremos allí y veremos qué se puede hacer para conseguir un equipamiento adecuado.

Erik miró y vio unas murallas grises que sobresalían del terreno, con una torre en cada una de las cuatro esquinas. —¿Pensáis que habrá más hechiceros? — preguntó Erik.

Maese Lepkin condujo a su caballo a la altura de Goliath y dio a Erik unas palmaditas en la espalda. —De momento, dudo que te persigan durante un tiempo, querido muchacho.

— ¿Por qué no?

Lepkin arqueó una ceja y sonrió astutamente. —Porque te tienen miedo, — dijo.

— ¿Tienen miedo de mí? ¿Por qué iban a tener miedo?

—No puedo explicártelo todo ahora mismo, pero lo haré pronto. Te lo prometo. — Lepkin se inclinó para acercarse un poco más. —Incluso te lo contaré todo sobre el monasterio de Gelleirt.

Erik volvió la mirada hacia Maese Lepkin. Por la ligera sonrisa que había en el rostro de Lepkin, se daba cuenta de que el objetivo de esa última parte había sido animarle. No lo hizo. Erik estaba demasiado preocupado por su familia, y por lo que él pudiera hacerles, como para preocuparse en estos momentos por el monasterio de Gelleirt.

—Es porque fui capaz de herir a Tukai cuando nadie más pudo, ¿verdad? — preguntó Erik tras una pausa.

—Lo es, — confirmó Maese Lepkin. —Hay un poder en ti, Erik, que puede derrotar a las artes oscuras. Eso es lo que te permite herir a los hechiceros con armas normales, e incluso vencer al fantasma y al lobo de Dimwater. Tukai tampoco era un hechicero corriente. Era uno de los tres cabecillas de la Orden del Ojo que Todo lo Ve, un grupo especialmente poderoso de hechiceros consumidos por su deseo de poder. Tu padre ya ha tenido que vérselas antes con Tukai.

— ¿Sí? — preguntó Erik.

—Sí, — dijo Lepkin. —Tukai estudiaba en la Academia Kuldiga al mismo tiempo que tu padre, aunque por entonces era conocido por un nombre diferente. Su talento superaba las habilidades de los otros aprendices de mago. Tenía visiones mientras dormía. Estas visiones siempre se cumplían, justo como él las había visto. Así pues, empezó a contárselas a la gente en un esfuerzo por ayudarles. Algunas de las personas escuchaban, y otras decían que estaba loco. Tukai sintió que su don se daba por supuesto, así que empezó a exigir pagos por su ayuda. Algunos pagaban, otros no, pero cuando el director descubrió que estaba vendiendo su don como un vendedor callejero, expulsó a Tukai de la Academia Kuldiga. Desde entonces, Tukai ha retorcido su don como hacen todos los hechiceros de su orden. Anuncia una profecía, y tergiversa el significado en beneficio de sus propios fines.

—Entonces, ¿miente? — preguntó Erik.

—No, lo que dice es verdad, — replicó Lepkin.

—Entonces mataré a mi padre, porque no morí anoche, — murmuró Erik.

Maese Lepkin colocó una mano sobre el cuello de Goliath y la bestia se detuvo al instante. Lepkin alargó el brazo y giró a Erik hacia él. —No. Ese no tiene por qué ser necesariamente el caso. Como he dicho, los hechiceros de su orden retuercen el significado de sus profecías. Las palabras que pronuncia son ciertas, pero no siempre significan lo que tú piensas que significan.

— ¿Cómo puede significar algo diferente de lo que creo que significa? — preguntó Erik. —Soy el único hijo de Lord Lokton.

—Quizás, — contestó Lepkin encogiéndose de hombros. —O quizás haya otro hijo en alguna parte.

—Mi padre no puede tener hijos, él me lo dijo.

— ¿Te dijo que él no podía, o que ellos no podían? — preguntó Lepkin con una ceja arqueada. —Piensa detenidamente, Erik. ¿Qué fue lo que dijo tu padre?"

Erik hizo una pausa. —Dijo que ellos no podían tener hijos. — Erik arrugó la cara. —Pero mi padre no deshonraría a Lady Lokton.

—Bueno, piensa en todas las posibilidades, Erik. ¿Cómo podría haber otro hijo sin deshonrar a Lady Lokton?

Erik se pasó los dedos por el pelo mientras pensaba. — Bueno, supongo que hay alguna posibilidad de que aún puedan engendrar un hijo en el futuro, o puede que mi padre tuviese otro hijo antes de casarse con Lady Lokton.

— ¿Lo ves? — dijo Lepkin con una sonrisa. —Hay demasiadas posibilidades como para decidir que la profecía tiene que estar hablando sobre ti. Además, ¿qué ganaría Tukai matándote? La caída de la Casa Lokton sólo haría que su orden tuviese más poder, así que ¿por qué iba a intentar fortalecer a la Casa Lokton?

—Entonces, ¿tergiversó la profecía para que alguien me matase? — preguntó Erik.

—Esa es mi suposición. Apuesto a que él o su orden te temen, a ti y a tu poder. Así pues, cuando tuvo esta visión, vio una oportunidad para explotar los temores de otras personas con el fin de eliminarte. Esa es la razón por la que he intentado enseñarte a que escuches, y a juzgar con cuidado lo que está bien y lo que está mal. Si no puedes distinguir la verdad de la mentira, caerás víctima de los designios de hombres malvados.

—Eso ha hecho que me sienta mejor, — dijo Erik inclinando la cabeza. —Sentía en mi interior que la profecía no podía estar hablando sobre mí. Jamás podría hacer daño a mi padre.

—Vuelves a precipitarte en tu juicio, — dijo Maese Lepkin frunciendo el ceño.

— ¿Qué queréis decir? — preguntó Erik.

—Hay otras explicaciones posibles. Quizá tu padre termine uniéndose al bando incorrecto, y lo mates porque se vuelva malvado.

— ¡Eso jamás sucederá! — aulló Erik.

—Erik, tranquilízate. Sólo estoy sugiriendo que es posible. Si tu padre se aliase con la orden de Tukai, por una u otra razón, entonces eso daría a Tukai una razón para matarte antes de que pudieras detener a tu padre. — Lepkin volvió a dar a Erik unas palmaditas en la espalda y reemprendió la marcha por el camino. — Sólo te estoy mostrando que hay muchas posibilidades.

Erik resopló y tocó con los talones los flancos de Goliath. No podía creer que su padre pudiera volverse malvado, al igual que le resultaba impensable matar a su padre. Ninguna opción parecía natural. Erik decidió que debía haber otro hijo por alguna parte. Ya fuese en el futuro, o en el pasado, pero estaba en algún lugar. —Si hay otro hijo, ¿qué hacemos? — preguntó Erik.

—No puedo darte la respuesta a eso, Erik, — contestó Lepkin. —Eso es un misterio que sólo el tiempo nos desvelará.

Ninguno de los dos volvió a hablar hasta que llegaron a las puertas de Buktah. Erik contempló los muros, que parecían crecer a medida que ambos se aproximaban. Las torres se cernieron sobre ellos, con guardias en el interior de cada una de ellas. La garita de la entrada era sencilla, pero formidable. Enormes puntas sobresalían del centro de cada puerta de hierro que cerraba las murallas de la ciudad. Una vez Lepkin se hubo identificado, las puertas fueron abiertas por reatas de bueyes, unidas a largas y gruesas cadenas que chirriaron y crujieron bajo la tensión provocada por la pesada puerta. Cuando se terminaron de abrir los portones, Erik vio una pesada verja levadiza de hierro siendo elevada mediante cadenas enganchadas a aún más bueyes en el interior de los muros.

— ¿Siempre mantienen la puerta cerrada durante el día? — preguntó Erik.

—No siempre, pero durante los últimos meses lo han estado haciendo cada vez con más frecuencia, — contestó Maese Lepkin.

Erik asintió y siguió a su maestro al interior de la ciudad. Podía oler la bosta de buey mientras la atravesaban, pero ese olor pronto cedió paso a los olores del mercado. Polvo, sudor y otros aromas animales, mezclados con las fragancias de los panes dulces, las frutas y especias, y las carnes asándose. Varios vendedores se aproximaron sosteniendo en las manos puñados de joyas o flores, pero retrocedieron con rapidez al apartar Maese Lepkin su capa hacia atrás para revelar la espada. Muchos de los vendedores inclinaron respetuosamente la cabeza y se disculparon mientras regresaban a un lado del camino, y otros simplemente se giraron y salieron corriendo.

— ¿Tenéis ese efecto en la gente a menudo? — preguntó Erik.

—Sí, — contestó Maese Lepkin con tono neutro. — Sígueme. — Maese Lepkin hizo girar a su caballo hacia la izquierda y Erik se colocó detrás de su maestro. Avanzaron unos minutos siguiendo un viejo camino polvoriento. Era más estrecho que el camino principal, y estaba bordeado por bajos edificios pardos de madera. Las puertas eran sencillas, y por lo general había una o dos ventanas que daban a la calle, pero de vez en cuando había edificios sin ventanas. Erik se maravilló de lo cerca que estaba todo entre sí.

Una mujer baja y gorda salió a la calle desde uno de los edificios de la derecha. El agrio aspecto de su rostro y la forma en la que tiró una rata muerta a la calle hicieron a Erik decidirse a dar un rodeo al pasar a su lado.

Una carretera de guijarros cruzaba el sucio camino en el que se encontraban. Lepkin hizo girar su caballo por la senda de guijarros y conminó a Erik a mantenerse a su paso. Lepkin aceleró su caballo hasta un trote ligero. Los cascos de los caballos danzaban sobre la carretera con un agradable golpeteo mientras pasaban por delante de varias posadas. Erik vio muchos carteles. Algunos tenían adornos, con pintura fresca y tallas elaboradas. Cada cartel estaba cortado de una forma diferente y colgaba sobre la puerta delantera de la respectiva posada. Estaban el Jacarandá, el Viajero de Medianoche, La Posada del Búho Pinto, y a continuación había un cartel muy sencillo, que simplemente tenía la palabra "Posada" grabada superficialmente en un lado. Lepkin se detuvo frente a la posada con el cartel sencillo, y ató su caballo al poste de enganche.

— ¿Vamos a quedarnos aquí? — preguntó Erik.

Lepkin levantó la vista con una pequeña sonrisa. — ¿Qué sucede, no tiene suficiente buen aspecto para el hijo de un lord? — Erik encogió los hombros, descendió de Goliath y ató el caballo al poste. Lepkin tocó el hombro de Erik y le indicó que le siguiera a la parte trasera, en vez de entrar por la puerta delantera. Erik le siguió sin pronunciar palabra. Ambos tuvieron que ponerse de lado, ya que el espacio entre la posada y el siguiente edificio era muy estrecho. Mientras se dirigían a la parte trasera de la posada, Lepkin señaló una herrería, anexa a la parte trasera de la posada. —Ahí es a donde vamos. Es hora de conseguirte algo de equipamiento.

— ¿De aquí? — preguntó Erik, perplejo. Se preguntó qué tipo de herrero podría trabajar aquí, en este pequeño taller. Siguió a Lepkin hasta una zona abierta, en la que el carbón para el horno se apilaba a mayor altura que él. Podía sentir el calor proveniente de la puerta abierta del taller, pero lo que le sorprendía era que podía oler el calor. Volvía el aire pesado, y algo dificultoso de respirar, pero también tenía una cualidad atrayente. Erik siguió a Lepkin al interior, y entonces se quedó boquiabierto.

—Muy buenos días tengáis, o lo que queda del día al menos, — dijo el herrero mientras se daba la vuelta

Erik observó maravillado al herrero. Tenía poco más de tres pies de alto, con una barba roja que barría los empeines de sus botas al caminar. Su largo pelo rojo estaba recogido en una sola trenza en la parte de atrás. Llevaba un delantal negro y sostenía su gigantesco martillo en la mano izquierda.

—Sois un enano, — dijo Erik sin pensar.

—Vaya, parece que tenéis a un genio por compañero, Maese Lepkin, — dijo el herrero, señalando a Erik con el martillo. —Sólo ha tenido que echarme una mirada para imaginárselo.

—Lo siento, — dijo Erik apresuradamente. —No quise implicar nada con ello. Es sólo que nunca antes había visto un enano.

—No te preocupes por ello, chico, estoy más que acostumbrado. Me he pasado los últimos trescientos años en la superficie con tu alto pueblo, y siempre pasa lo mismo. Alguien entra y me ve y siempre dice —es un enano—, como si esperasen que el mejor herrero de Buktah fuese una cabra pigmea, o algo así. — El enano se rió con ganas y sacudió la cabeza. —El nombre es Al, — dijo mientras le tendía la mano derecha a Erik.

—Eso no suena como un nombre de enano, — dijo Erik mientras le estrechaba la mano a Al.

—Bueno, otra cosa que sé sobre la gente alta es que sus lenguas no funcionan lo suficientemente bien como para pronunciar mi nombre, así que lo he acortado.

— ¿Cuál es vuestro nombre completo? — preguntó Erik.

—Aldehenkaru'hktanah Sit'marihu. ¿Te gustaría intentar pronunciarlo?

Erik sacudió la cabeza. —Creo que me quedaré con Al, si a vos os parece bien.

Al se rió y levantó la vista hacia Lepkin. —Ya está todo preparado. Está en la parte de atrás. ¿Queréis echar un vistazo?

—Enviemos mejor a Erik con tu aprendiz, — contestó Lepkin. —Me gustaría hablar contigo un momento.

Al le dirigió a Lepkin una intensa mirada y a continuación llamó por encima del hombro. —Oye, chico, ven aquí.

Un hombre alto salió de la trastienda llevando un delantal blanco, o al menos ese era el color que Erik pensó que se suponía que era, y calzas negras. —No soy un chico, Al, — reprochó el hombre. —Tengo treinta y cuatro años.

—Precisamente, esa es la edad de un mocoso en el lugar del que provengo, — respondió Al. —De hecho, mira Maese Lepkin, por ejemplo; ha conseguido logros impresionantes durante su vida, pero sólo tiene cuarenta y siete años. Eso sigue siendo un niño según mis cálculos. — Al le dedicó un guiño a Lepkin, y después se volvió a su aprendiz. —Llévate detrás a este muchacho y pruébale la armadura que he hecho para él. Asegúrate de que se ajusta perfectamente y resulta cómoda, ¡y no la fastidies!

—Sé lo que estoy haciendo, Al, — contestó el hombre con voz cortante. —Llevo trabajando para ti más de veinte años ya. De hecho, con cualquier otra persona ya sería oficial, o posiblemente incluso maestro.

—Bah, ¡pamplinas chico! — contestó Al huraño. —Se tarda cientos de años en convertirse en maestro de este oficio. — Al apuntó a su aprendiz con el martillo y entrecerró el ojo izquierdo. —Si no te gusta la manera en la que trabajo, quizá deberías irte y ser el aprendiz de otro, aunque ninguno será capaz de enseñarte siquiera una parte de las cosas que yo sé. La herrería corre por las venas de los enanos, y si quieres aprender mis técnicas, tendrás que comportarte como yo te diga.

El aprendiz resopló y tiró de Erik hacia el interior de la trastienda.

—Veo que tu aprendiz sigue tan impaciente como siempre, — comentó Lepkin con una sonrisita.

—Ese es el problema con vosotros la gente alta, — se quejó Al. —Siempre tenéis que tener todo hecho en el momento. Si no podéis hacer algo la primera vez con maestría, lo abandonáis y probáis con otra cosa. Por eso nunca domináis nada. Estáis demasiado ocupados correteando por todas partes para encontrar la siguiente cosa, en vez de perseverar en lo que habéis empezado, sólo porque lleva demasiado tiempo esforzarse en algo. Por eso tengo que mantener a ese chico a raya. Tiene una buena cabeza sobre los hombros, y sus manos son aptas para el trabajo, pero…— Al se detuvo y miró a Lepkin. —Realmente, no creo que hayas venido a hablar sobre mi aprendiz.

—No, — dijo Lepkin, reclinándose en un banco de trabajo.

—Lo siento, a veces mi lengua se descontrola, — dijo Al.

—No pasa nada, — contestó Lepkin. —Erik es el elegido.

— ¿El elegido para qué? — preguntó Al con la cara contraída. Entonces entendió. —No puede ser, — dijo Al. — ¿Quieres decir que ese pequeñajo de ahí es el elegido?

—Lo es. — Maese Lepkin cruzó los brazos sobre el pecho. —Ya se ha enfrentado a seres mágicos y a un hechicero, para empezar. El poder le recorre intensamente, pero todavía no está preparado para lo que ha de venir.

— ¿Cuánto tiempo más creéis que tenéis antes de que los otros le encuentren?

—No mucho. Tukai ya le ha encontrado y ha profetizado sobre él.

—Eso podría no haber acabado bien, — dijo Al. — ¿Dónde está ahora Tukai?

—Está muerto, a manos de Lady Dimwater.

Al sonrió de oreja a oreja al oír el nombre. —Siempre he afirmado que vosotros dos haríais una pareja estupenda.

—Guárdatelo, Al. No es eso de lo que quiero hablar.

—Como prefieras, pero de igual manera podrías quedarte con ella y acabar de una vez. Según mis cálculos, no nos queda mucho tiempo en este plano antes de que la magia nos barra a todos al inframundo. ¿Por qué no vivir felizmente mientras?

—Erik fue capaz de apuñalar a Tukai, — dijo Lepkin, cambiando deliberadamente de tema.

—Bueno, eso ya es algo, — dijo Al, acariciándose la barba. — ¿Qué más sabe hacer?

—No estoy seguro, — contestó Lepkin. —Me lo voy a llevar al Templo de Valtuu para completar su entrenamiento lo mejor que pueda, pero me temo que no habrá tiempo suficiente.

— ¿Qué quieres decir?

—Conoces el estado del reino, Al. No durará mucho en estas condiciones. Sospecho que hasta algunos de mis viejos amigos se han pasado también al otro bando. Antes o después algo se romperá. El reino se hará pedazos por causa de la avaricia de los nobles y el resto se abalanzará a tomar el control antes de que alguien sepa lo que está sucediendo.

— ¿Has ido ya a la Mansión Roegudok?

—No, pero debo hacer una parada en Livany y había pensado que podía ir a la Mansión Roegudok de camino al Templo de Valtuu cuando salgamos de Livany. Te iba a pedir que nos acompañaras.

—No, — dijo Al.

— ¿Cómo que no? — preguntó Lepkin. —Tu gente conoce a los Antiguos mejor que la mía, y tú eres el que mejor conoce a los Antiguos.

—Por cierto que eso pueda ser, mi hermano no cuenta con el favor de los Antiguos. Él y mi gente les han dado la espalda a los Antiguos. Por eso me fui. — Al se giró y arrojó el martillo sobre el banco de trabajo y se dirigió hacia la montaña de carbón. Cogió una pala y gruñó mientras introducía paletadas de la materia negra en el horno.

—Podrías razonar con él, — presionó Lepkin.

—Nadie puede razonar con esa gorda seta venenosa, — saltó Al. —Nunca ha escuchado a nadie, a mí el que menos.

— ¿Así que vas a negarte a ayudar, y dejarás que otros obtengan ventaja, porque no quieres hacerle frente a tu hermano? — Lepkin cogió el martillo de Al y se lo lanzó al enano. Al dejó caer la pala y agarró el martillo en el aire con más facilidad que si estuviese tomando una manzana de un árbol. —Veo que tus reflejos siguen agudos. Qué lástima que tu voluntad y tu espíritu se hayan mellado con el tiempo.

—Cuidado con lo que dices, — advirtió Al. —Cruzaría toda Terramyr, aplastando cabezas de troles por el camino, si me lo pidieras. Pero me niego a recurrir a mi hermano. No servirá para nada. Comprobarás la verdad de mis palabras cuando vayas tú mismo. Mi gente ha abandonado a los Antiguos. Ya no hay honor en la Mansión Roegudok.

—Así que no me vas a ayudar, — suspiró Lepkin.

—Yo no he dicho eso, — saltó Al. —Sólo he dicho que no intentaré ir a razonar con ese canto rodado móvil que mi madre llama mi hermano. Todo lo que conseguiría es desperdiciar mi tiempo, y tú ya has afirmado que no tenemos ni un poco que desperdiciar.

—Entonces, ¿qué vas a hacer? — preguntó Lepkin.

—Déjame llevar al muchacho al Tempo de Valtuu, — empezó Al. Maese Lepkin alzó una mano en el aire y desechó la idea con un ademán. —Escúchame, larguirucho, — dijo Al. —Déjame llevar a Erik al templo y empezar con su entrenamiento. Asumo que queremos que estudie la historia de los Antiguos, ¿verdad?

—Entre otras cosas, — dijo Lepkin.

—Bien, ya has dicho que yo conozco las costumbres de los Antiguos mejor que cualquier otra persona viva, así que déjame que empiece a enseñarle. Mientras tanto, tú ve a Livany y haz lo que sea que tengas que hacer allí. En el camino de vuelta, si te apetece hablar contra una pared y darte de cabeza contra un poste durante unas horas, entonces haz una parada en la Mansión Roegudok y habla con mi hermano. Después, acude al Templo de Valtuu, donde puedes continuar con el entrenamiento del muchacho. Luego te puedo ayudar con cualquier cosa que haya que hacer por el templo, o donde sea, de hecho.

Lepkin miró a Al durante un instante, dándole vueltas a la idea. La acerada mirada del enano no flaqueó al devolver la mirada a Lepkin. —De acuerdo, pero el camino podría ser más peligroso de lo que te figuras, — advirtió Lepkin. —Si Tukai ya ha perseguido a Erik, no es posible adivinar qué más podría ir a por él antes de que lleguéis al templo.

—Mayor razón para llevarle yo ahora mientras tú terminas tus otros asuntos, — insistió Al.

En aquel momento, Erik salió de la trastienda con un traje completo de armadura chapada. —Bueno, ¿qué os parece? — preguntó Erik a Maese Lepkin.

Lepkin se giró y observó a Erik unos momentos. Se acercó e inspeccionó la armadura. Se ajustaba perfectamente al chico. Ofrecía la máxima protección al tiempo que permitía una movilidad casi completa. —Me parece que es exactamente lo que necesitamos, — dijo Lepkin, volviéndose hacia Al.

Al asintió, totalmente consciente de que Lepkin no se estaba refiriendo sólo a la armadura.

CAPÍTULO 7

—Maese Lepkin, la Orden Lievoniana os da la bienvenida. ¿Confío en que el portero os tratase bien a vuestra llegada? — preguntó Maxim.

—Lo hizo, — asintió Lepkin. — ¿Van a venir los otros?

—Los otros estarán aquí en breve. Nos reuniremos en el salón redondo. — Maxim se inclinó ligeramente y le hizo a Lepkin un gesto para que le siguiese, para después girar sobre sus talones y encabezar la marcha, con el largo cabello blanco rebotando ligeramente con cada paso, imitando a su capa negra, que parecía tragarse la delgada constitución de Maxim.

—Muy bien. — Maese Lepkin siguió a Maxim por un estrecho corredor. Contrariamente a la costumbre de los tiempos actuales entre las órdenes de caballería, el castillo de la Orden Lievoniana no estaba decorado con esplendor. Las paredes estaban pintadas de marrón claro, con alguna que otra espada y escudo colgando aquí y allá en memoria de caballeros caídos. Los suelos eran de madera, alisada y deslucida por el constante paso de gente. Grandes ventanas daban al este y al oeste, permitiendo que el sol luciese en las estancias durante el día, y lámparas de aceite colgaban del techo arqueado para iluminar el interior de noche. A pesar de su simplicidad, Lepkin siempre había admirado este castillo. No sólo los pasillos y las habitaciones le parecían confortables, sino que los caballeros le parecían tan humildes como su residencia, lo cual le resultaba refrescante.

Los caballeros de la Orden Lievoniana, por humildes que fueran, no debían ser subestimados, como Lepkin sabía. Los siete caballeros de la orden se encontraban entre los más impresionantes guerreros en cualquier campo de batalla. Lepkin había cabalgado antes con ellos, durante la invasión de las hordas del señor de la guerra Hurin desde las faldas orientales de las Montañas Jaggathea. Con trescientos lanceros y cuarenta arqueros bajo su mando, los Caballeros Lievonianos obtuvieron una feroz victoria sobre los tres mil jinetes y soldados de a pie de Hurin. Su éxito había conseguido exterminar las fuerzas de Hurin casi por completo, garantizando la paz de la región. Hasta ahora.

—Por favor, Maese Lepkin, — ofreció Maxim tirando de una anilla de latón que colgaba de una cabeza metálica de león en la gran puerta de roble. —Después de vos.

—Gracias, Maxim, — contestó Lepkin atravesando el umbral. El salón redondo estaba vacío, excepto por ocho sillas, cada una en uno de los extremos de la estrella dorada de ocho puntas delineada con incrustaciones de oro en el suelo. La octava punta de la estrella se alargaba para imitar el diseño de la Estrella del Norte, y señalaba hacia la puerta por la que había entrado Lepkin. Este salón era el único sitio en el que se usaba oro de todo el castillo, como Lepkin sabía. El interior de la estrella estaba relleno con baldosas de vidrio que brillaban como diamantes bajo la lámpara de aceite constantemente encendida que colgaba del techo abovedado. El resto del suelo alrededor de la estrella estaba pintado de un negro brillante, y se repintaba cada mes, coincidiendo con la luna nueva, para evitar que se desluciese con el tiempo.

—Podéis sentaros en el banco hasta que os llamen, — dijo Maxim en tono reverente. Lepkin asintió e interrumpió su contemplación de la grandiosa estrella del suelo para ponerse en su sitio. Una simple banqueta de madera de cerezo descansaba tras la silla de la octava punta de la estrella, justo a la derecha de la puerta. Mientras Lepkin se sentaba en la banqueta, Maxim se sentó en la silla que había frente a él. Dejaron pasar el tiempo en silencio, hasta que siete caballeros entraron en la habitación y ocuparon sus lugares.

Cada caballero llevaba pantalones negros, túnicas rojo oscuro con un emblema dorado de un dragón en el pecho, y una sencilla capa de color negro envolviéndole los hombros. Ninguno pronunció una palabra, ni se dio por enterado de la presencia de Lepkin o Maxim, al entrar y sentarse en silencio. Poco después de haberse sentado todos los caballeros, Maxim se puso en pie y caminó hacia el centro de la estrella. Deslizó las manos en las mangas opuestas de su túnica, como haría un monje, y mantuvo la cabeza ligeramente inclinada al dirigirse al caballero que se había sentado en la silla de la primera punta de la estrella.

—Gran Maestre Penthal, — empezó Maxim. —Me complace presentaros a vos y a los otros estimados caballeros de la Orden Lievoniana a Maese Lepkin, el Guardián de los Secretos, Defensor del Reino y Espada de los Antiguos. — Maxim se inclinó profundamente, hasta casi tocar la cabeza con el suelo, y con aspecto de caerse hacia delante antes de volver a erguirse.

— ¿Qué asunto desea tratar Maese Lepkin con la Orden Lievoniana? — preguntó el Gran Maestre Penthal.

—Ha venido en nombre del rey para pedirnos que renovemos nuestra lealtad al reino, — contestó Maxim.

Lepkin permaneció sentado en silencio, como dictaba el protocolo, mientras Maxim se dirigía al Gran Maestre. Este comienzo ceremonial de las reuniones era la única cosa sobre la Orden Lievoniana que molestaba a Lepkin. Sentía que eran una pérdida de tiempo. Se rió silenciosamente para sí mismo entonces, al pensar en el discurso que le echaría Al por no querer esperar a que terminase la tradición de cinco minutos antes de que se le permitiera hablar. Pensar en el enano conduciendo a Erik al templo preocupó de repente a Lepkin. No le gustaba permanecer alejado de Erik, especialmente a la luz de los recientes acontecimientos, pero Al tenía razón en que este sería el uso más eficaz del tiempo. Lepkin sólo deseaba haber tomado la decisión más sabia. Si algo le sucedía a Erik, no había esperanza alguna para el reino.

—Detecto una gran urgencia en Maese Lepkin, — dijo el Gran Maestre Penthal. El hombre se puso de pie e indicó a Maxim que se volviera a sentar en su silla, obviando el resto de la ceremonia. —Bajo circunstancias normales no haría esto, pero conozco bien el corazón y la mente de Maese Lepkin, y le permitiré hablar sin ejecutar toda la ceremonia de apertura.

Lepkin se puso lentamente en pie y caminó hasta el centro de la estrella. Inclinó la cabeza ante el Gran Maestre Penthal y empezó a hablar. —Gracias, Gran Maestre Penthal. Sin duda traigo un mensaje urgente, y tiempo es el único lujo del que no dispongo. Como quizá sepáis, muchas órdenes están cambiando de bando en el reino. Algunos han jurado lealtad a ciertos nobles, que reclaman su derecho al trono cuando muera el rey. Otras órdenes han forjado alianzas con potencias extranjeras, y muchas otras órdenes han reunido ejércitos propios con el propósito de hacerse con el control de la zona que actualmente gobiernan.

—He oído hablar de ello, — dijo el Gran Maestre Penthal asintiendo una sola vez. —Nuestra lealtad siempre ha estado, y continuará estando, con el rey. Protegeremos al legítimo gobernante del reino.

— ¡Sí, sí! — gritaron los otros caballeros mientras golpeaban los brazos de sus sillas con los nudillos.

—Elogio a la Orden Lievoniana por su honor, — dijo Lepkin al apagarse los golpes. —Sin embargo, me temo que la división de nuestro reino no es la peor amenaza a la que se enfrenta el pueblo. La peor amenaza proviene de otras órdenes que tienen como objetivo explotar nuestro debilitado estado para obtener poder sobre todos nosotros.

— ¿De qué órdenes estáis hablando? — preguntó el Gran Maestre Penthal.

—Hay muchas órdenes menores, por supuesto, pero estoy hablando principalmente de dos órdenes. La primera es una orden de hechiceros renegados, conocidos como los Wyrms de Khaltounand; la segunda es una orden pequeña pero poderosa de Diablos de Sombras. Se llaman a sí mismos el Concilio del Colmillo Negro.

—Ah, los seguidores de Tu'luh, — dijo el Gran Maestre Penthal. — ¿Por qué unirían estos magos fuerzas con Diablos de Sombras?

—Los Wyrms de Khaltoun son nigromantes, — contestó Lepkin.

—Nigromantes, pensé que el reino se había librado de esas artes oscuras hace tiempo. ¿No es ese realmente el propósito de tener un Guardián de los Secretos, nombrado por los propios

Antiguos? Tu trabajo, como ha sido el trabajo de todos los Guardianes antes de ti, es garantizar que no haya nigromantes en el reino.

—Sí, eso forma parte de mi trabajo, pero tengo otras responsabilidades, — replicó Lepkin desapasionadamente. —La Orden Lievoniana ayudó al primer Guardián a derrotar a los nigromantes que amenazaban el reino, hace más de tres siglos. Ahora os pido, para honrar vuestro juramento de lealtad al rey, que me juréis asistencia en la lucha que ha de venir contra los Wyrms de Khaltoun.

—Estáis pidiendo algo que ya os pertenece, — dijo el Gran Maestre Penthal, poniéndose en pie. —Como Gran Maestre de la Orden Lievoniana, ofrezco mi espada y mi vida al Guardián de los Secretos.

El caballero que había a la derecha del Gran Maestre Penthal se levantó de la silla, añadiendo su juramento a Maese Lepkin. Uno por uno, los siete caballeros juraron sus espadas ante él. Cuando hubieron terminado, Lepkin asintió y les pidió que se sentaran.

—Los Wyrms de Khaltoun son una orden diferente de nigromantes, — comenzó Lepkin. Dudó unos instantes, preguntándose si los caballeros estaban o no preparados para escuchar las palabras que habían de salir de su boca. Miró a su alrededor, directamente a cada par de ojos expectantes uno por uno, intentando leer sus rostros. Necesitaba ayuda, y sabía que esta orden de caballeros era la más honorable del reino, pero si cualquiera de ellos demostraba ser un aliado falso, sería una receta para el desastre. Tragó con dificultad. Se le secó la boca. Por último decidió contárselo. —Los Wyrms de Khaltoun son descendientes de los autores del Secreto de Nagar.

Nadie se movió. El único sonido que se escuchaba por encima del corazón martilleante de Lepkin era la respiración acelerada de los caballeros. Lepkin pudo deducir de sus asombradas reacciones que sabían lo que esto significaba.

— ¿No se pensaba que habían sido eliminados hace largo tiempo? — preguntó Maxim.

—Eso se creía, — confirmó Lepkin con una inclinación de cabeza.

— ¿Cómo puedes estar seguro de que se trata de ellos? — preguntó el Gran Maestre Penthal.

—Lady Dimwater se las vio recientemente con un Diablo de Sombras que se encontraba en proceso de preparar una población para la cosecha por parte de los Wyrms de Khaltoun. El nombre del demonio era Be'alt el Negro. Tuvimos suerte de que algunos lugareños escaparan y alertaran al Consejo de los Magos. Be'alt el Negro tenía a la población tan hechizada, que estaban llevando a cabo sacrificios humanos. Estos sacrificios alimentaban su poder, y le ayudaron a obtener un control aún mayor sobre la región. Si Lady Dimwater no le hubiese detenido, es muy posible que hubiese sido capaz de hacerse con el control sobre toda la isla de Kelboa en cuestión de meses. Habría sido la zona perfecta de preparación para los Wyrms de Khaltoun. Desde esa isla, podrían haberse infiltrado lentamente en el reino, mientras hacían averiguaciones sobre el libro.

—Bien, — dijo el Gran Maestre Penthal una vez superado el impacto. Al final han venido. — El hombre corpulento cerró los ojos y se llevó las manos a la frente. —Que los Dioses tengan piedad.

*****

El denso bosque se elevaba sobre Erik y Al a ambos lados del camino de tierra. Las hojas secas bailaban sobre el suelo al soplar la brisa entre los árboles. Las ramas y las enredaderas oscilaban perezosamente, difundiendo el fresco aroma de los bosques tras una noche de lluvia. El camino serpenteaba a través del bosque como una furtiva serpiente marrón. Los caballos devoraban distancias manteniéndose a un ligero trote uniforme, como llevaban haciendo casi todo el camino, excepto a las horas de las comidas.

Erik miró a su acompañante, el enano, y observó cómo subía y bajaba por causa del movimiento del caballo. Erik siempre había pensado que los enanos montaban en ponis debido a sus cortas piernas, pero Al había demostrado ser un estupendo jinete a pesar de su reducida estatura. Cuando Erik había preguntado en una ocasión si todos los enanos sabían montar a caballo, Al simplemente se había reído, murmurando algo sobre la gente alta que no llegó a escuchar bien.

Al se giró y sorprendió a Erik mirándole. — ¿Qué? — gruñó.

Erik se sintió incómodo, así que se inventó una pregunta para escapar de la ardiente mirada del enano. — ¿Cuándo se reunirá Maese Lepkin con nosotros? —, preguntó.

—Tan pronto como le sea posible, — contestó Al. Se oía entrechocar los cazos y las sartenes mientras el caballo de carga que él guiaba trotaba detrás de ellos. Al enano no le hacía ninguna gracia saltarse comidas, por lo que se aseguraba de empaquetar cualquier cosa que pudiera necesitar en cada viaje. Erik había esperado que Maese Lepkin obligara a Al a dejar el caballo de carga para viajar más ligeros, pero sólo había puesto los ojos en blanco y se había reído.

En algunos aspectos, Al era muy parecido a Maese Lepkin, pensó Erik. El enano era proclive a contestar a las preguntas con una o dos palabras, una frase si era necesario, y un solo asentimiento de cabeza sin palabras si podía librarse con ello. También era igual de estricto con el entrenamiento de Erik. Durante el último día y medio a caballo, Al había obligado a Erik a entrenar con su mandoble de práctica en cada comida antes de permitirle comer. Era difícil combatir al enano. Su corta estatura invalidaba muchas de las técnicas de Erik. Erik todavía podía sentir todas las partes del cuerpo en las que le había golpeado el martillo del enano durante las sesiones de entrenamiento. Con cada golpe del martillo, Erik protestaba que Al estaba siendo demasiado duro. Al simplemente se reía y le decía que evitase ser golpeado. A continuación, si esto no era suficiente, Al insistía en que estaba siendo todo lo delicado que sabía ser un enano.

—Al, ¿os conocéis vos y el Maese Lepkin desde hace mucho tiempo? — preguntó Erik. Al gruñó y asintió, pero mantuvo la vista fija en el camino. Erik suspiró. Sentía una mezcla de emociones sobre todo lo que le rodeaba. Lady Dimwater había dicho que él desempeñaría un papel vital en la protección del reino, pero no le quiso decir cómo. Si le preguntaba a Maese Lepkin, simplemente decía que se lo explicaría todo "pronto". Y si le preguntaba a Al, obtenía menos del enano incluso que de Maese

Lepkin. Su curiosidad había dado paso hace tiempo a la frustración. Se sentía impotente para ayudar a su padre adoptivo, y atrapado en una lucha que no era de su elección. Quería respuestas.

Ambos montaron durante dos horas más antes de llegar a una enorme colina ondulada y un claro en el bosque. Al llegar a la cima de la colina, Erik vio una impresionante muralla de ciudadela rodeando una torre-pagoda de color rojo. La visión era suficiente para arrebatarle el aliento. Enormes y gruesos muros de piedra blanca se elevaban hacia el cielo, coronados con almenas cubiertas por un tejado de tejas verdes. En cada esquina se alzaba una torre cuadrada del suelo, con una altura y media la de los muros y banderas rojas y doradas ondeando sobre ellas. A pesar de la distancia a la que se encontraba Erik del edificio, podía ver que cada esquina del tejado estilo pagoda de cada torre tenía forma de cabeza de dragón. Miró más allá del muro a la torre del centro. Erik calculó que debía tener al menos setenta pies de altura. Era la estructura más magnífica que había visto en su vida.

—Eso es el Templo de Valtuu, — dijo Al, señalándolo con el martillo. —Aquí es donde esperaremos a Maese Lepkin. Mientras tanto, tienes estudios que hacer. — Al espoleó suavemente a su caballo y le hizo un gesto a Erik de que le siguiera.

Erik tocó los flancos de Goliath y el gigantesco caballo avanzó hacia delante. No apartó la vista ni un instante del edificio. Al acercarse, pudo ver más detalles en las paredes y la torre. Los muros exteriores no eran color blanco puro, como había pensado. Cuanto más se acercaba, mejor podía ver que las piedras utilizadas eran amarillas, blancas, grises e incluso había algunas más oscuras. Al principio parecían estar dispuestas de forma aleatoria, pero Erik pronto se dio cuenta de que estaban colocadas en un diseño de zigzag. Le recordaba a una serpiente de color crema que había visto una vez. El efecto de la luz del sol reflejándose contra el muro era deslumbrante, casi cegador de hecho. Los grandes portones verdes eran del mismo color que el tejado de tejas, pero no estaban hechos de madera, como había pensado Erik. Estaban hechos de algún tipo de metal, aunque Erik no supo cuál era. No era cobre, eso lo sabía. El verde era demasiado oscuro, y parecía ser natural, en vez de producto del envejecimiento, como en el caso del cobre. Las puertas estaban remachadas con protuberancias redondeadas. No eran púas, pero no se parecían a nada que Erik hubiese visto antes. Casi parecían los extremos redondeados de cascos negros.

—Detente aquí, — indicó Al, arrancando a Erik de sus pensamientos. El enano le lanzó a Erik la cuerda de guía del caballo de carga y avanzó lentamente con su caballo, acercándose a las puertas. —Guardianes del Templo de Valtuu, soy Aldehenkaru'hktanah Sit'marihu, hermano de Threntonsirai Sit'marihu, el Rey de la Mansión Roegudok. He traído a este chico por órdenes de Maese Lepkin, el Guardián de los Secretos. Estoy aquí para enseñarle sobre los Antiguos, y para prepararle para sus obligaciones.

Erik alzó la vista hacia las almenas de los muros, pero no vio a nadie. Miró hacia las torres, pero siguió sin ver a nadie. Se preguntó si era posible que todo el mundo estuviese dentro comiendo, o que les hubiera sucedido algo. Hubo silencio durante largo rato después de la presentación de Al. Sólo se oía el viento escurriéndose por los espacios de las tejas del tejado. Entonces, la puerta de la derecha se abrió con un chirrido, lentamente al principio, algo más rápido después, al desprenderse el polvo de su superficie y adquirir inercia. Un hombre alto y delgado vestido con ropajes blancos salió por la puerta y sostuvo su mano en alto, dándoles la bienvenida.

—Hola, Al, — dijo el hombre.

—Jeje, ni siquiera ellos saben pronunciar mi nombre, — dijo Al con una risita por lo bajo.

—Hemos estado esperándoos. Ayer llegó un halcón de Maese Lepkin. Quería que supierais que saldrá mañana de Livany. Dice que ha hablado con la Orden Lievoniana y que hará una parada en la Mansión Roegudok, para visitar a vuestro hermano.

—Tontaina cabezota, — gruñó Al. Erik había oído a Al intentar disuadir a Maese Lepkin de ir a la Mansión Roegudok antes de que los tres se separaran, pero Maese Lepkin no era alguien fácilmente persuasible.

—Quizá os gustará saber que Maese Lepkin también nos informó de vuestra llegada y hemos preparado todo lo que necesitáis. Os enseñaré el camino a vuestros aposentos, y después podréis empezar vuestros estudios tan pronto como deseéis.

—Bien, primero voy a necesitar algo de comer, — dijo Al.

El hombre sonrió y les miró a ambos con amabilidad. Erik advirtió que los ojos del hombre parecían estar cubiertos por algún tipo de película lechosa. El color de las órbitas era de un tono muy apagado, casi gris. Erik se dio cuenta de que el hombre era ciego. — Vayamos adentro, — dijo el hombre. —Por favor, desmontad de vuestros caballos y dejadlos aquí. Serán llevados a los establos de la parte posterior y os harán llegar vuestras pertenencias. — Entonces, el hombre se giró y volvió a meterse por la puerta.

—Los caballos están prohibidos en los terrenos del templo, — le dijo Al a Erik volviendo la cabeza. Al saltó de su caballo y empezó a caminar. Erik hizo lo mismo.

Al atravesar la puerta alzó la vista hacia la gigantesca torre. La base estaba hecha de granito gris, que se prolongaba hasta alcanzar un tercio de la altura, donde daba paso a piedras más oscuras. Había ventanas a espacios regulares a lo largo de la torre en sentido vertical. Erik asumió que cada ventana marcaba un nuevo piso, ya que se encontraban a unos diez pies de distancia. Se dio cuenta que el tercio superior de la estructura era más ancho que la base de la misma, con porches de madera sobresaliendo alrededor de la estructura. Se preguntó cómo podía mantenerse en pie una torre así. Le daba la impresión de que un viento fuerte derribaría la pesada estructura a tierra, pero Maese Lepkin le había contado en una ocasión que este templo tenía miles de años de antigüedad.

Una súbita palmada en la tripa arrancó a Erik de sus ensoñaciones y le devolvió al presente.

—Deja de mirar embobado a todas partes, chico, esto no es un paseo turístico, — saltó Al. —Camina

Erik se apresuró a ponerse nuevamente detrás del hombre ciego e intentó mantener el ritmo, aunque sus ojos no cesaron de devorar todo lo que veían a su alrededor. Advirtió que había un par de hombres de pie a ambos lados de la puerta arqueada de color rojo de la base de la torre. Tenían la cabeza afeitada, excepto por una sola trenza que colgaba desde la parte posterior de la cabeza y se enrollaba en la parte delantera de los hombros. Llevaban un atuendo holgado de seda color rojo, con botones dorados en el pecho. Los zapatos eran de cuero tostado. En las manos sostenían unas armas en forma de bastón con cuchillas como Erik nunca había visto antes fijadas en la parte superior de la vara y puntas de acero bridadas de aspecto maligno. Erik pasó la mirada del arma a los ojos de uno de los guardias y se dio cuenta de que él también tenía la misma película plateada cubriéndole los ojos. Erik estaba perplejo con esto, pero decidió que le preguntaría a Al sobre ello más tarde. No quería que le volviesen a dar una palmada por retrasarse.

El hombre de los ropajes blancos abrió la puerta roja y accedió al interior. Erik le siguió y a continuación se detuvo en seco, permitiendo que Al se estrellase contra él. Al empujó a Erik a un lado y se puso a protestar sobre la gente alta que se sorprendía con facilidad mientras seguía caminando detrás del hombre con ropajes blancos. Erik no prestó atención. Elevó la cara y se maravilló con las escenas que había pintadas arriba. Magníficos dragones de todos los colores se lanzaban a toda velocidad a través de las nubes y el cielo pintados. Bolas de fuego y rayos amarillos atravesaban la escena mientras las espectaculares bestias batallaban entre sí. Erik dejó caer la vista hasta la pared y advirtió que la escena continuaba. Las paredes tenían escenas de hombres peleando entre sí en un gran valle junto a un río azul. Había magos arrojando rayos fugaces, caballeros a caballo, lanceros matando bestias impresionantes y arqueros soltando sus flechas. Erik se giró lentamente, asimilando cada pulgada del mural. Estaba representado con total realismo. Los hombres tenían un tamaño natural, mientras que los del fondo eran más reducidos, para dar la impresión de distancia. Erik sintió como si estuviera él mismo en medio del gran valle, observando un momento de la historia desarrollarse ante sus propios ojos. Volvió a mirar al techo y se dio cuenta de que también los dragones estaban pintados de forma que sus dimensiones concordaban con la escena de batalla que se desarrollaba a su alrededor. Las bestias que estaban más alto en el cielo eran menores, y los que arrojaban su temible aliento a los hombres desde arriba eran mucho, mucho mayores.

Erik se giró para decirle algo a Al, pero entonces se dio cuenta de que el enano había desaparecido, al igual que el hombre de los ropajes blancos. De repente se inquietó, como si estuviese en el interior de la casa de un noble sin permiso, y cotilleando entre sus efectos personales. Acalló rápidamente su paso sobre la alfombra verde, dándose cuenta de que su color también coordinaba con el mural. Mientras abandonaba a toda prisa la habitación, se preguntó quién habría pintado aquello, si todas las personas que había aquí eran ciegas.

La siguiente estancia era tan grande como la zona de entrada. También tenía un mural completo pintado sobre cada una de las paredes y el techo, pero en esta ocasión no era una escena de guerra. Esta habitación mostrada el interior del un grandioso salón con columnas de oro que sostenían altos techos abovedados. En la pared izquierda había un trono pintado, con un enano sentado en él. Había una poblada reunión de enanos alrededor del trono. Grupos de ellos lucían colores distintivos en las túnicas y sostenían diversos estandartes. Los símbolos de los diferentes clanes, supuso Erik. Erik observó atentamente al enano sentado en el trono y decidió que el enano se parecía mucho a Al, al menos en el sentido de que este enano también tenía una larga ridículamente larga de color rojo, y parecía estar frunciendo el ceño en todo momento. Erik contempló un buen rato al enano antes de volverse hacia la pared opuesta. Allí vio otro trono, con un hombre sentado en él. Había hordas de guerreros alrededor del hombre, todos arrodillados, pero sin mirar al hombre del trono. Erik siguió la mirada de los hombres del mural hasta la pared que tenía tras de sí. Se quedó boquiabierto al contemplar una pata gigante pintada a cada lado de la puerta por la que había accedido a la estancia.

Retrocedió y miró con asombro el enorme dragón dorado. Sus alas cubrían toda la anchura de la pared, y ni siquiera estaban extendidas. La cabeza del dragón, de cuello corto, llegaba hasta el techo, como si estuviera cerniéndose sobre Erik y mirándole directamente a los ojos. Tenía los brazos extendidos, con uno de ellos señalando al hombre del trono, y el otro señalando al enano. La boca del dragón estaba abierta, y rayos dorados surgían de ella.

—Es precioso, ¿verdad? — dijo un hombre a su espalda. Erik casi tropezó consigo mismo mientras intentaba darse la vuelta.

—Lo siento, no intentaba ser entrometido, — contestó Erik con rapidez. Vio que el hombre de blanco había vuelto, probablemente en su busca.

—No pasa nada, jovencito. Yo también me he pasado muchas horas en esta misma habitación, asombrándome con la maravilla de este momento en el tiempo.

139

—Pero, pensaba… — Erik intentó pensar cómo hacer la pregunta sin resultar ofensivo.

— ¿Qué era ciego? — preguntó el hombre con una torcida sonrisa de complicidad. Erik asintió. —Ven, te enseñaré el camino a la biblioteca. Al está allí, ansioso por empezar vuestros estudios. Quizá podamos charlar un poco más en otro momento.

— ¿Podéis contestar una pregunta antes? — preguntó Erik.

—Supongo que eso puedo concedértelo, — contestó el hombre.

—Había muchos dragones pintados en la otra habitación. Aquí sólo hay uno. Debió haber sido importante. ¿De quién se trata? — dijo Erik señalando a la pintura.

—Su nombre es Hiasyntar'Kulai. Es el progenitor de los Antiguos, — contestó el hombre.

*****

—Lee la página cuatrocientos noventa y siete, tercer párrafo desde el principio, — ordenó Al.

Erik pasó cansinamente las páginas. Llevaba horas leyendo y su visión empezaba a volverse borrosa. Cuando encontró la página, fue siguiendo las palabras con el dedo hasta que encontró el tercer párrafo. Empezó a leer para sí.

—Léelo en alto, — dijo Al.

Erik suspiró. —Página cuatrocientos noventa y siete, tercer párrafo: En los días de Nagar el Negro y de Tu'luh el Rojo, se descubrió una magia magnífica y poderosa. Las palabras de esta magia están escritas en un libro mágico titulado el Secreto de Nagar, y no pueden repetirse en ningún otro libro. Sabed únicamente que la magia contenida en el Secreto de Nagar tiene el poder de transformar a todos los seres vivos en sirvientes oscuros y siniestros del inframundo. Muchas vidas se perdieron, y muchos dragones dieron la espalda a las costumbres de los Antiguos y se conviertieron en viles demonios y bestias, devorando la tierra y a todo ser viviente.

—Salta al primer párrafo de la página siguiente, — interrumpió Al.

—La gran Batalla del Valle de Hamath fue el capítulo final del reino de oscuridad de Tu'luh y Nagar. Los Antiguos, con ayuda de los ejércitos y magos de los hombres, consiguieron rechazar las oleadas de oscuridad utilizando la magia de Allun'rha. Nagar y Tu'luh recibieron la muerte en Hamath, y durante el invierno que siguió a esa batalla, los Antiguos dieron caza al resto del ejército oscuro que había asolado el territorio como una plaga. — Erik alzó la vista hacia al, que estaba caminando de un lado a otro frente a él, con las manos agarradas en la espalda y la cabeza apuntando hacia la alfombra roja que había en el suelo.

—Continúa, no te he dicho que te pares, — insistió Al.

Erik volvió a mirar el libro y continuó. —Después de que el ejército oscuro fuese destruido, los Antiguos devolvieron el Secreto de Nagar a un templo secreto en las montañas. Intentaron destruirlo, pero la magia que lo había creado impedía su destrucción. Lo que es peor, con el tiempo, los Antiguos se dieron cuenta de que la magia contenida en el Secreto de Nagar estaba llamándoles, adentrándose con malas artes en sus mentes con sus poderes oscuros. Varios Antiguos más fueron corrompidos por el libro y tuvieron que ser sacrificados para evitar que la magia volviese a quedar suelta.

—Después de muchos años viviendo bajo el temor de la magia oscura del libro, Hyasyntar'Kulai, el Padre de los Antiguos, entendió lo que debía hacerse. Había terminado por comprender que la magia del libro no atraía las mentes de los hombres, como hacía con las mentes de los dragones. Supo que debían ser hombres los que guardaran el libro, ya que no podía ser destruido y los dragones corrían el riesgo de caer víctimas de sus encantos. Seleccionó entre la raza humana a un hombre de gran integridad, un hombre con fuerza, carácter y un sentido inflexible del deber y del honor, para que se convirtiera en el Guardián de los Secretos.

—Puedes pararte ahí un segundo, — dijo Al. — ¿Qué has aprendido, chico?

Erik pensó unos instantes, repasando las palabras que había leído en las últimas horas y combinándolas con este nuevo pasaje. —Los Antiguos son una raza de dragones que estaban aquí antes que los Dioses Ancianos. Cuando los primeros seres aparecieron en esta parte de Terramyr, los Antiguos ayudaron a cuidar de ellos.

—¿Y quiénes fueron los primeros seres en esta parte del mundo? — preguntó Al. Erik odiaba ser interrogado de aquella manera, pero había estado hambriento de respuestas, y ahora estaba obteniendo una buena cantidad de ellas.

—Los enanos fueron los primeros seres creados por los Dioses Ancianos para vivir aquí. Construyeron la Mansión Roegudok y se hicieron íntimos de los Antiguos. Después, vinieron también humanos, orcos, duendes y elfos.

—Muy bien, querido muchacho. ¿Qué más has aprendido? —

—Los Antiguos protegían el territorio de los demonios y de los Diablos de Sombras en aquellos tiempos. Hubo muchas batallas, la mayoría de poca importancia, hasta el ascenso de Nagar el Negro. Debió ser un mago muy poderoso.

—No era sólo un mago, muchacho, era un nigromante. El libro que estás leyendo ahora no describe la magia que contiene el Secreto de Nagar, pero mi abuelo estuvo allí. Lo vio, y se lo contó a mi padre. Después mi padre nos los contó a mí y a mi hermano. Nagar el Negro descubrió la manera de dominar poderes del inframundo que eran tan increíbles que le permitían devolver dragones a la vida, solo que cuando los recuperaba de entre los muertos, ya no eran los mismos que habían sido en vida. La magia los retorcía, y les hacía terriblemente malvados. Eran más fuertes que los dragones vivos, y mucho más arteros. Al Reino Medio le costó todos sus recursos detenerlos.

—Eso es horrible, — dijo Erik.

—Y eso no es ni la mitad, — gruñó Al. —La magia tenía el poder de introducirse en el corazón de un hombre y sacar la maldad oculta en él. Ningún hombre es completamente bueno. Siempre hay cierta cantidad de maldad en su interior, sólo que por lo general, escogemos ser buenos. Pero esta magia se alimentaba de las sombras de los corazones de los hombres. Por eso, Nagar la utilizó para distorsionar y controlar no sólo a los muertos a los que resucitaba del inframundo, sino también a los vivos. — Al arrastró los pies hasta una silla y se dejó caer en ella, mirando al suelo. — Utilizaba la avaricia y la envidia de los hombres contra ellos. La guerra enfrentó a hermanos contra hermanos, y a padres contra hijos. Por esto es tan importante que el Secreto de Nagar no pueda volver a ser encontrado por aquéllos que intentarían utilizar su poder. Si vuelve a ser hallado, no tendremos ninguna oportunidad de detenerlo.

— ¿Y qué pasa con la magia de Allun'rha, no puede vencer a la magia oscura? — preguntó Erik.

—Una vez lo consiguió, pero nadie sabe cómo se hizo. El mago que descubrió el poder murió usándolo para salvarnos a todos de la oscuridad. Hay algunas referencias en textos inextricables sobre un libro que se dice que contiene los escritos de Allun'rha, La Iluminación, pero nadie sabe dónde está ese libro. Los Antiguos nunca lo encontraron, y el Guardián de los Secretos nunca lo encontró. Está perdido, si es que existió alguna vez.

—Al, ¿dónde se fueron los Antiguos? — preguntó Erik.

Al levantó la mirada desde su silla y sonrió con no mucho entusiasmo. —Ve a la página mil sesenta y ocho. Lee en alto el último párrafo.

Erik pasó rápidamente las hojas del tomo hasta encontrar la página y fue siguiendo la página hasta encontrar el último párrafo.

—Doscientos años después de la Batalla de Hamath, el Padre de los Antiguos yacía moribundo, siendo llamado al inframundo por las fuerzas oscuras contenidas en el Secreto de Nagar. Sabía que el libro continuaría corrompiendo dragones mientras se quedasen en el Reino Medio, por lo que decretó que todos los Antiguos debían partir. Después de la marcha de todos los demás, el Padre de los Antiguos convocó a un grupo de leales seguidores a su guarida. Les otorgó el don de la Visión Verdadera, para que cuando un Guardián de los Secretos muriese, o se revelara indigno de su cargo, pudiesen seleccionar a otro para ocupar su lugar.

—Nadie sabe a dónde fueron, — dijo Al con un suspiro.

—Algunos dicen que volaron sobre los océanos y encontraron un nuevo hogar en los continentes lejanos de nuestros ancestros. Otros dicen que todos han muerto, asesinados finalmente por el terrible poder del libro. Yo no sé con seguridad a dónde fueron, o si siguen vivos, pero dudo que vayan a volver jamás. Mientras el Secreto de Nagar exista, no pueden volver. Puede que Tu'luh y Nagar perdiesen la Batalla de Hamath, pero me da la impresión de finalmente su astucia terminará por arrebatarnos lo mejor de nosotros. Si el libro es encontrado y abierto, no hay magia que pueda contrarrestarlo, y sin los Antiguos para ayudarnos a combatir a la innumerable cantidad de Diablos de Sombras que acudirían a la llamada del libro, todo nuestro reino podría desmoronarse en cuestión de dos meses, quizá menos.

—Entonces los seres que atacaron a Lord Lokton, y aquel hechicero que me persiguió están intentando encontrar el Secreto de Nagar, ¿no? — preguntó Erik.

—Sí, Erik, creo que es así, — dijo Al, asintiendo sombrío. El enano se bajó de la silla y escogió un tomo de cuero marrón del segundo estante de una alta estantería que ocupaba la totalidad de la pared. Se aproximó y dejó caer el pesado tomo delante de Erik. — Maese Lepkin volverá pronto. Tendrá más información para nosotros cuando vuelva, pero hasta entonces, lee todo lo que puedas de este libro.

Erik lo levantó y leyó el título en alto. —'Sombra y Luz', escrito por Misgerahh'tanah Sit'marihu. — Erik hizo una pausa después de avanzar dificultosamente por el difícil nombre de la cubierta. —Suena muy parecido a vuestro nombre, — le dijo a Al.

—Eso es porque el libro fue escrito por mi abuelo, — contestó Al.

CAPÍTULO 8

Lady Dimwater arrojó el viejo tomo al montón creciente de libros desechados que yacían sobre su mesa. Se recostó en su silla de respaldo alto y suspiró pesadamente. Levantó las manos y se masajeó las sienes en movimientos circulares para atenuar su dolor de cabeza. No sirvió de ayuda. Chasqueó los dedos y una pequeña copa de absenta apareció en la mesa delante de ella. Dio un sorbo y permitió que el líquido bajase libremente por su garganta. Cuando la copa estuvo vacía, se inclinó hacia delante y señaló a la estantería que había en el extremo opuesto de la estancia. Cinco libros se extrajeron a sí mismos del estante central y flotaron hacia ella. Se dispusieron pulcramente en un montón a su derecha, con los lomos hacia ella, para que pudiese leer los títulos.

Examinó cada título, buscando cualquier pista de que alguno de ellos pudiera contener la información que buscaba. El primer libro, La Vida y Tiempos de Adamus Garr, fue desechado de inmediato de la pila. Extrajo el segundo libro, Artes del Ladrón de Almas, fuera del montón y lo colocó delante de sí. Los otros tres, El Vuelo del Krilo, Barreras Mágicas Icianas y Forjando el Saddhumah, fueron enviados de vuelta al estante con un además de la mano.

Con gesto de determinación, abrió el libro que había dejado a un lado y buscó entre sus páginas. Como con muchos otros libros escritos en épocas pasadas, era difícil entresacar la información que necesitaba del libro porque se había añadido gran cantidad de contenido adicional para que el auténtico mensaje del libro resultara difícil de entender. Esta práctica era común, le constaba. Los maestros del pasado, en su sabiduría, habían decidido velar sus conocimientos y secretos en un esfuerzo por evitar que las mentes menores e indignas descubriesen los grandes poderes de las artes arcanas. Pero Lady Dimwater no era alguien con una mente menor. Desmenuzó los acertijos, no se dejó desorientar por las frases engañosas y fue capaz en poco tiempo de entender cada uno de los tomos que poseía. Siempre había tenido un gran talento para descifrar los códigos de los tomos antiguos. Hasta era capaz de leer el idioma de los propios Antiguos, y aprender de aquellos grandes sabios.

Finalmente, encontró lo que estaba buscando. Enterrado dentro del texto de las Artes del Ladrón de Almas, había una oscura referencia a Nagar el Negro y a Tu'luh. Siguió las pistas que encontró en ese pasaje hasta encontrar instrucciones para varios rituales que, una vez realizados, ayudarían a los seguidores de Tu'luh a encontrar el Secreto de Nagar para liberar su poder.

Un golpe en la puerta rompió su concentración. La puerta se abrió sin su permiso y Maese Orres entró en la habitación. —Lady Dimwater, he estado buscándoos.

—No estaba enterada de ello, — mintió Lady Dimwater. Cerró subrepticiamente el libro y tejió un hechizo de invisibilidad sobre él, para ocultárselo a Maese Orres.

—Me temo que tengo algunas noticias inquietantes, — dijo Maese Orres.

— ¿De qué se trata? — inquirió Lady Dimwater. Preparó mentalmente un hechizo cautivador. Sabía que si Orres era de veras un traidor, como Maese Lepkin sospechaba, entonces era su derecho imponer un castigo. Así pues, si Orres demostraba intenciones malévolas, había decidido capturar su mente y contenerle en una célula mágica hasta que Lepkin pudiese volver con la prueba que exigía la ley.

—Janik se ha ido, — fue la respuesta.

— ¿Qué queréis decir? — presionó Lady Dimwater.

—Durante el fin de semana se ha marchado de la Academia Kuldiga. — Maese Orres cerró la puerta y se aproximó para sentarse frente a Dimwater. —Me temo que pueda estar trabajando en nuestra contra.

Las cejas de Dimwater se arquearon.

—Lo que estoy a punto de deciros no puede salir de esta habitación, — dijo Orres con la mirada más fiera que jamás le había visto. Lady Dimwater asintió tranquilizadoramente y esperó a que continuase. —La otra noche, estuve registrando la Academia en busca del Secreto de Nagar.

— ¿Cómo? ¿Y por qué hicisteis tal cosa? No tenéis derecho.

—Lo sé, — dijo Orres bajando la mirada al suelo. —No fue por elección mía, creedme. — Jugueteó con los pulgares en el regazo durante un momento antes de continuar. —Recibí un mensaje de que la Mansión Lokton había sido atacada por un poderoso hechicero. Se me comunicó que Maese Lepkin estaba allí, protegiendo a Erik.

—Eso no explica por qué os pusisteis a buscar algo que está prohibido, — dijo Dimwater. Su tono era claramente de advertencia.

—El mensaje me fue enviado con el sello de la Casa Lokton, — replicó Orres. —El mensaje decía que Lepkin me encargaba recuperar el Secreto de Nagar de su estudio y ocultarlo. Maese Lepkin creía que el ataque del hechicero podría haber sido un señuelo para apartar su atención de la vigilancia del libro. — Orres la miró con determinación. —Ambos sabemos lo importante que es Erik para la salvación de este reino. Si le perdiésemos, sería como condenarnos a todos a muerte, tanto como si el Secreto de Nagar fuese robado y abierto. — Orres se aclaró la garganta.

—Así pues, ¿qué hicisteis? — presionó Dimwater.

—Llamé a mis tres guardaespaldas para completar la tarea. No pudieron encontrar el libro. Volvieron a mí con las manos vacías, así que les envié a buscar de nuevo. Poco después de enviarles la segunda vez, advertí una luz procedente de una de las ventanas de la biblioteca. Antes de poder llegar a la estancia, escuché gritos y chillidos. Me di cuenta de que se estaba produciendo una lucha. Llegué demasiado tarde a la habitación. Mis tres guardaespaldas estaban muertos. Había libros y papeles diseminados por todas partes, y sangre cubriéndolo todo. Después de ver aquello, fui a la habitación de Janik, temiendo por su vida.

—Janik no es tan fácil de vencer, — intervino Dimwater.

—Lo sé, — dijo Orres asintiendo con sobriedad. —Ese es el problema.

Dimwater se inclinó hacia delante, colocando los codos sobre la mesa y entrelazando los dedos. — ¿Fue entonces cuando descubriste que Janik había huido?

—Exactamente, — contestó Orres. —Era obvio que había estado en su habitación. La puerta estaba abierta, y ambos sabemos que nunca deja la puerta abierta. También había un ropero abierto, y faltaba su fardo.

—Eso sólo indica que se ha ido, no que esté trabajando contra nosotros.

—Cuando volví a mi cuarto, me di cuenta de que faltaban algunas cosas de mi caja fuerte. Se habían llevado mi diario. No sólo incluye detalles personales sobre mi vida, sino que también habla sobre muchos secretos del reino. — Orres se golpeó la frente con la mano y se inclinó hacia delante. —Fui un tonto por escribir aquellas cosas, incluso en un libro protegido con magia. Sólo es cuestión de tiempo antes de que alguien con habilidades mágicas sea capaz de o bien deshacer los bloqueos mágicos, o bien de descifrar su contraseña.

Lady Dimwater pensó durante unos instantes. Conocía a Maese Orres desde hacía muchísimo tiempo, la mayor parte de su vida, de hecho. Sabía cuándo él ocultaba algo, y en esta ocasión no lo hacía. Estaba diciendo la verdad. No era un traidor, como temía Lepkin. Dimwater siempre había sabido que Orres era un poco demasiado apresurado en sus reacciones ante algunas situaciones. Con frecuencia reaccionaba exageradamente bajo la mayoría de las circunstancias, como quedó confirmado hacía sólo una semana, cuando Orres había estado rápidamente preparado para sacar la espada contra Lepkin. Alguien había abusado de la confianza de Orres y había manipulado su excesivo celo en su sentido del deber para intentar encontrar el libro, estaba claro. Quien fuera que hubiese enviado el mensaje, había mentido. Tendría que descubrir de quién se trataba.

—Hay más, — dijo Maese Orres. —El diario no es lo único que ha desaparecido.

*****

—Estoy a vuestro servicio, Señor Stilwell, — dijo Lord Lokton. Ambos se agarraron las muñecas en un saludo, pero Lord Lokton pudo ver que el Señor Stilwell distaba mucho de sonreír. Las mejillas del hombre estaban cubiertas de lágrimas secas y polvo apelmazado. Sir Duvall estaba con él, con un rostro tan serio como el de la propia muerte. — ¿Qué sucede?

—Lord Lokton, — empezó el Señor Stilwell con la cabeza gacha. —Me disculpo por traer más dolor a la Casa Lokton del que ya ha tenido que soportar esta pasada semana.

—Está bien. Sólo decidme lo que ha pasado y lo arreglaremos.

—Mi primo, el magistrado, está muerto. — El Señor Stilwell alzó la vista a los ojos de Lord Lokton, agrandados por el asombro. —Fue encontrado con un cuchillo en la espalda. — El Señor Stilwell sacó un paño de una bolsa de cuero y lo sostuvo en alto ante Lord Lokton. —El cuchillo del hijo mayor de Lord Cedreau estaba profundamente clavado en la espalda de mi primo. Había otras muchas cuchilladas, todas hechas con el mismo cuchillo hasta donde yo sé.

Lord Lokton tomó el paño entre las manos y lo desenvolvió lentamente, hasta ver el arma. La empuñadura era de color negro con incrustaciones de oro formando trenzas en el pomo. El corto protector era de plata, con un solo rubí engastado en el centro del protector a ambos laterales de la daga. La hoja estaba manchada de sangre. Las palabras Para Eldrik estaban grabadas en la base de la hoja. Lord Lokton supo con toda certeza que se trataba de la misma daga que él personalmente había visto entregar a Eldrik Cedreau durante la Konn Deta del joven hacía varios años. Lord Lokton pasó el pulgar por la hoja y descubrió que la punta estaba mellada, con parte de la hoja astillada. Lo mantuvo en alto ante el Señor Stilwell con una mirada interrogante.

—La daga estaba incrustada en la columna de mi primo. La hoja se rompió contra el hueso en el golpe final. Creo que esa es la razón por la que Eldrik dejó el cuchillo. Le resultaba demasiado difícil liberarla, así que huyó de la escena.

—Resulta extraño que alguien tan astuto como es cualquiera de los Cedreau dejar pruebas tras de sí, — dijo Lord Lokton.

—Yo estaba cazando con Sir Duvall cuando vi una columna de humo elevándose sobre los árboles, — dijo el Señor Stilwell. —Nos apresuramos para ver qué estaba sucediendo y encontramos la casa de mi primo en llamas. Yo entré y pude sacar a mi primo de la casa antes de que las llamas lo devoraran. — El Señor Stilwell enmudeció con un nudo en la garganta y apretó la mandíbula. Era obvio que ya no podía seguir hablando sobre los hechos.

—Sir Duvall, contadme el resto, — pidió Lord Lokton.

Sir Duvall asintió lúgubremente. —Primero pensamos que el humo era la razón por la que el magistrado estaba tirado sobre su escritorio, pero una vez lo llevamos al exterior, nos dimos cuenta de lo realmente sucedido. La espalda del hombre estaba cosida a cuchilladas, como ya ha dicho el Señor Stilwell, y la daga sobresalía de su columna. Creo que cuando Eldrik se dio cuenta de que no conseguiría liberar su daga, intentó cubrir sus pasos incendiando la casa. Pienso que el origen del fuego fue una de las lámparas de aceite de la pared.

Lord Lokton asintió y permaneció callado durante largo tiempo. Colocó una mano sobre el Señor Stilwell y le dio un apretón en el hombro. —Juro, por el honor de la Casa Lokton, que investigaré este asunto. El culpable será encontrado y castigado.

La cabeza del Señor Stilwell se levantó de repente. Sus ojos relucían de rabia. —Una investigación, ¿qué queréis decir con que investigaréis? Os he traído la evidencia. Tengo aquí a un testigo. Es posible que mi palabra no valga lo suficiente por sí sola, ya que no soy lord ni caballero, pero la palabra de Sir Duvall y la daga deberían ser suficientes para confirmar mi acusación.

—Sé que esto resulta duro, pero una daga no es suficiente. Cualquiera podría haberla robado y utilizado con la esperanza de alejarnos de la pista del auténtico asesino.

— ¡Callaos! — rugió el Señor Stilwell. Se retorció para liberarse de la mano de Lord Lokton y le apuntó con un dedo acusador. — ¡Esto es culpa vuestra! Os dije que prestaseis oídos al presagio de la Konn Deta de Erik, ¡todos nosotros lo hicimos! Entonces, llegó el hechicero con la profecía, pero tampoco quisisteis escucharle.

—Los hechiceros retuercen las--

—Suficiente, — gritó el Señor Stilwell. —Ya veréis. Cuando vuestro hijo os clave una daga en la espalda, quizá entonces abriréis los ojos. Tuvisteis una oportunidad de deshacer la profecía, ¡pero ahora es demasiado tarde!

Lord Lokton se volvió hacia Sir Duvall. — ¿Hacia dónde se inclina vuestra lealtad? — preguntó al caballero. Lord Lokton divisó a Braun entrando en la zona iluminada detrás de los dos hombres, con una espada en una mano y un hacha en la otra.

—Mi lealtad es para la Casa Lokton, — aseguró Sir Duvall asintiendo.

—Entonces, arrestad al Señor Stilwell, — ordenó Lokton. Sir Duvall dudó, pero sólo tardó un instante en agarrar al Señor Stilwell por el brazo izquierdo.

— ¡Esto es un ultraje! — gritó el Señor Stilwell. Su mano derecha descendió hasta el cinto de la espada, pero Braun ya estaba allí antes de poder liberar la hoja. El gigantesco soldado hizo presa del Señor Stilwell y lo mantuvo totalmente inmóvil hasta que Lord Lokton le desabrochó el cinto y le quitó el arma al Señor Stilwell.

—No puedo consentir que salgáis a cobraros una venganza que quizá no deba recaer sobre el hijo de Lord Cedreau, — dijo Lord Lokton. — Aún si la acusación es cierta, iniciaría un baño de sangre entre nuestras casas. El reino ya está lo bastante débil de por sí. No necesita que dos de sus nobles libren una guerra entre ellos en vez de proteger al rey, como es su deber.

El Señor Stilwell le escupió en la cara. —Yo os maldigo, y maldigo a vuestra casa.

El puño de Braun se adelantó con fuerza contra el costado del Señor Stilwell, haciendo que el hombre se doblase en dos.

—No, Braun, es suficiente, — ordenó Lord Lokton. — Simplemente llévatelo a las mazmorras y ponlo en una celda privada. Cuida de que esté cómodo y bien alimentado. Desearía recuperar su amistad una vez hayamos terminado con nuestra investigación del asesinato del magistrado.

—Como deseéis, — dijo Braun con una inclinación de cabeza. Él y Sir Duvall empezaron a llevarse al Señor Stilwell, y entonces Lord Lokton le puso una mano a Sir Duvall sobre el hombro.

—Quedaos, Sir Duvall, — ordenó. Sir Duvall se dio la vuelta e hizo una reverencia, y Braun se llevó al Señor Stilwell. — Quiero que acudáis a Lord Cedreau y le expliquéis los que ha sucedido. Informadle de que hay una investigación completa en marcha, pero que como cortesía, he pensado que debería informarle antes.

—Milord, eso le dará tiempo para ocultar a su hijo, — replicó Sir Duvall.

—Guardaré aquí el cuchillo, — dijo Lord Lokton. — También enviaré un informe completo de vuestros testimonios al senado. Si Lord Cedreau oculta a su hijo, sólo demostrará su culpabilidad. Pase lo que pase, debemos manejar esto cumpliendo la ley escrupulosamente. Un paso en falso por nuestra parte sería un desastre para ambas casas.

—Entiendo, — dijo Sir Duvall. —Partiré de inmediato.

—No, — dijo Lord Lokton. —Ya se ha hecho muy tarde. Si partís ahora, llegaréis durante la cena. Le conozco lo suficientemente bien como para saber que rechazará una audiencia privada, insistiendo en que cualquier cosa que la Casa Lokton tenga que decirle, puede decirse delante de sus invitados. Si entregáis este mensaje delante de sus invitados, será casi tan malo como si hubiéramos arrestado a su hijo. Id por la mañana, para tener una probabilidad mayor de obtener una audiencia privada con él.

—Cómo ordenéis, — dijo Sir Duvall con una profunda inclinación.

*****

El Señor Stilwell estaba sentado en su celda mirando por la pequeña ventana que había cerca del techo y que le permitía atisbar el cielo estrellado. La noche era fresca y tranquila. Le debería haber resultado fácil tumbarse, pero no podía dormir. La rabia todavía causaba estragos en su interior. Le había dicho a Sir Duvall que no deberían contárselo a Lord Lokton. Deberían haberse ocupado del asunto ellos mismos, pero sir Duvall había prometido que Lord Lokton les ayudaría. Todos le habían traicionado. La muerte de su primo quedaba relegada a un segundo plano por los juegos de poder a los que jugaban los nobles. El Señor Stilwell se reprochó su estupidez. Estaba sentado dentro de una celda por encontrar el cadáver de su primo, mientras el asesino vagaba en libertad, disfrutando de una vida lujosa como hijo de un noble.

—Esto no es correcto, ¿verdad? — preguntó una voz desde las sombras del pabellón de mazmorras.

El Señor Stilwell se giró para ver el rostro de Sir Duvall emerger de la oscuridad a la luz de las estrellas. — ¿Qué queréis? — preguntó el Señor Stilwell. —No deseo recibir más consejos vuestros.

—No he venido a aconsejaros, — dijo Sir Duvall tristemente. —He venido a disculparme. Tenía a Lord Lokton por un hombre de honor. Pensé que estaba por encima de las trampas de los juegos y posicionamientos políticos. Esa fue la razón por la que entré a su servicio.

—Estabais equivocado, — gruñó el Señor Stilwell.

—Desde luego, — coincidió Sir Duvall. —Pero no sólo he venido con palabras, sino también con acciones para rectificar mi error. — Sir Duvall alzó una llave y la deslizó en la cerradura. Los mecanismos se encajaron en su sitio y se abrió el pestillo de la puerta de la celda. Sir Duvall aplicó presión sobre ella mientras la abría, intentando evitar que chirriase.

— ¿Qué estáis haciendo?

—Vos y yo iremos a la Mansión Cedreau y castigaremos al culpable nosotros mismos. Entonces regresaremos y os volveré a meter en la celda.

—Eso no funcionará, Lord Lokton sabrá que he sido yo.

—Ah, — Sir Duvall sostuvo un dedo contra la nariz. — Pero si estáis en la celda, y el guardia jura que os vio durmiendo durante cada una de sus rondas de esta noche, Lord Lokton no tendrá pruebas. Cogeremos el juego de ese noble arrogante y lo volveremos contra él. Después, cuando el senado venga a investigar, las pruebas señalarán a vuestra inocencia, y vos seréis libre.

—¿Por qué estáis haciendo esto? — preguntó el Señor Stilwell.

—Porque Lord Lokton quiere que por la mañana vaya y avise a Lord Cedreau de la próxima investigación, — contestó Sir Duvall. —No puedo darle al asesino del magistrado una oportunidad de escaparse.

El Señor Stilwell se puso en pie. La rabia relucía caliente y renovada en sus ojos. —Vámonos.

*****

Maese Lepkin desmontó y se quedó de pie delante de los enanos gemelos. —Vengo a hablar con el rey. —

—Ya tenemos a un senador en audiencia con el Rey Sit'marihu, ¿a cuántas más personas va a enviar el Rey Mathias? — preguntó uno de los enanos.

— ¿Un senador ya? — preguntó Lepkin con una ceja arqueada. — ¿Cuál de ellos?

—No sé, todos vosotros los altos me parecéis iguales, — contestó el enano encogiéndose de hombros.

—Un senador llama la atención, incluso entre el pueblo enano, — dijo Lepkin. —Creo que los ropajes blancos con franjas color púrpura en las mangas deberían ser suficientes para diferenciarlos. Y si no, siempre está el talismán de oro del águila de dos cabezas que llevan alrededor del cuello.

—De acuerdo, pues un senador podría ser diferenciable del resto de vosotros los altos, pero no sé cómo habría de saber el nombre del hombre, — gruñó el enano. Lepkin advirtió que la paciencia del enano estaba agotándose con gran rapidez. —Sigo sin ver por qué es necesaria vuestra presencia. ¿Quién sois vos para añadir nada al mensaje de un senador?

—Soy el Guardián de los Secretos, — dijo Maese Lepkin con tono neutro. —Ahora abre la puerta o lo haré yo mismo. — La mano de Lepkin descendió para apartar la capa hacia atrás. Ambos enanos saltaron ante la visión de la famosa espada y se apresuraron a abrir la puerta. Lepkin pasó al interior sin dedicar una sola mirada más a ninguno de los enanos.

154

Atravesó un largo túnel que ascendía. Las paredes eran lisas, con pequeños orificios en el techo bajo cada docena de yardas o así. Normalmente, la construcción del túnel le parecería extraña a cualquiera que no fuera un enano, pero Lepkin conocía el propósito que se escondía tras su particular diseño. La Mansión Roegudok estaba construida en el interior de una enorme montaña. Los escarpados acantilados y la cima inaccesible obligaban a todos los visitantes, con y sin invitación, a utilizar la entrada principal, este túnel, para acceder al interior de la Mansión Roegudok. Siguiendo la sabiduría de los Antiguos, los enanos habían construido este túnel en cuesta, de tal manera que si un ejército accedía al túnel, el ejército de Roegudok podía verter metal fundido, aceite hirviendo o cualquier otro líquido mortal que considerase apropiado para abrasar a los intrusos. La defensa era tan efectiva, que ningún invasor había visto las puertas de la Mansión Roegudok en sí. Todos habían muerto o huido antes de poder alcanzar siquiera la mitad del túnel de tres millas de longitud.

Incluso la altura del techo estaba diseñada especialmente para asistir en la defensa del magnífico palacio interior. Con un túnel de sólo seis pies de altura, se obstaculizaba el avance de los soldados, permitiendo al mismo tiempo un paso casi cómodo de los visitantes invitados, siempre que fuesen caminando. Además, ningún hombre podría nunca montar un caballo por el túnel. Este hecho volvía inservible a la caballería del enemigo contra los enanos. Maese Lepkin se maravilló ante la sabiduría del diseño. Aún si un ejército se las arreglaba para avanzar peleando a través de las hordas de las filas de los enanos sin caballería, lo cual ya era improbable para empezar, los enanos podían retirarse y soltar el aceite hirviendo, forzando a los intrusos al exterior o matándolos a todos en el túnel. No había amenaza que pudiera atravesar esta defensa. Excepto por el poder del Secreto de Nagar, como bien sabía Lepkin.

Lepkin aceleró el paso. Esperaba que el rey enano viese el peligro que se cernía sobre ellos, pero se preguntaba si Al estaba en lo cierto. Quizá estuviera perdiendo el tiempo. Expulsó el pensamiento de su cabeza. Su deber era advertir a los enanos del peligro. Como Guardián, había jurado velar por el pueblo elegido de los Antiguos. Aún si los enanos habían dado la espalda a las costumbres de los Antiguos, Lepkin les haría llegar al menos esta última advertencia.

Las puertas principales que daban al salón estaban prácticamente cerradas, pero un muro de luz dorada emanaba de la ligera abertura de las imponentemente altas puertas arqueadas de hierro. Maese Lepkin no esperó a que las puertas se abriesen por completo. Se deslizó por la pequeña abertura, encogiendo el estómago y estirándose lo más posible mientras se colaba entre ellas. Una vez en el otro extremo, expulsó el aliento y se enderezó el cinturón antes de continuar.

El salón principal era espectacular. Los techos abovedados casi desaparecían a bastante más de doscientos pies por encima de la cabeza de Lepkin. Es posible que no hubiese sido capaz de verlos de no ser por el chapado de oro y platino, que reflejaba la luz de las antorchas y lámparas de aceite de la parte inferior. Cada columna de soporte había sido labrada y alisada hasta la perfección. La piedra de granito rosa era tan suave como la seda, y estaba tan pulida que casi podía utilizarse como espejo. Había algunos pequeños edificios de piedra cerca; una garita de guardia y un barracón para la Patrulla de las Puertas. Lepkin vio a un par de enanos sentados a una mesa de madera en el exterior de la garita, mirándole con suspicacia. Lepkin apartó la capa para revelar la espada. Los dos enanos asintieron y volvieron a su partida de cartas.

Avanzó con ligereza ante varios edificios de piedra más que se elevaban contra la pared del extremo occidental del magnífico vestíbulo de entrada. No se detuvo para advertir las miradas que le lanzaban, ni a los enanos que se las ofrecían. Contando las inmensas columnas para mantener la compostura, se giró a la derecha y marchó a través del mercado. Había mesas con baratijas de todas las formas y tamaños expuestas sobre ellas. También había unas cuantas mesas que ofrecían vegetales, de los tipos que crecían dentro de la montaña, y había otras que ofrecían ropa, libros o armas. No lanzó ni una ojeada a las mesas. Estaba demasiado concentrado.

Después de cruzar el mercado, subió por una escalera en espiral tallada directamente en la piedra de una gran columna irregular. Esta no era la escalera que los visitantes importantes, como el senador, utilizarían para llegar a la sala del trono. Esta escalera estaba reservada exclusivamente al Guardián. Era una vía directa entre el vestíbulo de la entrada y la sala del trono. Era muy estrecha, demasiado para usar antorchas y permitir que un hombre la atravesase. Había orificios horadados en los laterales de la columna para suministrar un poco de luz adicional proveniente del vestíbulo de la entrada, pero aún así estaba muy oscuro. Sin embargo, la oscuridad no molestaba a Lepkin, conocía el camino de sobra. Simplemente se alegraba de que le fuese a ahorrar media hora del tiempo que le tomaría llegar hasta el rey en otro caso.

Cuando llegó a la parte superior, tiró de una vieja cuerda de color blanco. Una campana que había en el exterior de la columna sonó mientras la puerta que conducía a la salida giraba sobre sus bisagras para permitir a Maese Lepkin entrar en la sala del trono. Sólo vio a unos cuantos enanos, consejeros sobre todo, y a un puñado de escoltas humanos, presumiblemente para el senador, además de al rey enano y al senador ante él.

—Pensé haber ordenado que esa puerta estuviese cerrada a cal y canto, — chillo el rey.

Uno de los consejeros se adelantó. Vestía una túnica azul con un dragón grabado en el broche que llevaba. —Pero, mi rey, ese pasillo ha estado en uso durante siglo.

—No me importa, — dijo el rey enano. Sus ojos se clavaron en los de Maese Lepkin. —No estoy tan ciego como estaba mi padre. No me parece que la intrusión de un hombre prepotente sea algo bueno. Quiero ese pasaje sellado, y le quiero a él escoltado fuera.

Lepkin se envaró. Incluso con lo que Al le había contado sobre el rey, Lepkin no había esperado esto. Observó aproximarse a los dos guardias de palacio. Se puso la mano en las caderas, poniendo cuidado en mantener visible la espada colgando del cinto. —El Guardián de los Secretos ha venido a celebrar audiencia con el rey de los enanos, el pueblo elegido de los Antiguos. No me moveré hasta entregar mi mensaje.

Los guardias se detuvieron en seco y se giraron para mirar al rey.

—No estoy interesado en tus supersticiones, Guardián. Los Antiguos no son más que cuentos de hadas pasados a través de los tiempos para controlar las mentes del pueblo enano. Mientras yo sea rey, no permitiré que este control continúe.

—Estoy aquí para abriros los ojos, — replicó Lepkin.

—El rey de los enanos no responde ante los de tu calaña, caballero errante, — gritó el senador. —Estoy aquí para negociar con su alteza en estos tiempos turbulentos, y tu presencia no va a facilitarme nada esta tarea. ¡Márchate!

—No respondo ante el senado, Senador Bracken, — respondió Lepkin con frialdad. —Como bien sabéis, la ley me garantiza una posición de autoridad que es independiente de la del reino. Si tenéis algún problema con eso, podéis llevar el caso al Rey Mathias, pero tengo el presentimiento de que estará de acuerdo conmigo.

— ¡El Rey Mathias es un viejo estúpido! — aulló el rey enano. Bajó de un salto de su trono, hacha de guerra en mano, y marchó en dirección a Maese Lepkin. El Senador Bracken se inclinó con humildad y retrocedió. El rey enano se paró a tres pasos de Lepkin y le miró furioso. Sus salvajes ojos negros como el carbón estaban llenos de indignación. Las venas le sobresalían de la frente, latiendo con la ira que recorría su ardiente sangre enana. —El Rey Mathias no tiene el poder de mantener este reino unido. Confía en viejas supersticiones para que lo hagan por él, y mira lo que esto le ha traído a cambio. — El rey enano apuntó a Lepkin con el hacha.

Lepkin permaneció inmóvil. Sus labios permanecieron cerrados. Sólo sus ojos se movían, recorriendo la habitación y volviendo después a mirar a los ojos iracundos del rey.

—Los Antiguos no nos protegerán. El reino se está desmenuzando. Los nobles están intentando desgarrarse la garganta entre sí mientras hablamos, y aquí el senador quiere que jure mis ejércitos al senado para garantizar la paz. — El rey enano se volvió al Senador Bracken y escupió en el suelo. —No haré marchar a mis ejércitos fuera de la Mansión Roegudok. Los humanos empezaron este desastre, dejemos que lo resuelvan. Esta es mi decisión final al respecto.

Maese Lepkin vio cómo al Senador Bracken se le enrojecía el rostro, pero el hombre guardó silencio. Sin embargo, no se movió para marcharse. El senador observó desarrollarse el drama entre Lepkin y el rey de los enanos. Entonces, Lepkin sintió algo mientras contemplaba al senador. No estaba seguro de lo que era. Era casi como una voz susurrándole que había algo que no encajaba con Bracken, pero el sentimiento se desvaneció con tanta presteza como había llegado. Lepkin se volvió hacia el rey enano mientras la cabeza del hacha se balanceaba más cerca de su cara.

—He tomado otra decisión, — dijo el rey enano. —El Guardián ya no tiene permitida la entrada a la Mansión Roegudok. Debe ser considerado un agente manipulador del Rey Mathias.

—Pero, mi rey, — protestó el consejero a su espalda.

—Silencio, — rugió el rey enano. —No permitiré que mi pueblo sea llevado por el mal camino por causa de las cadenas de esclavitud que conocemos como las costumbres de los Antiguos. ¡Volved y decídselo a vuestro rey, Guardián! Los enanos nos quedaremos aquí. Dejemos que los ejércitos de los hombres vengan a pelear, si así lo desean. Roegudok no ha caído jamás, ni volverá a inclinarse ante los que tiran de los hilos en el senado, o ante ese falso rey sentado en su trono en Drakai Glazei.

—Entonces, por el bien de vuestro pueblo, ruego que no viváis una larga vida como rey, — dijo Maese Lepkin. Pronunció las palabras lo suficientemente alto como para que todos las oyeran.

La furia hirvió en los negros ojos del rey. —Alferug Henezard, ya no preciso consejo en las costumbres de los Antiguos. Estás despedido. Deja tus ropas en el suelo.

Maese Lepkin observó dolorosamente cómo el viejo enano se quitaba el broche de dragón y dejaba los ropajes azules caer al suelo. A continuación, el enano fue escoltado fuera de la sala por otros dos guardias de palacio. —Sois un necio, — dijo Lepkin. —Ahora mismo hay fuerzas buscando el Secreto de Nagar. Persiguen obtener su poder y hacerse con el control de todo el reino. Debéis volver a las costumbres de los Antiguos.

—Nuestras salas no caerán ante ningún invasor, — dijo el rey.

—Vuestras salas han aguantado debido a la sabiduría que se concedió a vuestro pueblo cuando construyeron este palacio. El túnel fue diseñado por los Antiguos, no por vos. — Lepkin se acercó más al rey y se apartó el hacha de la cara. —La magia oscura de Nagar el Negro y Tu'luh barrerá vuestras estancias con mayor rapidez que el sueño se apodera de la noche. He venido a pediros que renovéis vuestra lealtad al trono, y que juréis vuestras espadas en defensa del reino.

—Ah, así que has coordinado tu visita para que coincidiese con la del Senador Bracken.

—No, mi tarea es independiente de la suya, pero por lo que parece, el senado también detecta el peligro que se aproxima. ¿Honraréis vuestras obligaciones?

—Yo no me inclino ante el reino de los hombres. Somos los enanos de la Mansión Roegudok. Guardias, escoltad a estos patéticos hombres fuera de mi palacio, y aseguraos de que ni siquiera vuelvan la cabeza para mirarme. — Todos los guardias palaciegos se pusieron en movimiento, aunque con cierta indecisión, para cumplir la orden.

—Os habéis condenado a muerte a vos mismo, — dijo Maese Lepkin. —Permitiré que las sombras os atrapen. Pero, si por casualidad sobrevivís a todo esto, os encontraré yo mismo cuando todo esto acabe y os libraré de vuestra cabezota testaruda. — Maese Lepkin empujó al rey hacia atrás y después miró a los guardias. — Yo mismo encontraré la salida. Si alguno de vosotros me pone una mano encima, me encargaré de que la pierda. — Con estas palabras, Lepkin se acercó al Senador Bracken y salió con él y sus ayudantes, atravesando las salas y vestíbulos para salir del palacio.

Los guardias de palacio les siguieron en masa. Las lanzas y hachas estaban preparadas, pero mantuvieron la distancia. Sabían lo suficiente de la espada de Lepkin como para temer poner a prueba su amenaza.

Una vez todos estuvieron fuera del túnel de entrada, un par de los guardias hablaron con los centinelas de la puerta. La boca del túnel fue sellada, y los enanos gemelos se esforzaron al máximo por parecer amenazadores. A Maese Lepkin podría haberle parecido gracioso, de no ser por la inmensa pesadumbre que sentía en su interior. Sabía que no había nada que pudiera hacer para ayudar al pueblo enano.

—Aprecio vuestros esfuerzos de salvar las negociaciones, — dijo el Senador Bracken mientras subía a su carruaje. A Maese Lepkin le sorprendió no haber advertido antes el vehículo, pero se figuró que lo habrían metido en uno de los otros establos, que flanqueaban la ladera de la colina en la que se hallaba el túnel. —Es una lástima que no funcionase.

—Estoy de acuerdo, — dijo Maese Lepkin.

— ¿Es cierto que hay fuerzas buscando el libro?

—Lo es, — contestó Lepkin.

—Entonces tendré que informar al senado sobre ello cuando regrese de la Mansión Lokton.

La ceja de Lepkin se disparó hacia arriba. — ¿Qué asuntos os llevan allí?

—Se me ha encargado llevar a cabo una investigación sobre un par de asesinatos. Lo siento, pero no puedo divulgar más detalles sobre el tema.

Lepkin asintió amablemente y después subió a su caballo. —Entonces, que los Dioses bendigan vuestros viajes, — añadió Lepkin.

—Y que también os mantengan a salvo a vos, — dijo el Senador Bracken con una sonrisa.

Lepkin le dedicó una inclinación de cabeza y puso a su caballo en dirección sur. Las cosas ya estaban lo suficientemente delicadas sin este tipo de complicaciones. Sabía que tendría que llegar hasta Erik antes que la noticia de estos asesinatos. Cabalgó a toda velocidad durante casi tres horas. El sudor se acumulaba sobre el animal, dándole un brillo oscuro bajo la luz del sol. Lepkin sabía que tenía que dejar descansar al caballo. Hacía largo tiempo que había sobrepasado la respiración entrecortada, y pequeños riachuelos de sangre empezaban a formársele en los ollares. En realidad, se consideraría afortunado si el caballo conseguía recuperarse del duro viaje.

Maese Lepkin detuvo al caballo en un valle con ondulantes colinas en tres lados y un bosque de poblado follaje verde en el restante. Cuando bajó, retiró también la silla de montar y dejó que el caballo se acercase a un arroyo cercano y bebiese agua antes de mordisquear un poco de hierba.

—Buena idea, — le dijo Lepkin al caballo. Sacó un poco de pan ácimo de una de las alforjas y arrancó un trozo con los dientes. Masticó lentamente, mientras sus dedos exploraban el fondo de la bolsa en busca de un libro. Lo sacó y lo miró un momento. Le echó un vistazo al caballo antes de sentarse en la hierba con las piernas cruzadas. Depositó el libro en la hierba delante de sí y lo contemplo largo rato. La cubierta era de cuero negro. La recorrió con el índice, sintiendo la suavidad del cuero antes de abrir el libro por la mitad y quedarse mirando las hojas en blanco.

— ¿Qué utilizarías como contraseña, Orres? — preguntó Lepkin en voz alta. Colocó la mano izquierda sobre las páginas abiertas. —Lady Dimwater, — dijo. No sucedió nada. Pensó por un momento. —Kyra, — dijo. Siguió sin suceder nada. —Kyra Dimwater, — dijo finalmente. Las páginas permanecieron en blanco. Cerró el libro y valoró la situación. Conocía este tipo de magia, habiéndola visto antes muchas veces. Sabía que consistía en una serie de encantamientos de invisibilidad tejidos sobre el libro de manera que sólo el que supiese la contraseña podría leer las palabras. La magia podía deshacerse, pero Maese Lepkin no tenía el tiempo necesario para encontrar a un hechicero con la habilidad suficiente para disipar la magia. De hecho, sólo podía trabajar en el libro en momentos como aquél, cuando se veía obligado a tomarse un descanso durante los viajes de ida o vuelta de sus otras obligaciones.

Se preguntó por qué le habría traicionado Maese Orres. Había conocido al hombre durante prácticamente toda su vida, y para él esta situación no tenía ningún sentido. Orres siempre había sido leal, algo cabezota y con un celo excesivo en ocasiones, pero leal al fin y al cabo. Quizá se tratase de un simple malentendido. Quizá había una razón por la que Orres estaba buscando el Secreto de Nagar. Lepkin sacudió la cabeza ante el mero pensamiento. La custodia del libro era una ocupación sagrada. No podía ser acometida por cualquier hombre al que le apeteciese hacerlo. Sólo los llamados y elegidos por los sacerdotes del Templo de Valtuu tenían el derecho de proteger el libro. Lepkin tamborileó sobre el diario de Orres con los dedos. Las respuestas que necesitaba estaban sencillamente fuera de su alcance.

Se pasó la hora siguiente probando todas las contraseñas posibles que se le ocurrieron. Repasó los nombres de todos los parientes de Orres, vivos y muertos, que conocía. Probó con todas las palabras sobre Lady Dimwater en que pudo pensar. Incluso probó palabras relacionadas con sí mismo. Nada funcionó. Cuando hubo agotado todas las palabras en las que pudo pensar, se puso de pie, sosteniendo el libro en la mano izquierda. Caminó hasta el caballo y examinó al animal.

Las patas del caballo todavía temblaban, y cada poco tiempo el animal respiraba lenta y profundamente. Lepkin sabía que era demasiado pronto para volver a montarlo, pero tenía que ponerse en movimiento. Volvió a por la silla. Pudo escuchar la protesta gruñona del caballo, pero no tenía elección. Levantó la silla del suelo y se volvió hacia el animal.

Algo le golpeó en el pecho con fuerza. Lepkin bajó la mirada para ver el astil de una flecha sobresaliendo en el centro. Dejó caer la silla y se encogió, combatiendo el dolor. Unas cuantas siluetas aparecieron en una de las colinas. A la luz de última hora de la tarde, Lepkin sólo pudo distinguir los tatuajes negros que cubrían los cuerpos de los atacantes. Lenguasnegras.

Otra flecha voló, silenciosa y mortal, pero Lepkin había visto esta antes de ser lanzada. Su espada estuvo fuera en un instante y el fuego mágico consumió la flecha antes de poder alcanzar su objetivo.

—No puedes derrotarnos a todos, — dijo una voz a su espalda.

Lepkin se giró y vio un hombre con una túnica negra con capucha saliendo del límite del bosque. Iba acompañado de otros veinte Lenguasnegras a cada lado. Lepkin supo al instante que se trataba de otro hechicero, de la misma orden de Tukai, aunque no conocía el nombre de éste. Lepkin se levantó lentamente, manteniendo vigilados ambos grupos.

Sobre otra colina aparecieron más Lenguasnegras.

—Habéis desperdiciado vuestra flecha, — declaró Maese Lepkin. —No obtendréis otra oportunidad de quitarme la vida.

— ¡Já! — gritó el hechicero. — ¡Mirad a vuestro alrededor! No es posible que consigáis vencerlos a todos. Y aunque pudieseis, no hay forma de que escapéis de mi magia.

—Me las he visto con más enemigos a la vez, — replicó Maese Lepkin.

—Cuando erais más joven, sí, — concedió el hechicero. — Pero ahora tenéis cerca de cincuenta años, y vais a empezar la batalla con una flecha cerca del corazón. Hoy moriréis. — El hechicero levantó la mano derecha y dio un grito. En un instante, todo el mundo alrededor de Lepkin cobró vida y se puso en movimiento. De la hierba alta de la otra orilla del arroyo surgieron varios Lenguasnegras. Los guerreros que había sobre las colinas cargaban flechas y las dejaban volar. Los Lenguasnegras que acompañaban al hechicero se precipitaron sobre él, y el hechicero estaba creando una enorme bola de fuego, contenida con regueros de energía eléctrica que recorrían las llamas como serpientes.

Lepkin sintió hacerse realidad sus temores más profundos. Sabía lo que tenía que hacer si debía sobrevivir a este combate. Aunque temía el dolor que sobrevendría, sabía que no sería tan malo como los efectos de la antigua magia que intentaría hacerse con su mente. Cerró los ojos y liberó la magia que le unía a su forma humana. Una cortina de fuego procedente de su espada le envolvió en un capullo de llamas rojas y amarillas. Las flechas de los Lenguasnegras se habían convertido en ceniza mucho antes de alcanzarle. Muchos de los otros guerreros se detuvieron y le contemplaron, atónitos. Ni siquiera el encantamiento del hechicero era lo suficientemente fuerte como para traspasar el escudo.

Un poderoso bramido surgió del capullo en llamas. Una luz dorada estalló en la parte superior y se dirigió hacia las nubes, como una flecha surcando los cielos. La luz empezó a propagarse lentamente por el resto de la esfera, ahogando todo el valle en su brillo cegador. Sonidos de truenos y rocas explotando surgieron del interior de la esfera devastadora, y después todo quedó en silencio, al contraerse la luz hacia el interior del capullo perforado. El fuego pareció arreciar, y después se expandió, explotando a través del valle con una fuerza tal, que los Lenguasnegras cercanos se convirtieron en cenizas. La oleada de calor se extendió por las colinas y también penetró en el bosque, volviendo la hierba y los árboles que tocaba de un color tan pardo como la tierra. Los guerreros que continuaban con vida fueron arrojados al suelo por su fuerza. Hasta el hechicero era incapaz de defenderse.

El hechicero golpeó las llamas que le lamían la túnica con la mano hasta extinguirlas. Rodó, poniéndose de rodillas, y después, con gruñidos de esfuerzo, volvió a ponerse en pie. Miró al punto en el que se había alzado Lepkin, esperando ver al hombre exhausto por tal gasto de magia. Se quedó boquiabierto. Donde había estado Lepkin, ahora había un dragón. Sus cuatro patas, del tamaño de robustos troncos de árbol, acababan en las garras de los dedos. Decir que el cuerpo era enorme ni siquiera se acercaba a describir el espectacular tamaño de la bestia. Escamas marrón cobrizo protegían a la bestia de las flechas que le lanzaban. Rebotaban, alejándose como guijarros arrojados a una pared de granito. Hasta la flecha que había conseguido clavarse en el pecho de Lepkin había dejado de ser una amenaza. La transformación había derretido el astil. De la cabeza del enorme animal sobresalían muchos cuernos, como una especie de crin del dragón. El hocico era tan largo y estaba tan lleno de dientes que los labios no eran capaces de ocultarlos. Volutas de humo surgían de sus ollares como delgadas cintas plateadas, elevándose hacia las nubes. El dragón estaba ondeando su poderosa cola, que tenía un pincho en la punta.

El hechicero recuperó la compostura y convocó el hechizo más potente que consiguió conjurar. El dragón rugió de ira. Nuevas llamas se tragaron al resto de los Lenguasnegras antes de que el hechicero pudiera pestañear. Sabía que no podía hacer nada para vencer al dragón. Lo último que vio fue las inmensas fauces abiertas llenas de dientes cerrándose sobre él desde arriba.

CAPÍTULO 9

Erik miró por la ventana del dormitorio que le habían asignado en el templo. Vio volar a un halcón desde el oeste y aterrizar en una percha cerca de la entrada delantera del templo, casi directamente debajo de él. Uno de los guardias del templo desató algo del halcón. Era un mensaje, como Erik sabía, pero desconocía su contenido. Maese Lepkin no le había enviado ningún mensaje últimamente, y si los halcones habían traído noticias de la Casa Lokton, nadie se las había comunicado. Suspiró mientras el guardia del templo desapareció en el corredor inferior. Ya no podía soportarlo más. Tenía que saber lo que estaba sucediendo.

Se deslizó las botas con suela de cuero blando en los pies y salió de la habitación. Caminó con rapidez, pero silenciosamente, hasta la cercana escalinata. Descendió todo lo rápido que pudo sin hacer ningún ruido, e hizo una pausa justo antes de llegar la planta baja del templo. Escuchó, buscando cualquier señal de gente cerca. Al no escuchar a nadie, asomó la cabeza desde detrás de la pared y miró a su alrededor. Estaba solo. Se apresuró a atravesar la habitación y pegó una oreja a la pared del otro extremo. Pudo oír voces amortiguadas, pero no conseguía distinguir las palabras.

Erik se volvió hacia la ventana más próxima y la abrió. Dio un rápido vistazo por el exterior para asegurarse de que no le atraparían, y después sacó el cuerpo para ver si la ventana que daba al cuarto contiguo estaba abierta. Sabía que se lo habían ofrecido a

Al como estudio personal. Sonrió cuando vio que la ventana del cuarto estaba efectivamente abierta.

Erik trepó al alfeizar de la ventana y se estiró para agarrarse a un saliente de la piedra del muro exterior. La planta baja del templo estaba en realidad unos diez pies por encima del suelo. La caída no era tan grande como para preocupar a Erik, pero haría que le resultase prácticamente imposible escuchar la conversación que Al estaba teniendo. Así pues, se agarró fuertemente al muro y se fue acercando muy despacio a la ventana abierta. Las voces aumentaban en volumen y claridad según se acercaba.

— ¿Qué debo enviar como contestación? — preguntó un hombre.

—No hay contestación, — dijo Al con resignación. —No puedo responder en nombre de Maese Lepkin. Tendrán que hacerlo lo mejor posible hasta que él llegue. Entonces, Maese Lepkin podrá enviar cualquier respuesta que desee.

—Como deseéis, maese enano, — dijo el hombre.

Erik escuchó pisadas y después una puerta que se cerraba.

—Huevos de serpiente, — murmuró Erik. —Me lo he perdido. — La conversación había terminado y no había forma de saber lo que había escrito en el mensaje, o siquiera de dónde había venido. Al menos Erik sabía, por las palabras de Al, que el mensaje no provenía de Lepkin. Eso por lo menos eliminaba una posibilidad, pero no resolvía el rompecabezas. Empezó a arrastrarse lentamente hacia la ventana por la que había salido al muro exterior, pero en ese momento escuchó pisadas que se aproximaban a la ventana. El guardia debía estar acercándose a cerrarla.

Erik tuvo que decidirse con rapidez. No estaba seguro de lo que harían los guardias si atrapaban a alguien curioseando por ahí, pero tampoco estaba de humor para averiguarlo. Se volvió a deslizar hacia la ventana del estudio de Al y echó una mirada al interior. Vio a Al junto a la puerta leyendo un papel que tenía en la mano. Erik volvió la vista hacia la otra ventana. Las pisadas ahora se oían más cerca. Hizo lo único que se le ocurrió. Se coló en el estudio de Al lo más silenciosamente que pudo y se agachó, pegándose al suelo. Esperaba que la mesa le ocultaría de la vista de Al si el enano se daba la vuelta. Sólo necesitaba unos momentos, el tiempo suficiente para que el guardia cerrase la otra ventana, y entonces Erik podría saltar al suelo en cuanto el guardia se hubiese marchado.

—Fisgonear no es de buena educación, chico, — gruñó Al desde el otro extremo de la habitación.

El aliento de Erik se le congeló en el pecho.

—Sal de detrás de la mesa, — dijo Al.

— ¿Cómo sabíais que estaba aquí? — preguntó Erik tímidamente.

—Puede que tenga varios cientos de años, pero no estoy sordo, — protestó Al. —Has hecho ruido suficiente como para ser oído desde el otro lado de una habitación el doble de grande que esta. Además, he observado la forma en la que mantienes un ojo en estos mensajes que están llegando. Me figuré que sólo sería cuestión de tiempo antes de que intentases escamotear uno de mi escritorio.

—No iba a escamotear nada, lo prometo, — protestó Erik.

—Ahórratelo, — dijo Al con rapidez. —No estoy enfadado contigo. Simplemente, no quiero que fisgonees más por ahí. Estos mensajes son para Maese Lepkin, no para ti. Cuando llegue aquí, podrá decidir si quiere contarte lo que pone en ellos. Mientras tanto, tendrás que confiar en mi criterio, y yo te digo que no necesitas saber lo que dicen los mensajes. ¿Entendido?

—Sí, señor, — dijo Erik.

—Bien. Ahora, toma el papel que hay en la mesa frente a ti. Es una lista de tareas que espero que te ayuden a recordar que no deberías andar fisgoneando por ahí.

Erik tomó la lista y la miró. Había muchas tareas, pero sabía que discutir con Al no valía para nada. Sólo conseguiría que añadiese más tareas. Además, limpiar los establos no estaba tan mal si se comparaba con esforzarse como un energúmeno entre cientos de páginas de viejos libros de historia. —Me pondré a ello ahora mismo, — dijo Erik.

—Asegúrate de terminar con toda la lista antes de irte a la cama esta noche. Me reuniré contigo mañana por la mañana en la biblioteca pequeña. Ahora vete. Tengo cosas que atender.

*****

—Sois un necio, — le reprochó Lord Lokton al Señor Stilwell.

— ¿Qué? — preguntó el Señor Stilwell en respuesta. Se concentró con esfuerzo en no mostrar su satisfacción por el engaño.

—Habéis aniquilado cualquier esperanza de paz entre nosotros y la Casa Cedreau, — declaró Lord Lokton. — ¡Han llamado a sus hombres de armas! ¿Tenéis alguna idea de lo que habéis hecho?

—Pero mi señor, no he hecho nada. Llevo en esta celda desde ayer. Vos me pusisteis aquí, ¿recordáis? — El Señor Stilwell tuvo que luchar contra las ganas de sonreír de oreja a oreja al ver cómo enrojecía el rostro de Lord Lokton.

—No soy tonto, — gruño Lord Lokton. —Sé que fuisteis vos.

— ¿Tenéis pruebas? — pregunto el Señor Stilwell. — Porque de no ser así, el senador asignado a esta investigación me liberará, y vos seréis castigado por aprisionarme falsamente.

—No sabéis nada, — estalló Lord Lokton. —Lord Cedreau avanzará con sus fuerzas contra nosotros antes de que el senador llegue aquí siquiera. Vos, y todo los demás, moriremos a menos llamemos a nuestros propios hombres. ¡Habéis iniciado una venganza de sangre!

— ¡No! — gritó el Señor Stilwell como contestación. — Ellos la empezaron. Ellos mataron a mi primo.

—Ahora tengo asuntos que atender, — dijo Lord Lokton con repentino aplomo. —Dejaré que meditéis sobre algo antes de irme. — Lord Lokton se giró y antes de hablar, entrecerró amenazadoramente los ojos mientras miraba al Señor Stilwell. Quería asegurarse de contar la atención del hombre. —Os colasteis en el dormitorio equivocado. El muchacho al que matasteis no era Eldrik. Matasteis a Timon. ¿Qué tal le sienta a vuestro sentido de la justicia saber que habéis asesinado a un chico inocente?

*****

Erik estaba sentado en la mesa de la pequeña biblioteca, esperando a Al. Tamborileaba con los dedos sobre la mesa, contemplando fijamente las palabras de las páginas que tenía ante él, pero sin leerlas. Su mente estaba abrumada por todos los nuevos conocimientos que había adquirido en los últimos días. Le perturbaba no estar todavía seguro de cuál sería su papel en todo esto. Cada vez que le preguntaba a Al sobre ello, el enano le decía que era Maese Lepkin quien debía explicárselo. Pero Maese Lepkin no había enviado ni una palabra desde su llegada a Livany.

La puerta que había a la izquierda de Erik se abrió y por ella entró un hombre que Erik no había visto antes. Era alto, como de unos seis pies y medio, y delgado. Tenía la mandíbula bien definida, pero estrecha. Su nariz era ligeramente ganchuda, y parecía acentuar los vidriados ojos en sus órbitas. El rostro del hombre tenía algunas arrugas propias de la edad, pero no tenía ninguna otra marca. Tenía las cejas y el pelo tan blancos como la nieve recién caída, a juego con los ropajes de seda que vestía. Una sola franja de seda dorada recorría verticalmente el centro de la parte delantera de las vestiduras. El hombre permaneció de pie frente a Erik, con las manos metidas en las mangas opuestas.

—Erik, este es el Prelado, es la máxima autoridad de este templo, — dijo Al saliendo de detrás del alto hombre vestido de blanco. Detrás de él llegó otro hombre, también vestido de blanco. Se trataba de Marlin, el hombre que había acompañado a Erik al templo el día de su llegada. Marlin entró en la estancia y se colocó junto al prelado.

—Erik, hoy vendrás con nosotros, — dijo Marlin.

— ¿Y qué pasa con mis lecciones de historia? — preguntó Erik. No era que le apeteciera excesivamente leerse otras quinientas o seiscientas páginas hoy, pero se sentía aturdido por el súbito cambio de su rutina.

—Ya has aprendido bastante historia por ahora, muchacho, — dijo Al. —Ahora deben empezar un nuevo tipo de entrenamiento.

—Cierto, — prosiguió Marlin. —Maese Lepkin está entrenando tu cuerpo para el combate, Al te ha ayudado a expandir tu mente, y ahora nosotros comprobaremos si tu espíritu está en forma.

El prelado se volvió hacia Marlin y asintió con lentitud. — Creo que está preparado, — dijo sencillamente.

Erik observó al prelado salir de la habitación. Se sentía confuso por las palabras del prelado. ¿Para qué estaba preparado? Él desde luego no tenía ni idea.

—Ven conmigo, te lo explicaré, — dijo Marlin, como si hubiera escuchado las preguntas no formuladas que se hacía Erik.

—Venga chico, yo tengo otros asuntos de los que ocuparme de todas formas, — gruñó Al.

Erik se puso de pie y siguió a Marlin. Ambos salieron de la pequeña biblioteca y ascendieron por unas escaleras que retrocedían y avanzaban mientras trepaban cada vez más alto por la torre. Erik nunca había pasado antes del tercer piso, pero ahora supo que estaba cerca de la cima de la torre. Cada vez que pasaban a un nuevo nivel de la torre se encontraban con una puerta cerrada, que le impedía a Erik ver el resto de los pisos. Cada puerta era de un color diferente. Había una puerta verde, una roja, una amarilla, una marrón e incluso una negra. Marlin se detuvo delante de una puerta dorada y animó a Erik a abrirla.

Él se acercó lentamente a la puerta y agarró la anilla de latón que colgaba de ella. Empujó la puerta para abrirla y después retrocedió, cediéndole el paso a Marlin. Marlin sonrió y atravesó la puerta.

—Este es un nivel de entrenamiento, — explicó Marlin.

—No parece un nivel de entrenamiento, — contestó Erik. La primera cámara estaba bastante vacía. El suelo estaba hecho de madera, las paredes estaban pintadas de color marrón claro y sólo había un taburete acolchado en el centro de la habitación. El taburete era rojo, casi tan alto como una silla y el doble de ancho. — ¿Para qué es el taburete?

—Aquí es donde vas a pasar el día de hoy, — dijo Marlin. —Ve y siéntate con las piernas cruzadas en ese taburete. — Erik hizo lo que se le pedía. —Te explicaré brevemente alguna información preparatoria, y después te daré tus instrucciones y comenzará el entrenamiento.

—De acuerdo, — contestó Erik. Desplazó un poco la pierna derecha bajo él con la intención de ponerse cómodo.

—Cuando nos conocimos, expresaste tu curiosidad ante el hecho de que yo pudiese ver la pintura de los salones de la entrada. Pensaste que estaba ciego.

— ¿No lo estáis? — preguntó Erik. Marlin levantó la mano para silenciarle. Erik se sintió ligeramente avergonzado.

—En el sentido en el que se piensa en la capacidad de ver, estoy completamente ciego. Pero ya has leído sobre el don de la Visión Verdadera. Ese es el tipo de vista que yo poseo. La Visión Verdadera es un don que se otorga a los miembros de nuestra orden. Nos fue concedido por el Padre de los Antiguos, y desde entonces ha sido traspasado por el prelado de nuestra orden.

Erik tragó con dificultad. ¿Le sería a él también concedida la Visión Verdadera? ¿Era eso a lo que pretendía hacer el prelado?

—Cuando un hombre comienza su servicio en el templo, tiene su vista natural. Los neófitos, como se llaman los nuevos miembros, pasan varios años en el templo. Limpian el templo, cocinan para los otros miembros de nuestra orden y compran provisiones de otras ciudades si es necesario. Sin embargo, los neófitos no tienen permitido dormir aquí. No están preparados para vivir en el templo a tiempo completo.

—Una vez que un neófito es escogido para convertirse en aprendiz de nuestra orden, pasa seis meses entrenándose. Estudia la historia de los Antiguos, artes marciales y meditación. Estos estudios preparan al aprendiz para la prueba de Arophim. Durante esta prueba, el aprendiz debe demostrar que tiene la capacidad de distinguir lo acertado del error. Si pasa la prueba, se le quita la vista natural y se sustituye con el don de la Visión Verdadera.

El don de la Visión Verdadera permite a los miembros que han terminado su iniciación ver las cosas como son realmente. En otras palabras, la vista natural te permite ver lo físico. Ves mi cuerpo, ves los adornos de la pared y el trabajo de la mano del hombre, y ves los bosques verdes debido a los árboles. En mi caso, no veo tu cuerpo. Veo el espíritu del interior. Puedo discernir tus auténticas intenciones a partir de ello. No veo los bosques verdes. Veo la energía espiritual que fluye a través de los árboles y otras plantas. Puedo detectar fácilmente a los animales, tanto o más que cualquier halcón, porque puedo distinguir su energía de la de los árboles y arbustos entre los que se esconden. Así que ya ves, en cierto sentido, veo mejor de lo que tú podrías imaginar jamás.

Erik pensó en ello por un momento. Le resultaba un poco difícil comprenderlo por completo, pero había estado observando a los otros hombres que trabajaban en el templo. Todos parecían verle, a pesar de ser ciegos. También había observado a muchos en sesiones de práctica en el patio. Luchaban con sus ramas tan feroz y precisamente como cualquier guerrero que Erik hubiese visto jamás. De alguna manera, sabía que Marlin estaba diciendo la verdad.

—Deseas hacer una pregunta, — dijo Marlin. Erik advirtió que Marlin estaba exponiendo un hecho, más que preguntando.

—Entonces, ¿qué pasa si un aprendiz no pasa la prueba de Arophim? — preguntó Erik.

Marlin sonrió suavemente antes de hablar. —Entonces pierde su vista natural y es expulsado del templo. —

—Eso no parece justo, — dijo Erik.

—Justo o no, así es como se hacen las cosas. La decisión de pasar la prueba de Arophim nunca se impone a los neófitos. Es algo que debe ser considerado cuidadosamente. Aunque puede parecer un castigo duro por fallar, fue el Padre de los Antiguos quien diseñó la prueba, no nosotros. Está diseñada como una prueba para el espíritu de un hombre, y como una prueba para determinar si tiene la capacidad de buscar y seguir la verdad. Los que fallan la prueba se encuentra que tienen intenciones impuras. Desean obtener el don de la Visión Verdadera como un medio para obtener poder sobre otros. Imagínate lo que sucedería si este templo fuese dirigido por un partidario de la guerra.

—Así pues, el castigo está ahí como una medida de seguridad. Garantiza que sólo las personas adecuadas puedan nunca conseguir el don de la Visión Verdadera.

Marlin asintió. —Y el castigo garantiza que aquellos con intenciones impuras paguen caro sus deseos malvados y codiciosos.

— ¿Puedo hacer otra pregunta? — preguntó Erik.

—Por supuesto, — dijo Marlin.

—Si el don de la Visión Verdadera os permite ver mi espíritu, o el espíritu de otros, y discernir sus intenciones, ¿por qué permitiríais a un hombre con intenciones impuras entrar en vuestra orden?

—Ah, bien, no permitimos a hombres malos entrar en la orden, si es eso lo que estás preguntando. Permitimos entrar a hombres que parecen ser principalmente buenos. Durante su periodo como neófitos, intentamos ponerles a prueba y discernir sus deseos y ambiciones más íntimos, pero para nosotros, no siempre resulta tan sencillo. A veces un hombre entra en el templo y con el tiempo empieza a volverse más codicioso, o conquistado por otros vicios. Todos los hombres tienen vicios, ya lo sabes. Si su voluntad de suprimir esos vicios no es más fuerte que la tentación de los vicios, entonces fallarán la prueba de Arophim. — Marlin suspiró. —Resulta complicado explicar en minutos cosas que lleva toda una vida entender. Sólo has de saber que la prueba de Arophim abre tu corazón y lo examina para ver qué tipo de espíritu tienes. Si el valor y la fortaleza existen para buscar y proseguir el sendero de la verdad y la bondad, entonces no tendrás problema. Si no, entonces fallarás la prueba.

—Esta vez os habéis referido a mí, ¿es que voy a pasar la prueba? — preguntó Erik.

—Sí, vas a pasar la prueba, — contestó Marlin.

—Me gustaría entender qué es lo que tengo que hacer, — dijo Erik en voz alta, suspirando. No quería pasar la prueba. No quería renunciar a su vista natural, aún si conseguía pasar la prueba.

—No te lo puedo decir todo. Eso debe hacerlo Maese Lepkin, — contestó Marlin. —Pero puedo contarte un par de cosas. Tu prueba no será la misma. Tú has sido traído para pasar la Prueba Exaltada de Arophim. Esta prueba tiene mayores recompensas, y mayores castigos.

— ¿Qué queréis decir? — preguntó Erik.

—La prueba exaltada tiene dos niveles de recompensa. El primero te otorga el don de la Visión Verdadera. El segundo te otorga la Visión Verdadera además de tu vista natural. En otras palabras, no te quedarás ciego como yo, tendrás una visión tanto natural como verdadera.

— ¿Y qué hay del castigo, por qué es peor que el de la prueba normal de Arophim?

—La Prueba Exaltada de Arophim sólo debe intentar ser pasada por un cierto tipo de persona. Si cualquier otro intenta pasar la prueba, no se quedarán ciegos como en la prueba original, serán destruidos mediante fuego. — Marlin suspiró pesadamente y observó el aura de Erik contraerse y surcarse de cintas de colores azul oscuro a través de su energía normal, de color amarillo. Marlin sabía que sus palabras habían perturbado gravemente a Erik. El azul era el color de la tristeza, y los tonos oscuros querían decir que existía una profunda confusión en el chico. —Desearía que Maese Lepkin estuviese aquí para explicártelo todo. Creo que haría desaparecer gran parte de tu nerviosismo.

—No sé qué pensar, — dijo Erik.

—Erik, deberías saber que Maese Lepkin tiene una misión como Guardián de los Secretos, — dijo Marlin.

—Lo sé, debe proteger el Secreto de Nagar, — concedió Erik.

—Eso es verdad, pero no es todo, — contestó Marlin. — También ha sido enviado a buscar y preparar candidatos para la Prueba Exaltada de Arophim. Su primera obligación es para con su deber de proteger el libro, pero debes saber que no te habría enviado aquí de no pensar realmente que puedes pasar la prueba.

—Pero dijisteis que los neófitos estudian durante años antes de empezar a prepararse para la prueba normal, y que después entrenan intensamente durante seis meses más. ¿Durante cuánto tiempo voy a entrenar yo?

—Admito que tenemos al tiempo en contra, — contestó Marlin. —Yo te entrenaré todos los días hasta que Lepkin llegue aquí al templo. Una vez esté aquí, te contará el resto de lo que necesitas saber. — Marlin observó el aura de Erik encogerse una vez más y volver a oscurecerse. Más energía azul fluyó rodeando al muchacho, pero todavía se apreciaba la brillante energía blanca, del tamaño de un huevo, en el centro del aura. El blanco era una buena señal, Marlin lo sabía. El blanco poseía el poder de la verdad, y si se encontraba en el núcleo de Erik, quería decir que tenía probabilidades de pasar la prueba.

— ¿Ha pasado alguien alguna vez la prueba exaltada antes? — preguntó Erik.

—Dos han obtenido el don de la Visión Verdadera a través de la prueba exaltada.

— ¿Pero nadie ha conseguido nunca el don de ambas visiones? — presionó Erik.

—No, nunca nadie se ha acercado a ello antes. — Marlin cruzó los brazos y se arrodilló delante de Erik. —Puedo prometerte una cosa, mi joven amigo. Esta prueba no te será impuesta a la fuerza. Puedes escoger pasarla, o puedes escoger rechazarla.

—Maese Lepkin puede no estar de acuerdo con vos, — dijo Erik. Un destello de energía roja fluyó a través de la energía de Erik.

—Veo que te ha obligado a experimentar dolor antes, — dijo Marlin. El rojo era el color del dolor. —Conozco a Maese Lepkin desde hace muchísimos años, Erik. Sea lo que sea que te haya hecho superar, habrá sido por tu propio bien, y por el bien del reino. Te ha entrenado duramente porque necesitas ser fuerte. No sólo lo suficientemente fuerte como para ganar las batallas por venir, sino también para soportar el dolor que habrá de llegar. Te prometo que si rechazas la prueba, Lepkin te permitirá no hacerla.

— ¿Y qué sucede si no es así?

—Entonces yo me encargaré de ello, si llega a eso. Hasta el Prelado tendría que hacer frente a terribles consecuencias si profanase el templo obligando a alguien a pasar la prueba exaltada contra su voluntad. — Marlin observó energía verde extendiéndose a través del aura de Erik. El color de la curación, del crecimiento y de la esperanza; el verde era buena señal. Las energías azules y rojas se difuminaron lentamente. Marlin supo que Erik confiaba en él. — Erik, tu papel en los eventos que han de suceder es crítico. Solicité que entrenases conmigo para la prueba. Incluso aunque decidas no someterte a la prueba, la formación te ayudará en las batallas venideras. ¿Te someterás a mi entrenamiento?

—Sí, — dijo Erik resueltamente.

—Bien. — Marlin se puso de pie y retrocedió. — Obsérvame atentamente, Erik. Te dije que el entrenamiento consiste en aumentar tu capacidad natural para discernir la verdad de la mentira. Tu primera tarea es simple. Voy a crear sombras de mí mismo, copias falsas. Tu tarea consiste en decidir cuál de las copias es real. Puedes empezar.

Erik observó atentamente mientras tres individuos más, idénticos a Marlin, surgieron de detrás del hombre con tanta facilidad como naipes colocados uno tras otro. Se desplegaron en una sola fila y se pusieron ante Erik.

— ¿Puedo levantarme de la silla? — preguntó Erik.

—Si lo deseas, — dijeron todos los Marlins a coro.

Erik se levantó y estiró sus entumecidas piernas. Observó atentamente a cada uno, pero ya había escogido al Marlin verdadero.

Caminó hasta Marlin y tocó el pecho del hombre con el dedo. — Esto ha sido demasiado fácil, — dijo Erik. —Deberíais haberme hecho cerrar los ojos. No os habéis movido del sitio en ningún momento.

—Has escogido bien, — dijo Marlin. —Para un tonto, — añadió. La imagen que Erik había tocado se desvaneció en el aire, esfumándose de la habitación.

Erik se quedó completamente boquiabierto. ¿Cómo podía haber escogido erróneamente? Había observado a Marlin durante todo el tiempo, asegurándose de no perder al auténtico mientras el resto se desplegaban a su alrededor.

—Olvida tus ojos naturales, Erik, — le regañó el resto de los Marlins. —Tus ojos naturales te mienten. —

Erik caminó lentamente ante la fila de Marlins. Ninguno de ellos se movió. Todos estaban perfectamente inmóviles, permitiéndole inspeccionarles una y otra vez. Erik buscó diferencias entre ellos, pero todos los Marlins eran exactamente idénticos, incluso tenían el mismo hilito colgando del dobladillo de la manga izquierda.

Erik respiró profundamente y se concentró más intensamente. ¿Cómo podía escoger sin utilizar los ojos? Continuó observando a los Marlins durante bastante más de una hora hasta que finalmente recordó algo que le había dicho Maese Lepkin. Maese Lepkin dijo una vez que Erik practicaba golpes con la espada mientras caminaba para que otros pudiesen juzgarle por ello. Aquella experiencia estaba diseñada para conceder a Erik sabiduría cuando juzgase a otros, para que fuese más allá de lo físico.

Erik cerró los ojos e intentó utilizar un poder que ni siquiera estaba seguro de tener. Intentó sentir con su corazón cuál de los hombres era el verdadero Marlin. Se concentró todo lo que pudo, acordándose de la ocasión en la que había roto el encantamiento del hechicero. Sabía que podría hacerlo si conseguía averiguar cómo utilizar el poder de su interior. Abrió los ojos y volvió a pasearse ante la fila. Esta vez, no contempló atentamente a cada Marlin con los ojos. En vez de eso, se detuvo brevemente frente a cada uno e intentó sentir la diferencia entre los falsos Marlins y el verdadero. Estuvo paseándose ante la fila más de una hora antes de detenerse frente a uno de los Marlins. No podía estar seguro, pero su intuición le dijo que este era el Marlin de verdad. Erik le señaló.

—Has escogido correctamente, — dijo Marlin, con una sonrisa y una inclinación de cabeza. El resto de los Marlins se desvanecieron y ambos estuvieron solos de nuevo. —No he visto nunca pasar la primera prueba con tanta rapidez.

— ¿Eso ha sido rápido? — preguntó Erik.

—Puede haberte parecido que te llevaba mucho tiempo, pero he tenido estudiantes trabajando en la primera prueba hasta varias semanas seguidas. Nadie ha pasado nunca esta prueba el primer día, no digamos ya al segundo intento. — Marlin le puso la mano en el hombro a Erik y lo condujo de vuelta al taburete.

— ¿Qué viene ahora? — preguntó Erik.

—Ahora volvemos a hacerlo, — contestó Marlin. —Pero estaba vez no puedes acercarte tanto. Siéntate en el taburete y espera un segundo.

Erik hizo lo que se le decía y observó a Marlin desaparecer dentro de un armario y salir con un cubo marrón. Marlin metió la mano en el cubo y sacó una taza de hojalata de él. Vertió cuidadosamente una sustancia blanca que parecía tiza en el suelo mientras caminaba alrededor de Erik.

—Ya entiendo, — dijo Erik. —Estáis haciendo un círculo y tendré que quedarme dentro de él esta vez, ¿es eso?

—Así es, — dijo Marlin. —Haré este círculo para la segunda prueba. Después de pasar cada prueba con éxito, haré un nuevo círculo más pequeño cada vez, hasta que seas capaz de pasar la prueba sin levantarte del taburete. —

Erik suspiró y se pasó la mano por el pelo. Estaba a la vez emocionado y consternado por las noticias. No estaba seguro de ser capaz de volver a repetir el acierto de la primera vez, no digamos ya hacerlo mejor. Se preguntó si seguiría trabajando en este círculo cuando Maese Lepkin llegara. De ser así ni siquiera podría intentar pasar la prueba.

—Ten confianza, Erik, — dijo Marlin, como si estuviera leyendo sus pensamientos. —Yo trabajaré contigo hasta que consigamos que salga bien.

Una vez completado el círculo, Marlin puso el cubo a un lado y nueve copias más de él aparecieron de repente. Erik supo que la segunda prueba había empezado. Se bajó del taburete y caminó dentro del círculo. El límite blanco le mantenía a dos yardas de distancia de los Marlins. Intentó sentir las diferencias entre los Marlins falsos y el auténtico otra vez, pero no fue capaz de sentir nada. Caminó por este círculo durante más de dos horas antes de sentirse tan frustrado que fue incapaz de centrarse.

—Tú, — dijo Erik, señalando a uno de los Marlins. Marlin sonrió suavemente y después se desvaneció como un fantasma. Erik se volvió hacia el Marlin de la izquierda y le señaló. —Tú, — dijo. Nuevamente, la imagen desapareció.

—Céntrate, Erik, — dijeron los Marlins. —En el campo de batalla, no podrás permitirte adivinar. Debes saber la verdad, no descubrirla mediante un proceso de eliminación. Siéntelo, Erik.

—Lo estoy intentando, — gruñó Erik.

—Cierra los ojos y camina por el círculo, — dijeron los Marlins. —Siente la verdad.

Erik cerró los ojos con resentimiento y se paseó, echando un vistazo al suelo de vez en cuando para asegurarse de no cruzar la línea. Caminó con los brazos extendidos, sintiendo la habitación a su alrededor. Tras unos minutos, sintió un punto en la habitación más cálido que el resto. ¿Sería esto? ¿Vendría la verdad acompañada de una sensación física? Erik abrió los ojos, esperando estar en lo cierto. No tenía a nadie delante. Sólo había una antorcha montada en un soporte cercano.

—Estás mejorando tus habilidades, — dijeron los Marlins. —Pero por desgracia sigues confiando en tus habilidades físicas. Siente con tu corazón, Erik.

Erik volvió al taburete y se sentó. Se sentía frustrado. Cruzó las piernas y apoyó los codos en las rodillas. Acomodó la barbilla entre sus palmas abiertas.

— ¿No te estarás rindiendo, verdad Erik? — preguntaron los Marlins.

Erik inclinó la cabeza hacia la izquierda para liberar su mano derecha y desechó la pregunta con un ademán. Estaba pensando. Pensó en abandonar, pero no quería que un simple truco de magia pudiese con él. Así que se sentó. Se volvió hacia su propia mente, buscando la clave para descubrir la verdad. No podía confiar en la forma en la que había roto la hipnosis del hechicero. Sólo había visto a través suyo porque el hechicero se encogió ante una herida. Eso era una pista física. ¡La herida! pensó Erik para sí. De alguna manera, había apuñalado al hechicero cuando nadie más era capaz de hacerlo. ¿Cómo había hecho eso?

Erik volvió a pensar en su entrenamiento con Maese Lepkin. Se acordó del fantasma y del lobo que guardaban el estudio de Lady Dimwater. A ellos también los había vencido. ¿Cómo había hecho aquello? Había controlado su miedo y lo había sustituido con algo más fuerte. Con el fantasma y el lobo, había reemplazado el temor con valor, y con la voluntad de vivir. Erik volvió a pensar en el hechicero. Entonces no había tenido miedo de morir, por lo que la voluntad de vivir no había sido un factor, pero sí lo había sido el valor, y también el amor. Erik se dio cuenta de que había penetrado las defensas mágicas del hechicero con el valor nacido del amor que sentía por su padre adoptivo. ¿Podía ser tan sencillo?

Erik miró a los Marlins. Intentó concentrarse en el amor que sentía por Lord Lokton, y acumuló valor. Esperaba que rechazara las imágenes falsas y dejara sólo la auténtica. Se concentró en sus pensamientos durante varios minutos antes de darse por vencido. No había sucedido nada. Todos los Marlins continuaban a su alrededor y no sentía nada por ellos. Erik se enfadó por su fracaso. Si su papel en los acontecimientos que habían de llegar era la mitad de importante de lo que le decía el corazón, necesitaba hacerlo mejor que esto. Sabía que el fracaso no sólo decepcionaría a Maese Lepkin o a la Casa Lokton, sino a todo el Reino Medio. La ira hirvió en su interior y deseó con todas sus fuerzas la capacidad de discernir la verdad.

Todos los Marlins desaparecieron, menos uno.

— ¿Por qué habéis parado? — inquirió Erik. —No me estaba rindiendo. Sólo estaba--

Marlin levantó una mano. Erik se dio cuenta de que la boca del hombre estaba completamente abierta. —En todos mis años, nunca he oído de nada parecido a esto.

— ¿El qué? — preguntó Erik.

—Yo no he parado la prueba, — dijo Marlin. —Erik, de alguna manera, has conseguido encauzar un poder tan grande que toda mi magia no era suficiente para sostener las imágenes falsas en tu presencia.

Erik miró a su alrededor. — ¿Queréis decir que lo he hecho yo? — preguntó. Entonces se dio cuenta de que seguía sentado en el taburete.

Marlin asintió lentamente. —Desde el taburete, has desgarrado el velo de la falsa magia para descubrir la verdad, nunca jamás pensé que tal cosa fuera siquiera posible. — Marlin cruzó los brazos y pensó unos instantes. —Vuelve con el enano y ayúdale con las tareas que te ha impuesto. Yo tengo que ir a hablar con el prelado.

*****

Lepkin se inclinó sobre el arroyo y bebió un par de sorbos de agua con las manos ahuecadas. Se echó hacia atrás y se apoyó en una gran roca para no perder el equilibrio. La herida del pecho le producía un dolor agonizante. Después de haber derrotado al hechicero y a los Lenguasnegras, había vuelto a adoptar su forma humana y se había sacado la punta de la flecha del pecho. El extremo se le había clavado en el esternón, pero había luchado contra el dolor. El fracaso era un precio demasiado alto para el Guardián.

La herida apenas era perceptible como dragón, pero cada momento que pasaba bajo esa forma, se volvía más susceptible a la maldad del Secreto de Nagar, a pesar del hecho de que en aquel momento se encontraba lejos de él. Se vio atrapado en un espantoso dilema. Podía continuar siendo humano y lidiar con el dolor, y posiblemente con una infección, o volver a ser un dragón y sufrir la malevolencia del libro. En último término había decidido seguir siendo humano. La muerte era un destino que estaba dispuesto a aceptar si era necesario. Pero no podía permitirse ser corrompido por la maldad del Secreto de Nagar. Sabía que tenía el poder de inclinarle hacia el otro lado. Esto no podía permitirse. Lepkin sabía demasiado sobre los acontecimientos por venir, y sabía demasiado sobre Erik. Antes moriría que permitir cualquier posibilidad de traición.

Pellizcó la camisa entre el índice y el pulgar, apartando suavemente el tejido para observar la cataplasma que se había fijado al pecho. Con la otra mano, empezó a apartar el emplasto de la herida. Le ardía el pecho, y sintió un terrible escozor mientras trozos de él se agarraban al material. Apretó los dientes y continuó hasta que pudo ver la herida. El orificio se abría oscuro, expulsando un pequeño reguero de brillante sangre fresca. Maese Lepkin sabía que no podía coserse la herida. Tenía que permitir que se curase primero desde el interior. Su mayor preocupación era evitar la infección.

Se giró hacia la taza de hojalata con agua hirviendo que tenía sobre una pequeña fogata. Lepkin sacó un paño del agua hirviendo y espolvoreó la escasa cantidad de sal que le quedaba sobre él. Se lo enrolló en el meñique y se escarbó cuidadosamente con él en el pecho. Gimió de dolor, procurando hacerlo con la máxima suavidad posible. Una vez hubo terminado de limpiar la herida, dejó el paño y alargó la mano para tomar un pequeño vial de líquido verde. Vertió la mitad del contenido sobre la herida. Le escoció casi tanto como la sal, pero sabía que ayudaría. Era una mezcla que le habían enseñado hace mucho tiempo, compuesta por hierbas que aceleraban el proceso de curación, además de mantener la herida estéril. Cuando terminó con el vial, lo dejó y tomó una cataplasma fresca. Contenía muchas de las mismas hierbas que el vial, pero en esta ocasión se trataba de las hojas de las hierbas, además de hojas y raíces de otras hierbas, en vez de los jugos. Se sujetó la cataplasma al pecho y la movió un poco para asegurarse de que no se deshiciera mientras caminaba.

Cuando Lepkin quedó satisfecho, se bajó la camisa y borró todo rastro a su alrededor. No quería dejar ninguna señal de su paso. No tenía forma de saber cuántos Lenguasnegras más podían estar persiguiéndole. Como su caballo había muerto durante el encuentro con el hechicero, Lepkin se vio obligado a hacer el ya de por sí largo viaje hasta el Templo de Valtuu a pie. Esto le llevaría mucho más tiempo del que había planeado originalmente. Tiempo que no tenía, como bien sabía.

CAPÍTULO 10

—Venga, hazlo otra vez, — dijo Marlin.

Erik se sentó en el taburete de la sala de entrenamiento y esperó a que Marlin preparase la siguiente prueba. El prelado estaba de pie en un extremo observando, como había estado haciendo desde hacía dos días. Marlin creó veinte réplicas de sí mismo y todas empezaron a moverse, caminando rápidamente alrededor de Erik, para confundirle. Erik observó a los Marlins pasar por delante durante unos momentos, y después cerró los ojos y volvió a replegarse hacia sí mismo. Profundizó en su alma y encontró su poder. No era una emoción, como había pensando al empezar su entrenamiento, lo que le daba el poder de discernir la verdad. Era la razón por la que entrenaba, el hecho de sentir que había otros en peligro y que contaban con él para superarlo, lo que le daba el poder que necesitaba. Abrió los ojos y todos los Marlins falsos habían desaparecido.

El Marlin real se volvió hacia el prelado. — ¿Lo habéis visto? — preguntó Marlin.

—Es bastante extraordinario, — dijo el prelado. —No había oído ni leído nunca sobre nada de esta naturaleza. — El prelado se adelantó y asintió a Marlin. —Veamos qué puede hacer con nosotros dos combinados. — Un instante después, había más de cien personas en la sala de entrenamiento. La mitad de ellas eran la viva imagen del prelado, y la otra mitad tenían el mismo aspecto que Marlin.

Erik no tuvo que cerrar los ojos esta vez. Ya había obtenido acceso a su poder, y por lo tanto estaba preparado para ponerse en marcha. Hizo un gesto con la mano y todas las imágenes falsas se desvanecieron. Nuevamente estaba solo con el prelado y el Marlin de verdad, observándole.

—Extraordinario, — repitió el prelado. Pasad a las últimas tres pruebas, ya está preparado. — El prelado empezó a alejarse y entonces se giró hacia Marlin. —Está más que preparado, — añadió el prelado.

— ¿Qué son las últimas tres pruebas? — preguntó Erik una vez se hubo ido el prelado.

—Están diseñadas para ayudar al aprendiz a combinar las habilidades de combate con la capacidad para discernir la verdad, — contestó Marlin. —Sígueme a la siguiente cámara.

Erik se levantó del taburete y echó a andar detrás de Marlin. Ambos atravesaron otra puerta dorada para pasar a una habitación llena de extrañas máquinas. Erik las observó perplejo mientras entraban en la habitación. Grandes mazas de madera colgaban de sogas unidas a poleas. Erik se dio cuenta rápidamente de que se trataba de una especie de baqueta, una carrera de obstáculos que debía atravesar.

—Quédate donde estas, y no te muevas hasta que yo te lo diga, — dijo Marlin, que a continuación cruzó la habitación y tiró de una palanca en la pared del fondo. Las poleas empezaron a girar, balanceando las mazas de madera. Erik advirtió rápidamente que no había una ruta clara entre los artilugios. Fuese por donde fuese, recibiría el impacto de las mazas. —Ahora, debes aprender a usar tanto tus ojos naturales, como tus ojos espirituales, — dijo Marlin. —Esta prueba acaba cuando llegues hasta mí y desconectes las máquinas con la palanca.

Erik miró a través de la borrosa imagen de armas en movimiento para ver la palanca que Marlin había accionado para iniciar la prueba. — ¿Puedo llevar un escudo o algo? — preguntó Erik sobre el zumbido de las máquinas.

—No, — dijo Marlin.

—Genial, — murmuró Erik para sí mismo. De repente, se encontró deseando estar de vuelta en la Academia Kuldiga, batiéndose en duelo contra los otros aprendices. Avanzó muy lentamente, intentando discernir cuáles de las mazas eran reales. El pelo se le apartó de la cara mientras una maza le arañaba la cabeza. Erik saltó hacia atrás con un quejido. Esto no era un juego infantil, pensó. Se concentró en su poder y movió la mano. Todas las mazas continuaban allí. Si estas armas eran ilusiones, la magia que las había creado era muy superior a la magia utilizada en el desafío anterior.

Erik se concentró toda su fuerza mental en su poder interior. Sabía que tendría que eliminar las ilusiones para ver el camino correcto a seguir. Mentalmente se agarró a su razón para entrenarse, y después soltó su poder sobre las máquinas de la habitación. Todas permanecieron en su sitio. No se le abrió ningún camino por delante. No sabía qué hacer. Podía intentar esgrimir su poder mientras corría atravesando la baqueta, esperando no recibir la arremetida de ninguna de las armas balanceándose, o bien podía esperar a que le llegase la respuesta.

—Vamos, Erik, — le dijo Marlin por encima del estrépito de las máquinas.

Erik miró a su izquierda y después a su derecha. Se puso en marcha, corriendo directamente hacia el engendro. Desató su poder a cada paso, pero no despareció ninguna maza ni polea. Se agacho bajo el pesado barrido de una de las mazas y después se hizo a un lado justo a tiempo de esquivar otra. Saltó directamente hacia arriba, agarrándose a una de las cuerdas, y rodeó agarrado a ella la polea. Miró hacia delante y se dio cuenta de que las poleas estaban dispuestas de tal forma que las mazas de las poleas cercanas se entrelazaban entre sí como mortales engranajes gigantes. Erik contuvo el aliento. Estaba a punto de ponerse al alcance de la siguiente polea.

Una maza avanzó rápidamente en su dirección, pero él soltó la soga justo a tiempo para esquivarla. Se puso de pie y se lanzó a una carrera en zigzag. Permitió que algunas de las mazas le rebotaran, sabiendo que no podía esquivarlas todas. Una de las mazas le golpeó en la pierna y le tiró al suelo. Se estrelló contra las planchas de madera, pero continuó rodando, usando la inercia para impulsarse a través de la habitación.

Se dejó caer sobre su estómago y usó los codos para arrastrarse hacia delante, justo por debajo del alcance de algunas de las mazas. Erik oía a aquellas cosas silbando sobre su cabeza, mientras las máquinas giraban por encima. Ya casi había llegado. Se animó, reunió su valor y volvió a liberar su poder. Nuevamente, todos los artilugios continuaron allí. Erik se puso de espaldas, llevándose un golpe de refilón al hacerlo, y observó las dos poleas que tenía más cerca. Cronometró mentalmente su velocidad de rotación. Tenía que espaciar sus movimientos, y hacerlo bien y con exactitud. Esperó dos ciclos más antes de ponerse de pie de un salto.

Se lanzó sin pensarlo. Giró a la izquierda, después a la derecha y después dio un salto mortal hacia delante. Sus movimientos tenían la velocidad del rayo. Las mazas giraban furiosas a su alrededor, pero ninguna le tocó. Finalmente, había conseguido pasar. Se detuvo junto a Marlin, jadeando pesadamente.

— ¿Pensasteis poder engañarme, eh? — bromeó Erik. Marlin sonrió y asintió. Erik alargó la mano y volvió a colocar la palanca en su sitio. Sonó un chasquido sobre el estruendo de las poleas en movimiento. Erik sonrió y se giró hacia Marlin. — Ninguna de las mazas es falsa. Todas son reales.

—Muy bien, — replicó Marlin. —Pero no lo suficientemente bien.

Erik miró hacia las poleas. Seguían girando. Se abrieron ranuras en el suelo y varas de bambú surgieron disparadas de ellas, como si un ejército de lanceros hubiese cobrado vida bajo las tablas de madera. Erik volvió a mirar a Marlin y sintió que se le enrojecía la cara al darse cuenta de su error. Utilizó su poder, y el falso Marlin se desvaneció. Erik buscó entre el borrón de armas en movimiento y vio a otro Marlin de pie en un extremo de la habitación, junto a otra palanca.

Erik empezó a avanzar, pero después se lo pensó mejor. Volvió a utilizar su poder, y Marlin volvió a desaparecer. No había nadie en la habitación con él. Erik miró en todas direcciones, pero allí no había nadie. Desató su poder una última vez y entonces pudo ver a Marlin. El hombre estaba de pie junto a la entrada que habían utilizado. Erik se dio cuenta de que Marlin no se había apartado en ningún momento de su lado.

—A veces debes ser capaz de discernir cuándo otros están conduciéndote a una trampa, — exclamó Marlin. —Debes poder distinguir la verdad de todas las mentiras. Bajaste la guardia, y por esa razón, creíste lo que tus ojos naturales te estaban mostrando. Creíste que yo había cruzado la habitación, pero nunca lo hice.

—Lo sé, — gritó Erik enfadado. —Lo entiendo. Pero ¿ha acabado ya? Sé que sois el auténtico Marlin, así que, ¿cómo hago que se detenga este aparato para poder volver con vos?

—Lo siento Erik, — dijo Marlin sacudiendo la cabeza. — Ya te he dicho que esta prueba sólo puede completarse con éxito cuando llegues hasta mí y tires de la palanca.

Erik no podía creerlo. De alguna manera, tenía que encontrar un camino de vuelta a través de ese infierno; que ahora incluía varas de bambú saliendo disparadas del suelo. Esto iba a doler, y mucho.

*****

Lady Dimwater salió del portal mágico y se quedó frente a las puertas de Kuressar. Antes de poder anunciar quién era, un enfadado guarda le gritó una advertencia. Ella hizo caso omiso y se acercó a las puertas. Ese día no estaba de humor para jueguecitos.

—Abrid las puertas y decidle a Lord Hischurn que he vuelto, como prometí, — anunció Lady Dimwater.

—No voy a abrir las puertas por vos, conspiradora del reino. Lord Hischurn nos dio órdenes de despediros, — gritó el guardia como contestación.

Lady Dimwater levantó la vista hacia la garita y vio que este no era el mismo guardia que había visto anteriormente cuando había venido con Erik. Este hombre era diferente. —Te voy a dar un aviso, y después abriré las puertas yo misma, — amenazó Dimwater.

El hombre levantó un brazo y gritó órdenes a sus hombres. — ¡Matad a la bruja!

—Respuesta incorrecta, — dijo Lady Dimwater en un susurro. Un diluvio de flechas descendió en su dirección. Hizo un gesto con la mano y todas cambiaron de dirección, transportadas por un viento mágico para caer lejos de ella. Murmuró un antiguo hechizo y las puertas se abrieron de golpe frente a ella. La madera y el hierro gimieron y se quebraron bajo la presión del encantamiento, sin que hubiese nada que los guardias del interior pudieran hacer para volver a cerrar las puertas.

Los hombres cargaron contra ella desde el interior blandiendo sus espadas. Lady Dimwater sacudió la cabeza y les lanzó un beso. Una ráfaga de aire derribó al suelo hasta al último soldado. Los hombres rodaron por la tierra. Sus armaduras entrechocaron y se desmontaron, y las espadas escaparon de ellos.

Una nube se formó a los pies de Dimwater y la elevó en el aire. Las flechas continuaban volando en su dirección, pero ni una consiguió siquiera acercarse. Ella examinó las almenas de la muralla y a continuación conjuró una galerna tan poderosa que barrió a todos los arqueros del muro. Sólo el capitán permaneció en su sitio en la garita, que era justo lo que ella pretendía.

Lady Dimwater flotó hasta aproximarse al hombre de rostro pétreo y sonrió disimuladamente. —Soy una agente del Rey Mathias, — dijo. —Considera esto un aviso formal.

—Ataca con todo lo que tengas, bruja, — siseó el capitán. —Ni siquiera tú puedes derrotar a lo que se oculta en el interior del castillo.

Lady Dimwater arqueó una ceja. Había algo en el tono del hombre que la ponía nerviosa. Chasqueó los dedos y el viento se detuvo. Todos los soldados y arqueros se quedaron congelados en el sitio, como si se hubiesen vuelto de piedra. Ella sabía que el hechizo paralizante no haría daño a los hombres, pero sí le daría tiempo para interrogar al capitán. —Os ruego me contéis, capitán, ¿qué se oculta en el interior del castillo que debiera preocuparme?

—Ya es demasiado tarde, — dijo el capitán con una sonrisa. —Ya no podéis escapar. Jerutho ya sabe que estáis aquí.

—Jerutho, — Dimwater repitió el nombre. De repente, se acordó de que el nombre pertenecía a un poderoso hechicero. Jerutho era un aliado de Tukai. —Mucho mejor, — dijo Lady Dimwater con confianza. —Tendré el placer de deshacerme de dos traidores hoy, en vez de uno. — Le guiñó un ojo al capitán, que cayó inerte al suelo.

Lady Dimwater caminó hasta la parte posterior de la garita y bajó la vista al patio. Su hechizo paralizante había afectado no sólo a los soldados y arqueros, sino también a las gallinas, a los vendedores ambulantes y hasta a un bardo en el medio de su canción. Volvió a convocar la nube y bajó flotando hasta la escena.

El torreón del castillo estaba hecho de granito gris. Su única torre se elevaba a cincuenta metros del suelo, permitiendo una magnífica vista del valle que había debajo a cualquiera que mirase desde la ventana superior. A sus pies, una grandiosa escalinata conducía del patio a la entrada principal. La puerta estaba hecha de madera, con chapado de hierro para fortalecerla. Mientras miraba la puerta, la misma se abrió, dejando salir a un hombre con vestiduras negras.

—Ah, Lady Dimwater, — dijo el hombre. —Es un placer veros.

—Echad una buena mirada hechicero, porque será lo último que veáis en este plano.

—Oh, no lo creo, — dijo el hechicero. —Tukai podrá haber caído por tu mano, pero no era el miembro más fuerte de nuestra orden. De hecho, el resto está en movimiento ahora mismo. Llevamos mucho tiempo observándote. A ti, y también a tu Maese Lepkin.

—Ya basta de charla, — dijo Lady Dimwater. Envió un tornado giratorio de llamas destinado a consumir al hechicero. Las llamas rugieron atravesando el aire y envolvieron al hombre, y también parte de la entrada.

De repente, las llamas se extinguieron. Los escalones despedían humo, pero el hechicero seguía allí erguido. —Ese ha sido un bonito truco. Lo usaré la próxima vez que me inviten a un banquete y el jabalí esté poco hecho.

Lady Dimwater utilizó la mano izquierda para lanzarle un poderoso rayo. La energía mágica se estrelló contra el hechicero y le envió volando hasta la pared que había junto a la puerta. — ¿Qué tal eso? — preguntó Dimwater tranquilamente.

—Bien, — dijo Jerutho. —Ese hasta me ha hecho cosquillas. — El hechicero se levantó y agitó la mano. Una onda de energía se estrelló contra Lady Dimwater y su nube, y la lanzó volando hasta el tejado de la garita. —Quizá es hora de que dejes de mirar a la gente por encima del hombro, — gritó Jerutho. Una fuerza mágica envolvió a Lady Dimwater y la arrastró hasta el patio. —Ea, eso está mejor.

Lady Dimwater deshizo la magia con un chasqueo de los dedos y envió un estallido psiónico a Jerutho. Él alzó la mano izquierda con la palma hacia ella y el hechizo invirtió su curso y la golpeó con toda su fuerza. Lady Dimwater cayó al suelo de espaldas.

—Esperaba más de la legendaria Lady Dimwater, — se burló Jerutho. Dio dos palmadas y liberó a todos los soldados y arqueros del hechizo paralizante. — ¿Cómo vas a enfrentarte a esto? — Todos los soldados recuperaron sus armas con rapidez y se prepararon para atacar.

Los hombres corrieron hacia ella. Se puso de rodillas y murmuró las palabras de un encantamiento. Al terminar las palabras, todos los hombres en un radio de cuarenta pies se detuvieron en seco y se volvieron hacia los soldados que continuaban cargando. El acero entrechocó con el acero. Gritos que helaban la sangre surgían de los soldados al sentir el aguijón de la muerte.

Lady Dimwater se puso de pie nuevamente y recuperó la compostura. —Te he subestimado, Jerutho, — dijo. —Pero no sobreviviréis a esta batalla.

—No, Lady Dimwater, no lo haré. Eso ya lo sé, — dijo Jerutho. —He aceptado ese hecho mucho antes de que atravesarais ese espejo mágico vuestro. Pero os prometo que no abandonaréis este patio con vida. — Jerutho dio otra palmada y una miríada de Lenguasnegras inundó el patio. Había bastante más de doscientos de ellos. —Los Lenguasnegras son inmunes a los encantamientos, bruja, — dijo Jerutho.

Lady Dimwater templó sus nervios. Sabía que probablemente esta situación no tenía salida. Sin embargo, aún guardaba unos cuantos trucos en la manga. Dio una palmada y el aire que la rodeaba se prendió en un fuego invisible. Las llamas mágicas se prolongaban hacia fuera, siguiendo sus manos extendidas, y abatían docenas de hombres cada vez. Las almas de los hombres se desgarraban de sus cuerpos, añadiendo fuerza a las llamas mágicas invisibles.

Lady Dimwater chasqueó los dedos y Colmillo de Plata apareció a su lado. Le susurró una orden y el lobo se precipitó hacia delante, despedazando enemigos mientras se abría paso entre la oleada de atacantes. El lobo y el fuego acabaron con tres veintenas de hombres antes de que Jerutho pudiese reaccionar. Finalmente, el hechicero se puso en marcha para contrarrestar el hechizo de fuego convocando una lluvia torrencial desde los cielos previamente despejados.

El agua caía en pesadas cortinas, empapándolo todo en el patio. El vestido de Lady Dimwater se le pegó al cuerpo cuando empezó a caminar hacia Jerutho. Su fuego mágico rugía a su alrededor, achicharrando a todo soldado o Lenguanegra que se acercaba demasiado. —Necio hechicero, — le reprendió. —El agua no hace nada contra la Llama de Almas.

El rostro de Jerutho enrojeció. — ¡No podéis controlar tal hechizo! Está fuera de vuestro alcance.

Lady Dimwater flexionó el dedo en dirección a Jerutho y una de las llamas invisibles le rozó la cara, quemándole intensamente la piel. — ¿Y ahora qué opinas? — preguntó ella. — ¿Te parece que el hechizo está fuera de mi alcance?

— ¡Pero ese hechizo sólo puede ser lanzado por un Diablo de Sombras! — aulló Jerutho llevándose las manos a la cara.

—Eso me han contado, — dijo Lady Dimwater con una astuta sonrisa. Remató a Jerutho con otro movimiento del dedo. A continuación, volvió su atención al resto de ocupantes del patio.

Los Lenguasnegras habían dado caza a todos los hombres que ella había encantado, salvo a un puñado. Trabajó con rapidez, enviando llamas para envolver a los hombres encantados, protegiéndoles de los Lenguasnegras. El fuego crecía en intensidad con cada nueva víctima que reclamaba. Pronto se tragó al resto de los Lenguasnegras, y sólo quedaron los pocos hombres encantados. El fuego se extinguió por sí mismo, como si no le quedara más combustible que consumir.

Lady Dimwater cayó lentamente de rodillas, respirando con dificultad. Llamó a los soldados encantados a su presencia. Podía oír el entrechocar de las armaduras acercándose a ella mientras los soldados se apresuraban a obedecer.

— ¿Qué podemos hacer, mi señora? — preguntó uno de los soldados.

—Llevadme de vuelta hasta las puertas delanteras, donde está mi portal mágico. Debo apresurarme.

—Sí, mi señora, — dijo el soldado mientras la levantaba entre sus gruesos y musculosos brazos. Los otros soldados formaron un círculo protector alrededor de Dimwater al oír gritos que surgían del interior del torreón del castillo. Un aullido ahogó los gritos durante un segundo, y después se apagó. Lady Dimwater se incorporó y miró alrededor del hombre que la llevaba para ver la puerta. Sólo soltó el aire cuando Colmillo de Plata salió de un salto por la puerta. La sangre manchaba el pelaje del animal y era evidente que parte de ella era suya, eso lo sabía. La bestia se adelantó y le colocó un amuleto en la mano.

Lady Dimwater levantó el amuleto y sonrió débilmente ante la visión de la sangre de Lord Hischurn en la imagen dorada de un carnero. —El traidor está muerto, — le dijo a nadie en particular. Ondeó la mano y despidió a Colmillo de Plata de vuelta a su plano de origen.

Una flecha abatió a uno de los soldados que la escoltaban, que cayó al suelo. El astil sobresalía de la espalda del hombre. Una lluvia de flechas les persiguió mientras los arqueros disparaban desde el torreón. Lady Dimwater estaba demasiado débil para detener las flechas. Extendió la mano y la posó sobre el rostro del hombre que la transportaba.

—Necesito llegar a casa, — suplicó. —No dejes de correr, ni siquiera si te alcanza una flecha.

—No me detendré mi señora, — prometió el hombre. En aquel instante, otro de los hombres de la escolta se giró y saltó detrás del hombre que transportaba a Dimwater, recibiendo una flecha en el pecho y concediendo a Dimwater unos cuantos segundos preciosos más.

Al atravesar la entrada, otros dos hombres de la escolta cayeron al suelo. Lady Dimwater sintió un súbito empujón y el hombre que la transportaba saltó ligeramente hacia delante. Se daba cuenta por su mirada de que le habían dado. Pensó que todo había acabado, pero fiel a su palabra, el hombre no dejó de correr. Se estiró hacia el portal mágico y metió bruscamente a Dimwater en su interior. A continuación, se dio la vuelta y se extendió cubriendo el portal, asegurándose de que ninguna flecha pudiera seguir a Dimwater a través del mismo.

La luz cegadora del portal desapareció en segundos, y Dimwater se encontró tumbada en el suelo de su estudio. Esperaba estar los bastante segura para descansar y recuperarse. Apenas se las arregló para convocar a Colmillo de Plata antes de que la oscuridad inundase su visión y la arrastrara a la inconsciencia.

*****

—¿Por qué has solicitado hablar conmigo, Marlin? — preguntó el prelado.

Marlin sentía un gran respeto por su superior. La energía del aura del hombre era intensa, casi cegadora de hecho, ya que el prelado acababa de terminar de meditar en su cámara privada. — Perdonadme por molestaros, pero debo hablaros sobre Erik.

—He oído que consiguió atravesar la baqueta, — dijo el prelado sin emoción en la voz.

—Sí, lo ha hecho. También consiguió volver para apagar el mecanismo, — contestó Marlin.

—Realmente impresionante, — comentó el prelado. — Nunca he visto ni he oído de nada parecido a su poder en todos mis años en el templo.

—Es por eso que debo hablaros, — insistió Marlin. —No podemos permitir que Erik pase la Prueba Exaltada de Arophim.

—Cielo santo, Marlin, ¿por qué no? — inquirió el prelado. — ¿Tienes alguna idea de lo que está reuniéndose contra nosotros ahora mismo fuera de las murallas del templo? ¿Entiendes que el Secreto de Nagar está siendo buscado por nuestros enemigos?

—Con todo respeto, — empezó Marlin. —El chico desde luego es poderoso, pero no tiene control sobre ello. La prueba exaltada le hará pedazos.

—Tonterías, — rebatió el prelado. —El chico tiene un espíritu lo bastante puro, lo he visto. La prueba le encontrará digno del don.

—Debo recordaros que la prueba no mira simplemente en el interior y encuentra a una persona pura o impura. También pone a prueba los límites de los poderes naturales de esa persona. Erik tiene un enorme don. Con el tiempo puede que aprenda a controlarlo, pero si le metemos prisa para esto, su poder se liberará por completo. Sería un milagro que la experiencia simplemente le volviera loco, pero me temo que lo desgarrará por la mitad.

—Tus temores son irrelevantes, Marlin, — replicó el prelado. —El muchacho debe pasar la prueba. No hay ninguna otra manera de que se convierta en Paladín de la Verdad. Esto lo sabes, Marlin. Usa tu cabeza. — El prelado avanzó y golpeó el pecho de Marlin con el dedo, con dureza. —Siento que le hayas tomado cariño al chico, pero él tiene su propio destino. Debe permitírsele cumplirlo, o moriremos todos.

— ¿Y qué sucede si muere? — preguntó Marlin.

—Entonces no es el correcto— contestó sobriamente el prelado. —Otros hombres han venido antes y han fallado la prueba exaltada. También murieron. ¿Por qué piensas que permito esto? — preguntó el prelado. Marlin no dijo nada. —Lo permito porque deben hacerse pequeños sacrificios para salvar al conjunto del reino. Este muchacho debe pasar la prueba. Si tiene un poder tan magnífico como dices y muere, entonces quizá sea mejor que no esté vivo cuando el poder del libro se desate sobre todos nosotros.

—Sólo es un niño, — replicó Marlin. —No entiende las cosas que están sucediendo.

—De acuerdo, Marlin, — dijo suavemente el prelado. —Si no deseas que el chico pase la prueba exaltada, encuéntrame otro candidato. Tú y yo sabemos que debe nombrarse al Paladín de la Verdad si cualquiera de nosotros quiere tener cualquier oportunidad de superar a las fuerzas de la oscuridad que están acumulándose en nuestra contra. El muchacho es nuestra mejor esperanza en estos momentos. Pasará la prueba, aunque no quiera hacerlo.

—Perdonadme, pero no puedo permitir que eso suceda, — dijo Marlin. El prelado se volvió unos segundos. Su energía quedó surcada de amarillo y naranja. Marlin sabía que el prelado estaba enfadándose muchísimo. El naranja era el color de la ira. —Le di mi palabra de que no permitiría que se le sometiese a la prueba a menos que la escogiese por su propia voluntad, — explicó Marlin. —Debo actuar de acuerdo con las leyes del templo.

—Esa era una promesa que no tenías derecho a hacer, — dijo el prelado. La energía naranja se hizo más brillante.

—Los Antiguos nos ordenaron no someter a nadie a la prueba a no ser que el candidato escogiese voluntariamente pasar por ella cuando estuviese preparado. Me temo que Erik no elegirá pasar la prueba, y aunque lo hiciese, no hay forma de que pueda prepararle para ella en unos días. Su poder le consumirá.

—Harás lo que yo te ordene que hagas, — replicó el prelado. —El muchacho pasará la prueba. Es mi última palabra. Estoy dispuesto a aceptar los riesgos que esto supone para él porque el riesgo para todos nosotros es mucho peor. Los mandamientos de los Antiguos deben adaptarse de vez en cuando.

—No puedo permitirlo, — dijo Marlin con tono neutro.

—Ten cuidado Marlin, sigo siendo el Prelado aquí. No toleraré la disidencia.

*****

— ¿Pasa algo malo? — le preguntó Erik a Marlin cuando éste entró en la sala de entrenamiento. Erik podía ver la expresión cansada en el rostro de Marlin. Sabía que había algo que le molestaba.

—Nada que no pueda solucionar yo solo, — replicó Marlin. —No te preocupes ahora mismo por mí. Hoy tenemos otro desafío para ti.

Erik asintió. Estaba cansado de desafíos. La pasada semana y media había sido más extenuante y exigente que cualquier mes que hubiera pasado con Maese Lepkin en la Academia Kuldiga. Erik esperó en el taburete y una enorme cantidad de guardias el templo entraron en la habitación. Todos ellos llevaban espadas de junquillos.

— ¿Qué es esto? — preguntó Erik.

—Sólo hay una tarea más que debes asimilar antes de la prueba, — dijo Marlin. —Te la explicaré con sencillez. Hay veinte guardias del templo. Todos ellos están armados con espadas de junquillos. Debes seleccionar a quince de ellos. Una vez hayas hecho tu selección, los quince guardias escogidos saldrán de la habitación. Los otros cinco se quedarán en esta habitación contigo.

— ¿Dónde está el truco? — preguntó Erik.

—Quince de ellos han recibido instrucciones de atacarte, y los otros cinco han recibido instrucciones de no atacarte. Cuando hayas escogido y despedido a quince guardias, los cinco guardias

195

restantes revelarán sus instrucciones. Si los cinco que quedan son los guardias correctos, los que no han recibido instrucciones de atacarte, entonces pasas la prueba. Pero si incluso uno de los cinco guardias restantes ha recibido órdenes de atacarte, fallas la prueba.

— ¿Eso es todo? — preguntó Erik. Sentía que había más.

—Si alguno de los cinco guardias restantes es de los guardias incorrectos, te atacará con la espada de junquillos. No llevas armadura protectora ni tienes espada, por lo que esto sería un grave error por tu parte. Sólo podrás derrotar al guardia en combate derribándole sobre su espalda o su estómago.

—Si uno de los guardias restantes es de los guardias correctos, ¿puede ayudar a defenderme? — preguntó Erik.

—No, pero te puede dar su espada. — Marlin caminó hacia la puerta y plegó los brazos. —Recuerda, si escoges erróneamente, los guardias te atacarán con toda su fuerza. Sólo se detendrán cuando estés derribado de espaldas. Escoge con sabiduría. Puedes empezar en cuanto estés listo, y tomarte el tiempo que necesites. Ningún guardia atacará hasta que hayas despedido a quince.

Erik suspiró. Intentó encauzar su poder y examinar la habitación a su alrededor. Primero comprobó si todos los guardias eran reales. Lo eran. Después comprobó si Marlin estaba realmente diciendo la verdad y de pie junto a la puerta. Lo estaba. No había mentiras en las instrucciones. No había trucos en el número de soldados. La prueba era tan directa como Marlin había prometido. No había magia que vencer en este caso. Erik sólo tenía que examinar el corazón de los guardias.

Erik concentró su energía mental, tratando de discernir las intenciones de cada guardia. Observó sus ojos vidriosos. Intentó sentir sus intenciones con la mente, pero nada funcionaba. Estudio a todos los guardias durante más de tres horas antes de hacer su primera selección. El guardia seleccionado inclinó la cabeza y se apresuró a salir de la habitación. Erik esperaba no acabar de cometer un error.

El proceso continuó con dolorosa lentitud. Le llevó a Erik seis horas seleccionar a los quince guardias que deseaba despedir. Una vez que hubo seleccionado a cada uno de ellos, quedaron cinco de pie frente a él. Preparó su cuerpo para la lucha en caso necesario, rezando al mismo tiempo a los Dioses haber escogido correctamente. Las espadas de junquillos estaban hechas para no ser letales, pero podían dejarle inconsciente con facilidad en manos de estos guardias, eso lo sabía bien.

Uno de los guardias cayó de rodillas, soltando su espada de junquillos en el suelo delante de él. Erik dejó escapar un suspiro de alivio, pero no le duró mucho. Los otros cuatro se abalanzaron de repente hacia delante, agitando y descargando sus espadas de junquillos contra él.

— ¡Espada! — gritó Erik dando una voltereta para alejarse de los cuatro que le atacaban. El guardia de rodillas le deslizó su espada. Erik se puso en pie de un salto y lanzó la mejor defensa que pudo. En ningún momento conectó con ninguno de los otros guardias. Estaba tirado de espaldas en menos de diez segundos, retorciéndose en el suelo. Ya empezaban a formársele verdugones y moraduras en los puntos en que había sido golpeado por los guardias.

—Suficiente, — gritó Marlin a los guardias. Todos retrocedieron instantáneamente alejándose del muchacho, y los otros quince volvieron a la habitación. —Erik, siento hacerte esto, pero todavía quedan dos horas en la sesión de entrenamiento de hoy. Repetiremos esta prueba tan pronto como puedas levantarte.

Marlin caminó hacia Erik y localizó las zonas del aura del muchacho que brillaban en rojo. El sacerdote pasó la mano sobre los puntos rojos e inyectó su propia energía, de color verde, en el aura del chico. El verde empujó suavemente al rojo y alivió los dolores del muchacho. Una vez reparada el aura de Erik, Marlin se puso de pie y ayudó a Erik a levantarse.

— ¿Cómo habéis hecho eso? — preguntó Erik.

—Es un método curativo que sólo puede enseñarse a aquellos con el don de la Visión Verdadera, — contestó Marlin. — Quizá si haces la prueba te lo pueda enseñar. — Erik asintió con la cabeza. Marlin le quitó a Erik la espada de junquillos. —Necesito esto otra vez. También debes saber que los guardias tienen órdenes diferentes según el intento de la prueba. En otras palabras, estaba vez te serán afines otros cinco diferentes.

—Esta va a ser una noche larga, — murmuró Erik suavemente.

CAPÍTULO 11

Un chillido ensordecedor hizo a Lady Dimwater abrir los ojos de golpe. Tenía la visión borrosa, pero detectó a Colmillo de Plata montando guardia junto a ella. El chillido se repitió. Se frotó los ojos y se esforzó por ponerse de rodillas. Todavía estaba tumbada en el suelo de su estudio, donde había quedado inconsciente después de luchar contra Jerutho.

—Colmillo de Plata, ¿qué es eso? — preguntó. El lobo no contestó. Permaneció tranquilo junto a ella. Le acarició el costado con el hocico, como para darle seguridad. Ella acarició tranquilizadoramente al lobo y se puso torpemente en pie. Chasqueó los dedos y una jarra de agua apareció en el aire delante de ella, junto con un vaso sencillo. Tomó los objetos y llenó el vaso. Lo vació con rapidez y repitió el proceso hasta vaciar la jarra. El chillido volvió a repetirse. Se llevó una mano a la cabeza y gimió.

Cayó en la cuenta de que se trataba de la llamada de un halcón nocturno. Su visión se aclaró y corrió hacia la ventana, esforzándose por combatir el cansancio. Alzó la vista al cielo y vio al pájaro mágico. Era casi del tamaño de un dragón, con plumas de color dorado y granate. Tenía el pico turquesa, y aún desde la ventana ella pudo distinguir los ojos dorados que la miraban directamente a ella. Mientras el ave volaba en círculos en torno a su torre, iba dejando una estela de colores deslumbrantes que relucían como el oropel bajo la luz del sol de la tarde.

Bajó la vista al patio y vio a muchos aprendices fuera tomando la comida de la tarde. Ninguno advirtió al pájaro, pero eso era algo que cabía esperar. El halcón nocturno sólo era visible para el destinatario de su llamada. Nadie más podía ni verlo ni oírlo, ni siquiera los otros magos que enseñaban en la Academia Kuldiga.

Meses atrás, Lady Dimwater le había sugerido a Lepkin que se llevase el hechizo con él, en caso de que en algún momento la necesitase. Él se había reído en alto cuando ella le ofreció el hechizo, recordó. Pero le había hecho prometer que se llevaría el pergamino con las instrucciones para lanzar el hechizo. Le alivió el hecho de que aparentemente le había hecho caso, pero se estremeció al pensar en qué tipo de peligro podría haberle obligado a usarlo. Esperaba ser capaz de ayudar, a pesar de su debilitado estado.

Ella recitó un rápido conjuro frente a sí y llamó al halcón nocturno hasta su ventana. Mientras el pájaro descendía para posarse en el alfeizar de piedra de la ventana, se encogió hasta adoptar el tamaño de un halcón normal. La miró extrañamente durante un momento y después le confió su mensaje. Imágenes mentales de una flecha atravesando el pecho de Lepkin aparecieron en la mente de Lady Dimwater. Sintió que se le rompía el corazón en aquel momento. Cayó de rodillas, abrumada por la pena. La siguiente imagen trajo consigo el dolor que Lepkin sintió al forzarse a concentrarse a través de la agonía de la flecha. Dimwater se puso una mano en el pecho y se enjugó una lágrima, como si ella hubiese sido la herida.

Casi temía el resto del mensaje del halcón nocturno, pero llegó de todas formas. Lady Dimwater vio visiones de luz y fuego mientras Lepkin se convertía en un feroz dragón y luchaba contra el hechicero y una horda de Lenguasnegras. Estaba conmocionada. No sabía que Lepkin fuera Nacido de Dragones.

Lady Dimwater empujó a un lado la revelación y se concentró en el mensaje. No quería perderse nada. Le alivió ver que seguía vivo. El corazón le bailaba con su victoria, pero su alegría duró poco. Las siguientes imágenes que vinieron eran de la herida de su pecho. Ella vio vendajes manchados y los síntomas de la infección. Lepkin se estaba cambiando los emplastos de la herida, pero estaba perdiendo fuerza para caminar. Ella vislumbró imágenes de la zona circundante, y después Lepkin cerró los ojos. Permaneció tumbado febrilmente en el suelo, temblando y sudando. Necesitaba curación, pero estaba lejos de cualquier ayuda.

Lady Dimwater se volvió hacia el mensajero mágico una vez hubieron cesado las imágenes. —Necesito saber dónde está, —dijo. —Las imágenes no son suficientes. Debes mostrármelo.

El pájaro inclino la cabeza y saltó del alfeizar de la ventana. Se elevó como una flecha en el aire con un agudo chillido. Volvió a adquirir su tamaño normal, casi tan grande como un dragón. Dio otro grito y después empezó a descender hacia la ventana de la torre. Ella sabía que este iba a ser un viaje accidentado. El halcón nocturno no estaba destinado a servir de transporte. Era simplemente un mensajero. Sólo los mejores de entre los magos podían intentar aprender a montarlos, ya que no estaban hechos de cuerpos sólidos, pero ella sabía que no tenía otra opción. No podía perder tiempo intentando adivinar dónde estaba Lepkin. Él la necesitaba ahora mismo.

Lady Dimwater se subió al alfeizar y saltó a la espalda del ave mágica.

Se hundió ligeramente en el pájaro, pero se las arregló para permanecer sobre él mientras surcaba a toda velocidad el patio y se alejaba de la Academia Kuldiga. Dimwater entrecerró los ojos para protegerlos del viento y se agarró con fuerza a puñados de plumas con las manos. Mantuvo baja la cabeza y se concentró en montar en el pájaro. Sintió cómo el estómago se le convertía en plomo mientras el pájaro ascendía por el cielo, ganando altitud cada vez con mayor rapidez. El suelo bajo ella giraba y se empequeñecía. Ella apretó firmemente la mandíbula y cerró los ojos. Estaba acostumbrada a montar el viento sobre nubes de su propio diseño mágico, pero odiaba volar en la espalda de los halcones nocturnos.

Cada pocos minutos miraba entre las plumas doradas y granates al suelo muy por debajo. Ambos volaban a tal altitud que no conseguía distinguir ningún hito específico, excepción hecha de las montañas y de los parches verde oscuro de terreno, que asumió eran bosques. Al menos estaban yendo deprisa, pensó. En realidad, el vuelo del halcón sólo era marginalmente más lento que usar su portal mágico. Aún así, el viaje pareció bastante largo, con el estómago saltándole y pasando de una sensación de plomo a otra de ingravidez, para luego volver al plomo. Dimwater se alegró de oír al pájaro chillar, avisando de que iban a descender.

Miró por encima del pájaro y vio el suelo avanzando hacia ella a una velocidad de vértigo. Por un momento, pensó que las colinas y los valles iban a saltar y tragársela como una gigantesca boca terrestre. Entonces, el halcón nocturno basculó sus alas, atrapando el viento y sacándolos a ambos de la picada. Lady Dimwater casi se cayó a través del pájaro al disminuir momentáneamente su concentración, pero se corrigió rápidamente y consiguió mantenerse.

Al fin, el halcón nocturno se posó en el suelo y se inclinó en atención a Dimwater. Ella bajó de buena gana del pájaro y corrió hacia Lepkin. Estaba tirado junto a una hoguera casi apagada, inconsciente, pero todavía vivo. Se arrodilló junto a él y posó el dorso de la mano izquierda en la frente de Lepkin. Tenía mucha fiebre. Podía ver el sudor formándose sobre su frente y en el labio superior. Se lo enjugó suavemente.

—Estoy aquí, — dijo con dulzura. —Ahora todo se arreglará.

*****

Erik estaba tumbado en su cama. Tenía cuidado de no hacer ningún ruido, pero distaba mucho de estar dormido. Tenía demasiado en la cabeza. Los halcones mensajeros venían ahora con mayor frecuencia, pero Al nunca compartía las noticias que traían. Hasta Marlin actuaba de modo extraño ahora durante las sesiones de entrenamiento. El prelado también bajaba con frecuencia a observar. Había algo acerca del prelado que enervaba a Erik. El prelado parecía más duro y frío que antes. Sabía que probablemente todo eran imaginaciones suyas, pero no confiaba en ese hombre.

Sonó la campana de media noche. Erik se deslizó fuera de la cama, sin llevar puesto el pijama, sino un traje de seda negra y zapatos de cuero blando. Esta noche iba a averiguar qué mensaje traían los halcones.

Se deslizó hacia la puerta y pegó una oreja a ella. Satisfecho de que no hubiese nadie fuera, abrió una rendija la puerta y miró a su alrededor. Salió sigilosamente y empezó a dirigirse hacia las escaleras. Le vino un pensamiento a la cabeza. ¿Qué sucedía si los guardias del templo eran capaces de ocultarse? ¿Podrían hacerse invisibles? Erik se figuró que si Marlin podía conjurar clones de sí mismo, quizá ellos también fueran capaces de ocultarse a sí mismos. De hecho, Marlin ya se había ocultado anteriormente, y sólo había permitido a Erik ver a un falso Marlin en la sala de la baqueta. Erik encauzó su poder y después volvió a examinar la habitación. Seguía sin detectar a nadie en ella.

Erik asintió para sí y se dirigió a las escaleras. Descendió silencioso como un ratón, deteniéndose únicamente en el fondo para escuchar en busca de cualquier señal de actividad. Contuvo el aliento y concentró los oídos en la noche. Podía oír a dos hombres hablando. Concentró su mente en las voces de los hombres, intentando ubicarlas. Tras unos momentos, se dio cuenta de que estaban en el exterior. Sacó la cabeza por el muro y advirtió que una de las ventanas de esta habitación estaba ligeramente abierta, permitiendo que se escuchasen las voces de los hombres.

Se escabulló en dirección opuesta, hacia la ventana que había usado antes para acceder al estudio de Al. Atisbó a través del cristal, pero advirtió con desmayo a un par de guardias marchando junto al muro exterior. Sabía que les resultaría sencillo verle, a pesar de la oscuridad, si intentaba entrar por la ventana como había hecho anteriormente. Se agachó y se arrastró hacia la sala principal. Se detuvo en la esquina y se agachó lentamente, aproximando la cabeza al suelo antes de asomarla por la esquina del muro. No había nadie en la sala.

Se escabulló hasta la puerta del estudio de Al, teniendo cuidado de no hacer ningún ruido sobre el duro suelo. Probó cautelosamente la puerta, pero estaba cerrada con pestillo. Suspiró, no había querido hacer esto, pero se había preparado para ello, sólo por si acaso. Extrajo un delgado fragmento de metal del interior de su zapato izquierdo y después se sacó del zapato derecho otra herramienta parecida, salvo por un gancho al final. Una punzada de remordimiento le recorrió al deslizar las herramientas en la cerradura. Le había prometido a Maese Fink, uno de los miembros del personal de su antiguo orfanato, que no volvería a forzar cerraduras nunca más.

—No es correcto, — le había dicho Maese Fink.

Erik le había dado al hombre su palabra aquel día. Le había prometido que no volvería a forzar cerraduras ni a robar más. Era una de las condiciones para que se le permitiese quedarse en el orfanato después de que le hubiesen pillado robando en la cocina. Erik sabía que sin la ayuda de Maese Fink, no le habrían adoptado nunca, y muchos menos un noble. Erik se detuvo, dudando si utilizar las ganzúas. No, pensó Erik. Su padre adoptivo estaba en peligro, y aquellos mensajes podían proporcionarle información necesaria para ayudarle. Así pues, a pesar del sentimiento de culpa, giró y retorció las herramientas en la cerradura. Era necesario romper su promesa.

La cerradura chascó y Erik supo que ahora la puerta sí se abriría. Deslizó la mano izquierda hasta el pomo y lo giró, manteniendo la mano derecha en las herramientas, todavía dentro del ojo de la cerradura. La puerta se abrió en silencio. Erik sacó las herramientas y se deslizó en el interior, cerrando la puerta tras de sí. Comprobó toda la estancia, asegurándose de que Al no había decidido pasar la noche en el estudio para evitar que Erik encontrase los mensajes. A continuación miró hacia la gran ventana que había al fondo de la habitación. Las cortinas estaban echadas sobre el cristal, oscureciendo aún más la habitación. A Erik no le preocupaba. Sabía hacia dónde se dirigía. Había una pequeña caja para cartas en el escritorio que había junto a la ventana. Allí era donde Al guardaba los mensajes.

Erik se dio la vuelta y echó la llave de la puerta del estudio, sólo por si alguien pasaba a comprobar las cerraduras por la noche, para después continuar hacia la mesa. Caminó lentamente para no tropezarse con nada. Sólo había estado tres veces en aquella habitación, y sólo una de ellas con invitación. Sus otros dos intentos de obtener información habían fallado. Fue atrapado entrando por la ventana por Al, y uno de los guardias le había pillado curioseando un par de días después de aquello. Esta vez no le pillarían, eso lo sabía. A la tercera va la vencida.

Golpeó ligeramente la mesa con la pierna y empezó a tantear la superficie en busca de la caja de correspondencia. Tocó la caja de metal con la mano después de unas cuantas pasadas por la mesa. La agarró y se la acercó al pecho. Se arrodilló, con la espalda descansando contra la mesa, y empezó a trabajar en la cerradura.

Era un poco más complicada que la de la puerta, pero le pilló el truco en un par de minutos. El cerrojo se abrió y la caja chirrió al levantar Erik la tapa. Metió la mano dentro y encontró un solo trozo de papel. ¿Era posible que Al se hubiese desecho de los otros mensajes? Erik no estaba seguro de lo que estaba pasando. Su curiosidad pudo más que su sentido de la cautela. Encendió una cerilla y la sostuvo cerca del papel.

El brillo le cegó por unos momentos. Entrecerró los ojos para protegerlos de la súbita luminosidad hasta que se le acostumbraron, y entonces leyó las palabras en alto para sí. —Buen intento, Erik, — leyó. Arrugó el papel y lo metió en la caja. Sopló la cerilla y puso la caja otra vez en la mesa. Perdió el control casi por completo, pero consiguió dominar las ansias de gritar cuando el pomo de la puerta se sacudió en el otro extremo de la habitación. La sacudida se detuvo y a continuación escuchó pasos alejándose de la puerta.

—Sólo comprobaban la cerradura, — se dijo a sí mismo. Se movió para salir de debajo de la mesa, pero la cabeza le dio contra algo duro y afilado. Se pegó la lengua al paladar para evitar gritar. Alzó suavemente la mano intentando tocar lo que le había golpeado. Sus dedos encontraron una esquina metálica que sobresalía por encima de él. —Qué raro, — musitó Erik. Sabía que la mesa estaba hecha enteramente de madera. Así pues, ¿qué era aquello?

Ahuecó la mano izquierda alrededor de una nueva cerilla, intentando atenuar el brillo al encenderla. Los ojos se le ensancharon de regocijo al descubrir otra caja de correspondencia fijada a la parte inferior de la mesa. Extinguió la cerilla y se puso a trabajar en la cerradura. En menos de un minuto había abierto la caja y un revuelo de papeles le cayó encima. Se rió bajito para sí y reunió los papeles. Necesitaría encender otra cerilla para leer, pero no quería arriesgarse a que se viese el resplandor a través de la ventana. Volvió a arrastrarse detrás de la mesa y a apoyar la espalda contra ella.

La cerilla siseó al producir su llama, bañando los papeles en su luz amarillenta. Sus ojos se arrastraron hambrientamente por los mensajes. Los primeros eran simples actualizaciones sobre Maese Lepkin. Al ya le había contado a Erik la reunión con la Orden

Lievoniana, por lo que Erik apartó esos mensajes a un lado. Vio unos cuantos mensajes del aprendiz de Al, desde Buktah. El hombre se quejaba de que le había cobrado más de lo habitual al comprar suministros y que le habían pagado menos de lo normal al recoger los clientes los pedidos de él. Erik se preguntó si el hombre alguna vez dejaba de quejarse a Al.

Entonces encontró una carta de lo más perturbadora. El sello roto era de la Casa Lokton. Hablaba del asesinato del magistrado y advertía que Erik debía permanecer alejado de la zona. La siguiente carta hablaba sobre el asesinato de Timon Cedreau, y de la guerra de sangre que había empezado entre ambas casas. En esta también se advertía que Erik debía permanecer lejos. Erik golpeó la mesa con la cabeza, dejando escapar un suspiro de exasperación.

Lentamente, examinó el resto de las cartas. Todas eran diferentes de las primeras dos de la Casa Lokton. Todas declaraban que la Casa Lokton y la Casa Cedreau iban a hacerse la guerra entre sí, y llamaban para que Erik volviese y ayudase a su padre, como era su deber. También imploraban a Maese Lepkin que regresara con Erik, para ayudar en la lucha.

Erik estaba confuso. Ninguna de las cartas decía explícitamente quién había asesinado al magistrado o a Timon. Sólo implicaban a ciertas personas. El magistrado fue asesinado con una daga perteneciente a Eldrik Cedreau, y Timon murió por una flecha que pertenecía al Señor Stilwell. Erik recordó la intrusión de Lord Cedreau durante su Konn Deta. Entonces, pensó sobre la seria amenaza que había proferido Lord Cedreau después de que Erik escogiese a Goliath como su caballo. Lord Cedreau no retrocedería ahora hasta que Lord Lokton estuviese muerto.

—Oh no, — jadeó Erik. Ahora sabía lo que significaba la profecía de Tukai. Lord Lokton iba a morir en esta refriega de sangre contra la Casa Cedreau. No era exactamente lo que había visualizado cuando oyó por primera vez al hechicero decir que mataría a su padre. Había pensado que la profecía proclamaba que lo haría con sus propias manos. Pero por otra parte, muy bien podía ser un golpe con su propia mano. Erik le había roto la mano a Timon. Esta lesión había provocado la intrusión de Lord Cedreau en su Konn Deta. Fue allí donde el magistrado había intervenido para humillar aún más a Lord Cedreau concediéndole a Erik uno de los apreciados caballos de la Casa Cedreau. Y fue Erik quien selló el destino de su padre quedándose con el caballo que Lord Cedreau tenía destinado para uno de sus propios hijos.

A Erik le daba vueltas la cabeza. El estómago se le encogía en nudos de culpa y dolor. Los ojos se le llenaron de lágrimas. No podía permitir que esto sucediera. No por su culpa. Se puso de pie y se secó los ojos con la manga. Caminó hacia la puerta, decidido a escaparse en la noche y salvar a su padre.

*****

—El chico va a escaparse, — dijo uno de los guardias del templo.

—Puedo verlo por mí mismo, — replicó Marlin. —Vamos a dejar que se vaya.

— ¿Qué queréis decir? — preguntó el guardia. —El prelado ha dado órdenes de que el muchacho no abandone nunca los terrenos. No le está permitido salir hasta después de haber pasado la Prueba Exaltada de Arophim.

Marlin miró muro abajo hacia Erik. El chico estaba arrastrándose pegado al exterior del muro en dirección a los establos. Su aura era demasiado brillante como para poder escabullirse sin ser detectado. Marlin podía ver gran cantidad de emociones atravesando la energía de Erik. Veía dolor, ira, resentimiento, sentimientos de traición, culpa y vergüenza. Sin embargo, en el fondo del centro relucía la misma luz blanca y brillante. Era mayor que antes. Ahora parecía arder en toda la zona del pecho del chico. Esto le daba esperanzas a Marlin. —El prelado no está aquí y tú respondes ante mí, — le dijo Marlin al guardia.

—El prelado sabrá de todo esto, — replicó el guardia. — No puedo permitir que le desobedezcáis. Nos estáis poniendo a todos en riesgo. El muchacho debe-- las palabras del guardia se quedaron atrapadas en su garganta.

Marlin agarró el hombro del hombre con más fuerza que una serpiente enrollándose en torno a un preciado ratón. Una corriente de energía surgió de la mano de Marlin y se introdujo en el aura del guardia. El guardia cayó hecho un ovillo al suelo del torreón. Marlin le soltó después de asegurarse de que el hombre estaba totalmente inconsciente. —Nadie debe ser obligado a pasar la Prueba de Arophim, — Marlin recitó el mandamiento del Padre de los Antiguos a través de sus dientes apretados.

Marlin volvió a bajar la vista hacia el establo y vio un par de auras, fuertes y brillantes, que se aproximaban a Erik. —Erik no será retenido aquí como un prisionero, — murmuró Marlin. Pegó un salto desde la almena y se precipitó hacia el suelo. Un par de segundos antes del impacto, Marlin convocó la energía del césped y de la tierra que había debajo de sí. El propio suelo respondió a la llamada de Marlin y envió un almohadón de energía a su encuentro, acogiéndole con suavidad y permitiéndole aterrizar sin un rasguño. Marlin le dio las gracias a las hierbas y corrió hacia Erik.

—Erik, — susurró Marlin rápidamente. —Ven conmigo.

Erik se giró y la ira surcó su aura. —No voy a volver, — silbó. —Ni por vos ni por nadie.

—No, Erik, eso lo sé, — dijo Marlin con las manos vacía abiertas a ambos costados. —He venido para ayudarte a escapar. Esos dos guardias tienen órdenes de no dejarte salir. Ven conmigo y sígueme la corriente, si deseas partir.

La ira del aura de Erik se mantenía fuerte, pero empezó a surcarse de paz y esperanza. Finalmente, Erik asintió y se apartó del muro. —Como digáis, — concedió Erik.

Ambos guardias estuvieron junto a ellos un instante después. —A Erik no le está permitido abandonar los terrenos, — dijo uno de ellos.

—Sí, conozco las órdenes del prelado, — replicó Marlin, manteniendo un tono calmado y autoritario. —Acabo de encontrarle yo mismo, y estaba a punto de llevarle de vuelta al interior. Al está esperando para darle al muchacho una buena reprimenda.

—Necesita algo más que eso, — replicó el primer guardia. —El muchacho debería aprender algo de disciplina. Esto no es un juego.

—No, no lo es, — dijo Marlin. —Esto es muy serio. — Marlin se acercó más a Erik y colocó la mano sobre el hombro del chico. Durante un momento, pensó en transferirle parte de su energía a Erik, para fortalecer al chico, pero sabía que los guardias podrían ver los cambios en sus auras. —Supongo que podríamos disciplinarle un poco nosotros mismos, — dijo Marlin.

— ¿Qué teníais en mente? — preguntó el primer guardia. Marlin podía ver un toque de deleite atravesar el aura del guardia. El segundo guardia permaneció callado. Su aura no mostró signo alguno de deleite ante la perspectiva de castigar a Erik. De hecho, mostraba una ligera pizca de compasión por el chico. Marlin la aprovechó.

— ¿No estás de acuerdo? — preguntó Marlin, señalando al segundo guardia.

—Con todo respeto, — empezó el segundo guardia. —No creo que sea correcto que se le retenga aquí como si fuera un criminal. Esto es un templo, no una prisión.

—Ah, — dijo Marlin con tono de burla. — ¿Cómo te llamas?

—Me llamo Tegeruk, — contestó el segundo guardia.

—Dime Tegeruk, ¿llevas mucho tiempo con la orden? No te conozco.

—Llevo ya tres años en la patrulla nocturna, — dijo Tegeruk con una inclinación de cabeza.

— ¿Y piensas que entiendes las costumbres de nuestra orden mejor que el prelado?

El aura de Tegeruk mostró señales de miedo y precaución por un instante. Después un destello de esperanza y valor surcó la energía del hombre. —Puede que me equivoque, pero creo que las palabras de los Antiguos deben ser acatadas, y no he escuchado nunca nada que diga que tenemos derecho a forzar a alguien a entrar al servicio.

— ¿Desobedecerías al prelado? — siseó amenazadoramente el primer guardia.

— ¿Cuál es tu nombre? — preguntó Marlin, volviéndose hacia el primer guardia.

—Me llamo Mageddi, — dijo el primer guardia con una inclinación. —Yo siempre estoy dispuesto a seguir todas las órdenes del prelado, sin cuestionarlas.

—Ya veo. — Marlin se frotó la barbilla con la mano izquierda y miró a Erik. Podía ver la confusión atravesando la energía del chico. Marlin supo que debía actuar ahora, o de lo contrario corrían el peligro de que el aura de Erik les traicionase. —Tegeruk, — empezó Marlin autoritariamente. —Te ordeno ahora, en nombre de los Antiguos, que ayudes a Erik a escapar.

Tegeruk y Mageddi se quedaron inmóviles por un momento. Marlin se daba cuenta por sus auras de que ninguno de ellos se esperaba esto. Marlin no esperó. Aprovechó el momento, abalanzándose hacia delante y golpeando el abdomen de Mageddi con el pie derecho.

— ¡Corre, Erik! — ordenó Marlin. Erik echó a correr hacia el establo.

Mageddi atacó con el puño, encajando un golpe en el antebrazo de Marlin, al bloquear el hombre más experimentado el golpe del guardia. Tegeruk se unió en ese momento y golpeó con los puños el costado de Mageddi. Cada puñetazo encerraba una bola de la energía de Tegeruk. La energía surcó el aura de Mageddi y le noqueó lateralmente a varios pies de distancia. Marlin se acercó sin perder tiempo a Mageddi y agarró al hombre. Dio una palmada con las manos en las sienes del hombre y envió una onda de energía a través del guardia que le dejó paralizado.

Tegeruk se acercó rápidamente para rematar a Mageddi, pero Marlin levantó una mano. —No, no mataremos a nuestros propios hermanos, — dijo Marlin. —Es suficiente por ahora. Ya no es una amenaza para Erik.

—Como deseéis, — dijo Tegeruk con una inclinación. — ¿Debería ir con el chico?

—Lo harás, — dijo Marlin solemnemente. —Yo me quedaré aquí y esperaré al prelado. No va a sentirse complacido.

—Me quedaré con vos, — ofreció Tegeruk.

Marlin sacudió la cabeza. —No, no lo harás. El castigo para ti sería la muerte.

— ¿Qué os pasará a vos? — preguntó Tegeruk.

—Si hubiera seguido las órdenes del prelado, ya estaría muerto, — replicó Marlin. —Al menos ahora mi espíritu se elevará hasta los Salones de los Antiguos, y no me sentiré avergonzado.

—Necios, — rugió Mageddi. —Sin el Paladín de la Verdad, estamos todos condenados a muerte.

Marlin se inclinó y envió una nueva oleada de poder a través de Mageddi. —Calla, hermano. — Mageddi se quedó completamente rígido y no dijo más. —Ve con Erik. Protégele durante su viaje a casa. Ha decidido no pasar la Prueba de Arophim, y ese deseo debe concedérsele a cualquier precio.

—Como digáis, — contestó Tegeruk.

Marlin observó al guardia del templo apresurarse en dirección a los establos. Unos segundos después, vio a Erik y a Tegeruk alejarse al galope. Sonrió para sí al ver el aura de Erik volviéndose más intensa. El muchacho realmente poseía un don. Marlin esperaba que Erik aprendiese a dominarlo con el tiempo y pudiera salvarlos a todos. Marlin se volvió para contemplar al guardia paralizado que yacía a sus pies. Su mente le confirmó que Mageddi se encontraba bien. Sin la prueba, Erik no podía convertirse en el Paladín de la Verdad, y todos se perderían en la oscuridad que había de llegar. Marlin suspiró. Sabía que Erik habría perecido de haber intentado pasar la prueba. El don de su interior era demasiado fuerte, y todavía demasiado salvaje. En cualquier caso, se quedarían sin el Paladín de la Verdad. El corazón de Marlin le dijo que había hecho lo correcto dejando marchar a Erik, pero su mente le susurró que acababa de condenar a todo el reino al servicio de las sombras.

*****

Lady Dimwater y Maese Lepkin atravesaron el portal mágico. — ¿Te puedes poner de pie? — preguntó ella.

—Estoy bien, — contestó débilmente Maese Lepkin. Dimwater asintió. Se había pasado el resto de la tarde de ayer y toda la noche tejiendo hechizos para curar a Lepkin. Como estaba debilitada por su reciente encuentro con Jerutho, no fue capaz de curarle por completo, pero había conseguido restaurar bastante de la energía de él como para sacarle de su sueño, y estar lo suficientemente fuerte como para viajar a través del portal mágico.

—Estamos aquí, en el Templo de Valtuu, — dijo Lady Dimwater. —Los sanadores te ayudarán. — Ambos caminaron hasta la puerta principal del muro y la misma se abrió ligeramente.

—Hemos estado esperándoos, — dijo un guardia. Sostenía una larga vara con una hoja ancha y curvada en la punta y un pincho de acero en la parte de abajo. —Puedo dejarle pasar a él, pero vos no podéis entrar.

Lady Dimwater observó al hombre con curiosidad. —Queréis decir, ¿porque soy una mujer? — preguntó.

El guardia sacudió la cabeza. —Tanto vos como yo conocemos la respuesta. Lo siento, pero no puedo permitiros la entrada.

—Esta vez, harás una excepción, — dijo Maese Lepkin con voz ronca.

—Señor, profanará el templo. No puedo permitirlo.

—Los que buscan el libro profanarán y destruirán no sólo el templo, sino también el resto de este reino. Yo soy el Guardián de los Secretos, mi palabra es la ley. Estoy por encima del prelado de tu orden. Dejarás que pase o te quedarás sin cabeza. — Maese Lepkin se irguió todo lo que pudo, intentando dar aspecto de poder cumplir su amenaza. Extendió la mano hasta la empuñadura de la espada y se detuvo, mirando al guardia.

—Como vos digáis, — contestó el guardia con los dientes apretados.

Maese Lepkin y Lady Dimwater atravesaron la puerta. El guardia caminaba lentamente detrás de ellos, haciendo gestos a otros guardias para que no intentaran impedirle el paso a Dimwater. Lepkin se aseguró de que todos lo entendiesen manteniendo la mano sobre el pomo de la espada.

Atravesaron la puerta delantera del templo y un hombre con vestiduras blancas de seda salió a recibirles. Le sonrió a Lepkin, pero cuando vio a Dimwater se quedó boquiabierto y se le agrió horriblemente la expresión. — ¿Qué significa esto? — siseó.

—Está aquí por orden mía, — soltó Lepkin. —No confío en nadie más para ayudarme. — El hombre asintió lentamente, pero su mueca no desapareció. — ¿Dónde está Marlin? — preguntó Lepkin.

—Está en la cámara del consejo, siendo juzgado por herejía, — contestó el hombre encogiéndose de hombros.

— ¿Qué? — preguntó Lepkin. Parte de su fuerza volvió al oír la noticia.

—Hay mucho que explicar. Seguidme, os llevaré a nuestros sanadores y después podréis hablar con el prelado una vez concluida la audiencia.

—No, asistiré a la audiencia, — dijo Lepkin. El hombre se volvió para protestar, pero Lepkin extrajo la espada unas pulgadas de la funda. —Nos llevarás allí, ahora, — amenazó Lepkin. El hombre estaba visiblemente agitado por la amenaza. Asintió con rapidez y les condujo hacia la cámara.

Lepkin no miró a ninguno de los murales ni decoraciones. Sólo tenía una cosa en mente. Fuera lo que fuera de lo que se acusaba a Marlin, él tenía que salvar al hombre. Dimwater también pareció entender la gravedad de la situación. Caminaba rígidamente, con la cabeza girando hacia todas partes, buscando cualquier amenaza mientras atravesaban las salas. Al final del pasillo, el hombre de blanco despidió a los dos guardias con un ademán y abrió la puerta de la cámara del consejo.

Entraron en la cámara entre jadeos de espanto y exclamaciones de profanación. —Tengo el honor de presentar a Maese Lepkin, Guardián de los Secretos, — dijo el hombre. A Lepkin no se le escapó el hecho de que el hombre había rehusado anunciar la presencia de Lady Dimwater. Se ocuparía más tarde de aquella afrenta. Echó un rápido vistazo a la habitación y se dio cuenta de que Al y Erik también estaban presentes, así como otro guardia que no reconoció y que se encontraba de pie junto a Marlin.

La habitación era circular, con el estrado principal, el lugar en el que debía permanecer de pie el acusado, situado en el punto más bajo de la sala. El prelado estaba sentado en una tribuna elevada sobre toda la habitación, y tenía otros diez asientos a ambos lados, también sobre una tarima. Estos asientos estaban ocupados por miembros del más alto rango de la orden, pero uno de ellos permanecía vacío. El asiento para el obispo, cuya autoridad sólo era superada por el prelado, estaba desocupado. Era el sitio de Marlin, como Lepkin sabía. Detrás del espacio principal había una tarima ligeramente elevada, aunque bastante menos que el asiento del prelado e incluso que el resto de los diez asientos para los miembros del tribunal. Aquí era donde se permitía a los miembros comunes de la orden colocarse para observar el juicio.

Lepkin señaló al suelo. —Vamos a ponernos allí, — le dijo a Dimwater.

—Como desees, — dijo ella asintiendo.

Los murmullos crecieron en intensidad mientras ambos se abrían paso entre los espectadores y caminaban hasta el suelo. Los miembros del tribunal se miraron entre sí con preocupación al ver a Lepkin y a Dimwater.

— ¿Cómo os atrevéis a profanar este templo? — gritó el prelado a Lepkin desde su asiento. —Este es un lugar sagrado. Está dedicado a los Antiguos y a aquellos que los sirven. No podéis simplemente entrar aquí con basura de la calle. No me importa si tenéis o no sentimientos por ella.

Maese Lepkin encajó en silencio las palabras del prelado. Miró a cada uno del resto de los ocupantes del suelo, sin ni siquiera un ademán que indicase que había oído las palabras del prelado. Podía ver que Marlin había recibido golpes. Tenía la cara hinchada, y la cuerda que le ligaba las muñecas había hecho que se le hincharan los antebrazos. El guardia que había junto a él tenía aún peor aspecto. Erik tenía lágrimas secas en las mejillas y también estaba atado, aunque Lepkin pudo ver que no tenía las muñecas tan apretadas. Al estaba junto a él, sin atar, pero aparentemente acusado como el resto de ellos.

Lepkin sacó su espada, lentamente. Quería todas las miradas sobre él. Los murmullos cesaron. Lepkin avanzó hacia Marlin para cortar las ligaduras del hombre. Marlin asintió agradecido y se frotó los brazos. A continuación, Lepkin liberó a Eril y giró al chico. — ¿Es este otro guardia un amigo? — preguntó Lepkin, señalando a Tegeruk con la barbilla. Erik asintió. Maese Lepkin le liberó también.

— ¿Quién os pensáis que sois? — rugió el prelado. —No tenéis derecho a profanar el templo primero y a continuación liberar a otros que habrían sellado nuestro destino de haber sido libres para actuar.

—Soy el Guardián de los Secretos, — vociferó Maese Lepkin. La ira aumentaba su fuerza. En opinión de Lepkin, no había hombres mejores que Marlin y Al, y Erik nunca antes le había decepcionado, sin importar cuánto presionase al chico. —Yo haré las preguntas, y vos me responderéis, — le dijo Lepkin al prelado y a los demás sentados junto a él.

—Olvidáis, Guardián, — replicó el prelado, con palabras rezumantes de malicia. —Nosotros somos nombrados por los Antiguos para nombrar a los Guardianes. Eso os convierte en nuestro subordinado. Yo decidiré el destino de estos hombres, incluyendo a vuestro muchacho.

—Retorcéis las palabras de los Antiguos, y también sus intenciones, — contestó Lepkin. —Ellos designaron a esta orden para encontrar y nombrar a los Guardianes, esa parte es verdad. Pero el Guardián está situado por encima de esta orden. El Guardián es el agente de los propios Antiguos. Mi palabra, aunque sea murmurada desde una boca humana, debe ser considerada la ley del Padre de los Antiguos.

El prelado se irguió en su silla, sin dejar de fruncirle el ceño a Lepkin. —Tu candidato ha intentado huir de este templo, — dijo el prelado. —Eludió su deber, su obligación de someterse a la Prueba Exaltada de Arophim. Nos condenó a todos voluntariamente a muerte. Marlin, ex-obispo de nuestra orden, y Tegeruk, le ayudaron a escapar. Hicieron falta muchos de mis guardias para traerlos de vuelta.

— ¿Cómo descubristeis que no estaba aquí? — preguntó Maese Lepkin.

—Vuestro enano advirtió que Erik no estaba en su cama, e hizo sonar la alarma.

—Maese Lepkin, yo sólo intenté--

— ¡Guardad silencio! — ordenó el prelado. —No hablaréis a menos que yo lo autorice.

Maese Lepkin se volvió hacia Al y asintió. —Escucharé vuestras palabras, buen enano, — dijo Lepkin. Se dio cuenta de que el prelado abría la boca para hablar, pero Lepkin permitió a su espada inflamarse. Las llamas otorgaron un aspecto fantasmal al enfadado rostro de Lepkin. El despliegue de poder fue suficiente para acallar las protestas del prelado.

—Para explicarlo con las menos palabras posibles, — empezó Al. —Últimamente he estado recibiendo mensajes de la Casa Lokton. La naturaleza de los mensajes era sombría. La Casa Lokton y la Casa Cedreau han caído en una batalla de sangre. He intentado mantener las cartas alejadas de Erik, pero ayer por la noche las encontró. Sólo me preocupa su seguridad, y esta es la razón por la que hice sonar la alarma, no he tenido nada que ver con la orden del prelado de mantener aquí a Erik.

—Gracias, Al, — dijo Maese Lepkin con una inclinación de cabeza. Reflexionó sobre las palabras que acababa de oír. Por unos instantes, le resultó difícil concentrarse. Sintió cómo empezaba a sudarle la frente, pero sabía que debía aguantar la presión. No podía mostrar ningún síntoma de debilidad, o el prelado se haría con el control de este juicio. Lepkin se volvió hacia Marlin a continuación. —Habladme sobre la orden del prelado de mantener aquí a Erik, — dijo Lepkin.

—He estado entrenando a Erik en preparación para la Prueba Exaltada de Arophim, — empezó Marlin. —Demuestra mucho potencial. Es el mejor que he visto, o incluso oído, jamás. Pero me temo que su poder es demasiado fuerte. Sin la cantidad adecuada de entrenamiento, la prueba le matará.

—La prueba sólo mata a aquellos que son malvados, — interrumpió el prelado.

Maese Lepkin se giró y apuntó al prelado con su amenazadora hoja. —Permaneceréis en silencio—. El prelado palideció y se echó hacia atrás en su asiento. Lepkin mantuvo su amenazante mirada sobre el prelado durante unos momentos antes de permitir continuar a Marlin.

—Normalmente, la prueba sólo castiga a aquellos que guardan maldad en su corazón. A veces, sin embargo, la prueba puede matar sin encontrar maldad en el corazón del que se somete a la prueba. La prueba despierta toda la capacidad del individuo. Es algo que debe hacerse para poder examinar su corazón. En el caso de Erik, el don es tan fuerte que despertarlo por completo le partirá literalmente en dos. Si tuviera unos cuantos años más para entrenarle, creo que podría dominarlo y pasar la prueba con un riesgo mínimo, pero aún así habría una cantidad considerable de peligro. En conciencia, no puedo forzarle a someterse a la prueba mientras esté sin preparar. El tiempo que hemos pasado juntos no ha sido ni una fracción del que necesita para entrenarse adecuadamente—. Los brillantes ojos de Marlin se llenaron de lágrimas.

—¿Informasteis de esto al prelado? — preguntó Lepkin.

—Lo hice, pero dijo que si Erik se negaba a pasar la prueba, le obligaría contra su voluntad, — contestó Marlin. —Aún si pudiera contradecir las leyes de los Antiguos y obligar a alguien a pasar la prueba, no podría condenar a Erik a muerte.

—He oído suficiente, — dijo Maese Lepkin con una inclinación de cabeza. El fuego que rodeaba su espada rugía y crepitaba, goteando fuego líquido en el suelo que achicharraba el mármol con un siseo. —Soy Nacido de Dragones, como han sido todos los Guardianes. Como tal, ostento el poder de derrocar a la máxima autoridad de la orden si considero oportuno hacerlo. Este es el caso ahora. Ordeno al prelado bajar de su tribuna.

—Esto no se ha hecho nunca antes, — dijo uno de los altos sacerdotes del tribunal en voz alta. —Esto no es algo que pueda hacerse movido por el despecho, Guardián.

—No es despecho lo que guardo en el corazón, — dijo Maese Lepkin. —Se aproxima una guerra. Los ejércitos del bien necesitarán generales competentes. Por lo tanto, voy a efectuar un cambio. También podéis descender, alto sacerdote. Tampoco tengo necesidad de vos—. Los murmullos se dispersaron por toda la habitación.

—Os quiero recordar que para poder ganar esta guerra de la que habláis, necesitamos al Paladín de la Verdad, — gruño el prelado. —Hasta el Guardián caerá ante los poderes del libro. Vos lo sabéis.

Lepkin asintió escuetamente. —No puede obligarse a nadie a convertirse en el Paladín, igual que no puede forzarse a nadie a convertirse en el Guardián—. Lepkin miró a Erik y sonrió casi imperceptiblemente. —Hace muchos años, yo estaba destinado en el monasterio de Gelleirt. Mi deber consistía en proteger al trío de ancianos monjes que vivían allí, y por encima de todo, una colección de libros que llevaban más de media década traduciendo. Se trataba de una tarea aburrida. No se parecía en nada a las misiones que me habían encomendado hasta entonces. Aún así, me quedé debido a mi sentido del deber. Porque escogí quedarme.

—Un día, recibí una nota en la que se me comunicaba un desafío. Maese Orres me había desafiado por el derecho a aspirar a la mano de Lady Dimwater en matrimonio. Si hubo alguna vez una razón que me apartase de mi deber, fue esa. Reuní mis pertenencias y me alejé al galope del monasterio de Gelleirt. Los monjes me suplicaron que me quedase. Dijeron que su trabajo era de la máxima importancia. No les escuché. Estaba casi a una milla de distancia antes de detenerme en una elevada colina a sopesar mis acciones. Por alguna razón, era incapaz de deshacerme de la culpa que me asediaba por haberme marchado. Al volver la vista hacia el monasterio, vi una horda de jinetes Tarthun galopando directamente hacia allí.

—Tenía dos opciones. Podía continuar como si no hubiese visto a la horda. Después de todo, eran demasiados como para que yo los venciese, y yo estaba demasiado lejos como para ayudar a los monjes a escapar. Lo más probable es que fueran asesinados antes de que yo pudiera advertirles—. Maese Lepkin se giró hacia Lady Dimwater y vio lágrimas en sus ojos. —Deseaba desesperadamente continuar mi camino para enfrentarme a Maese Orres. Lady Dimwater y yo nos habíamos enamorado antes de mi misión en el monasterio de Gelleirt. Habíamos hablado muchas veces de matrimonio, pero ella había sido prometida a Orres por su padre. Le supliqué a Orres que cancelase el compromiso, pero se negó a hacerlo. Proclamó que había insultado su honor. Tras una acalorada discusión, aceptó mi oferta de batirnos en duelo por su mano, pero dijo que escogería el momento y el lugar. Maese Orres no tenía forma de saber que el monasterio de Gelleirt sería atacado cuando lanzó el desafío.

—Mi decisión de volver y combatir a la horda es una que he lamentado en secreto durante toda mi vida. Sí, salvé a los monjes y al monasterio. Di muerte a los trescientos hombres con mi espada. Mis hazañas en el monasterio de Gelleirt me han procurado fama y también me valieron eventualmente la invitación de convertirme en el siguiente Guardián de los Secretos, al envejecer demasiado mi predecesor. Aunque estas deberían ser cosas de las que estar orgulloso, no lo estoy. Mi batalla en el monasterio de Gelleirt me arrebató el derecho a luchar por la mano de mi amada. Como no me presenté para responder al desafío de Orres, perdí el derecho a cortejar a Lady Dimwater.

—Mientras me entrenaba para convertirme en el siguiente Guardián, aprendí todos los derechos y responsabilidades que entrañaría el puesto. Una de las cosas que me resultó más interesante es que me convertiría en un Nacido de Dragones. Se me iba a otorgar la capacidad de convertirme en un dragón, en caso necesario. Esto me otorgaba no sólo la fuerza física para luchar contra las fuerzas del mal, sino también el derecho a presidir sobre todos los asuntos de esta orden. El Guardián que me entrenó, me explicó que no debía huir nunca más de mis deberes, como casi había hecho en el monasterio. Me encontraría para siempre en una posición que exigía los más altos estándares de honor. Quería decir que no, pero como ya había perdido mis posibilidades de aspirar a Lady Dimwater y mi predecesor estaba próximo a la muerte, accedí a convertirme en el siguiente Guardián.

—Expulsé por la fuerza la pena que sentía por perder a Dimwater consagrándome a mis deberes. Desde entonces, mi vida ha sido una de total dedicación—. Lepkin se giró para mirar al prelado. —Ahora que soy el Guardián, es responsabilidad mía garantizar que esta orden se dirige adecuadamente. Afirmáis que he profanado el templo al introducir en él a Lady Dimwater, pero sois vos quien habéis profanado el templo. ¡Habéis retorcido las leyes!

—No permitiré que Erik se someta a la Prueba Exaltada de Arophim. La ley de los Antiguos es clara a este respecto. No debe forzarse nunca a ningún candidato a pasar la prueba. Obligar a alguien pervertiría la prueba. Lo que no habéis comprendido es que aún si la superara con éxito, su corazón no permanecería puro a menos que se presentase a la prueba por voluntad propia. Así pues, aunque sobreviviese, no la superaría, y seguiríamos sin tener un paladín—. Los ojos de Maese Lepkin se volvieron fríos, y enderezándose de pronto, agarró al prelado por el cuello de las vestiduras, tirando de él hasta situarlo frente a la tribuna y sin apartar la mirada iracunda de los ojos oscurecidos del hombre. Se inclinó hasta acercarse lo bastante como para que sólo el prelado escuchase sus próximas palabras. —Y no te permitiré que le arrebates a su familia, como me fue arrebatada mi amada, al imponerle un deber sin tener en cuenta sus deseos. Renunciaréis a vuestro puesto—. Maese Lepkin tiró fuertemente del prelado y el hombre voló hasta el suelo. Aterrizó con dureza, agitando los brazos y las piernas entre las vestiduras como un escarabajo patas arriba.

— ¡Esto es un ultraje! — rugió el prelado. — ¡Os habéis vuelto loco!

Lepkin señaló a Marlin. —Este es el nuevo prelado de la orden. Marlin es ahora el dirigente del Templo de Valtuu. Su sabiduría y estricto sentido de la moralidad son un ejemplo a seguir para todos vosotros—. Lepkin se volvió hacia el guardia que había junto a Marlin. —Tú también ayudaste a Erik y a Marlin. Eso quiere decir que también honras las leyes de los Antiguos. Serás el nuevo obispo. Ocupad ambos vuestros puestos.

— ¡Esto no se puede hacer! — gritó el prelado. Avanzó y agarró a Maese Lepkin por la nuca. Lepkin sintió una ráfaga de dolor en la cabeza que amenazaba con dejarle paralizado. Entonces, tan pronto como había llegado, desapareció. El prelado aulló con agonía, agarrándose su propia cabeza.

—Os advertí, — dijo Lepkin. —Mi palabra es suprema en este templo—. Lepkin se volvió a los otros que estaban observando. —Que esto le sirva de advertencia a cualquier que pretenda pervertir las costumbres de los Antiguos—. Lepkin señaló al prelado. —Rezo para que el nuevo prelado se asegure de que siempre se honren las leyes.

—Lo haré, — contestó Marlin inclinando humildemente la cabeza. —Esta orden reconoce al Guardián de los Secretos como el agente de los Antiguos. Siempre prestaremos oídos a vuestro consejo.

Maese Lepkin asintió. —Todavía queda una vacante en el tribunal, — dijo Lepkin señalando al alto sacerdote al que también le había dicho que renunciase. El alto sacerdote se apresuró a bajar de su asiento y se arrodilló ante Lepkin. —El nuevo prelado deberá elegir un sustituto que sea honorable.

Marlin asintió y volvió a inclinarse.

—Renunciaré a mi puesto como habéis pedido, pero os ruego que me permitáis permanecer en el templo— suplicó el alto sacerdote.

—Dejaré que el nuevo prelado decida vuestro destino, — replicó Lepkin. A continuación, señaló al ex-prelado con su espada llameante. —Quiero a este hombre apartado del templo. Sacadlo de mi vista—. Un par de guardias se apresuraron a apartar de allí al hombre. Todavía gemía y se agarraba la cabeza mientras se lo llevaban.

— ¿Qué ha decidido el Guardián sobre la prueba y sobre la familia de Erik? — preguntó Marlin.

—La prueba tendrá que esperar, — decidió Lepkin.

CAPÍTULO 12

—Vaya demostración, — dijo Al cuando todos se hubieron trasladado a una alcoba para permitir descansar a Lepkin. Erik asintió en silencio.

—Erik, — dijo Lepkin en voz baja. —Nadie puede obligarte a presentarte a la prueba. Si rehúsas pasarla, deberá respetarse tu decisión. Debes saber que ni yo, ni Al, te forzaremos nunca a hacerlo.

—Lo sé, — dijo Erik. —Siento haber entrado a la fuerza en el estudio de Al.

Maese Lepkin se rió suavemente. —Sí, pensaba que habías prometido no volver a llevar a cabo nada parecido después de que te pillaran en el estudio de Lady Dimwater—. Lepkin estaba tumbado de espaldas y tenía una muñeca sobre los ojos. — ¿Están de camino los sanadores?

—Sí, — dijo Dimwater con suavidad. —Están llegando.

— ¿Por qué no podéis ayudarle vos? — preguntó Erik inocentemente.

—He estado en un gran combate recientemente. Gasté la mayor parte de mi energía. Me llevará varios días recuperarme.

—Entonces, ¿me acompañaréis alguno? — preguntó Erik.

—Me temo que tendrá que esperar, — contestó Dimwater. —Yo estoy demasiado débil, y Lepkin debe disponer de tiempo para recuperarse de sus heridas.

—Suena como si los dos os hubieseis topado con algunos hechiceros, — aventuró Al.

—Sí, — respondió Dimwater. —Eran de la misma orden que Tukai. El que yo me encontré era mucho más poderoso, eso sí. Creo que había estado usando la ayuda de un Diablo de Sombras para suplementar sus habilidades mágicas.

— ¿Es posible que fuese obra de Be'alt el Negro? — preguntó Lepkin.

—Es posible, pero podría haber sido otro—. Dimwater se sentó en la cama junto a Lepkin y enjugó dulcemente el sudor de la frente del hombre con su manga. — ¿Por qué no me dijiste que habías intentado abandonar el monasterio?

—Tú sabías que no me fue posible asistir. La horda estaba allí, — contestó Lepkin.

—Pero nunca supe que habías intentado venir antes de ver la horda, — dijo Dimwater, mientras una lágrima se deslizaba por su mejilla. —Eso marca toda la diferencia del mundo para mí.

Lepkin la miró por debajo de su muñeca y sonrió débilmente.

Se abrió la puerta y entró Marlin, el nuevo prelado, acompañado por otros seis hombres con vestiduras blancas. —He traído a los sanadores.

— ¿No deberíais estar en la cámara del consejo? — le regañó Al en broma.

—El nuevo obispo se ha adaptado muy rápidamente a su puesto. Está poniendo firme a todo el mundo mientras hablamos.

—Estupendo, — dijo Lepkin con una risita. —Estoy seguro de que lo hará bien.

—Debo pediros a todos que os vayáis. Lady Dimwater, tres de estos sanadores han venido en vuestra ayuda, si la deseáis.

— ¿No me ve el nuevo prelado bajo la misma luz que el anterior? — preguntó Lady Dimwater.

—Hasta juzgando a través de las auras, a algunos les ciegan demasiado los primeros colores que ven como para ver el corazón que se oculta en su interior. Perdonad a los otros.

—Está olvidado, — dijo Dimwater.

—Por lo que a mí respecta, — continuó Marlin. —Sólo veo a una aliada para la causa. Me honra recibir en mi templo a

222

quien inspira el amor del Guardián. Quizá me permitáis el atrevimiento de solicitar el honor de oficiar la boda, si ha de haber una—. Tanto Lepkin como Dimwater se sonrojaron. —Perdonadme, — dijo Marlin. —Veo el amor que cada uno de vosotros atesora por el otro. Simplemente asumí que podría ser el deseo de ambos.

—La única manera de ganarme el derecho a la mano de Dimwater es que Maese Orres levante su espada contra mí. Como no conseguí presentarme en el duelo, he perdido el derecho a iniciar cualquier desafío por su mano.

— ¿Y Maese Orres no quiso vuestra mano después de ganarla? — preguntó Marlin, perplejo.

—Por la misma razón por la que vuestra orden piensa que yo profano el templo, Maese Orres tiene derecho a mi mano, pero rehúsa tanto casarse conmigo, como permitir que Lepkin me despose, — dijo Dimwater con tranquilidad.

—Ah, perdonadme, — dijo Marlin. — ¿Hay cualquier otra manera?

Lepkin se sentó y se apoyó en el codo para mantenerse erguido. — ¿Podríais excusarnos todos? — preguntó. Dimwater y Al le miraron interrogativamente, pero ambos asintieron. Los sanadores salieron primero, seguidos por Lady Dimwater. Al cogió a Erik por el hombro y empezó a conducir al chico al exterior, pero Lepkin interrumpió. —Erik puede quedarse.

Al paseó la mirada de uno a otro y después se encogió de hombros y salió.

— ¿Qué puedo hacer por vos? — preguntó Erik.

—Ya veremos, — dijo Lepkin con una sonrisa. — Perdóname por no hablarte antes sobre el monasterio de Gelleirt. No quería que lo descubrieras así.

—No pasa nada, Maese Lepkin, — dijo Erik sonriendo.

—Hay un diario en la alforja que hay en el suelo junto a la pared. Las páginas del interior están en blanco. ¿Puedes ir a buscarlo, Erik? — Erik asintió y se apresuró a buscar el diario.

— ¿Es esto?

—Anécdotas del Viajero Olvidado, — dijo Marlin vislumbrando el título. — ¿Puedo preguntar a quién pertenece este diario?

—Primero he de hacer una pregunta, — dijo Lepkin. — ¿Cómo de bueno es Erik? ¿Es capaz de discernir la verdad del error?

—Casi siempre, — dijo Marlin.

— ¿Podría percibir que estáis mintiendo, o intentando ocultar algo? — preguntó Lepkin. Marlin arrugó el ceño, pero confirmó que Erik lo sabría.

—He estado entrenando con Marlin, con el prelado quiero decir, — dijo Erik.

—Puedes llamarme Marlin, — dijo este con una sonrisa. —Ante todo y sobre todo, somos amigos, a los que nunca deben distanciar los títulos y puestos—. Marlin le revolvió el pelo a Erik y después se volvió a mirar a Lepkin. —Erik lo sabría si yo intentase mentir. ¿Qué es lo que queréis preguntarme?

—Sólo hay una manera de recuperar el derecho a la mano de Lady Dimwater, — dijo Lepkin. La esperanza relucía en sus ojos mientras levantaba el libro. —Si encuentro prueba de fechorías cometidas por Orres, o si puedo encontrar cualquier cosa que ponga su honor en entredicho, tendré derecho a volver a desafiarle.

—Ah, ¿entonces este es el diario de Orres? — preguntó Marlin.

—Está bloqueado con un hechizo. Las palabras son invisibles. No soy capaz de desbloquearlo, pero tampoco puedo hacer que otra persona lo haga, a menos de estar seguro de que dicha persona no va a manipularlo—.

—Entiendo, ¿entonces queréis que yo desbloquee el diario para vos, con Erik presente para verificar que no lo he manipulado? ¿Es eso? — preguntó Marlin.

—Eso es lo que deseo. ¿Puede hacerse?

Marlin se giró para mirar a Erik. —Debo explicar que si hacemos esto y Orres demuestra estar en falta, él y tu maestro se batirán en duelo a muerte. Si me ayudas a desbloquear este diario, serás en parte responsable.

Erik meditó sobre esto en silencio durante unos momentos. —Lo haré con una condición, — dijo. —Después de esto, se me permitirá volver a mi casa y ayudar a mi padre. Creo saber lo que significa la profecía, y pienso que puedo vencerla.

—Erik, las profecías de los hechiceros no pueden ser vencidas, siempre se convierten en realidad. Quizá no de la manera que esperamos, pero siempre se cumplen, — replicó Maese Lepkin. Su sonrisa era amable y dulce, en un deseo de suavizar sus palabras. —Pero si ese es tu deseo, entonces lo concedo. Sin embargo, te pido que permitas a Al que te acompañe. Es un magnífico guerrero, y pondrá tu vida por delante de la suya propia si fuese necesario.

—Yo podría enviar a algunos miembros de la guardia del templo también, — ofreció Marlin.

—Los guardias del templo no están bien considerados por la mayoría de los ciudadanos del reino, — replicó Lepkin. — Además, dos caballos son más sigilosos que seis u ocho. Y necesitaré aquí a la guardia.

—Entiendo, — dijo Marlin rápidamente.

—Así pues, ¿podré irme en cuanto este diario esté desbloqueado? — preguntó Erik.

—Siempre y cuando Al vaya contigo, — dijo Lepkin asintiendo.

—Entonces, ¿qué hacemos para desbloquear el libro? — preguntó Erik.

*****

Janik estiró la pierna izquierda y se masajeó detrás de la rodilla con la mano derecha. El Senador Bracken estaba sentado frente a él en la mesa, con sus asistentes sentados bastante fuera del alcance del oído en otra mesa en la parte de atrás de la pequeña posada.

—¿Todavía tienes el dolor? — preguntó el Senador Bracken.

—Los demonios infligen heridas que encuentran la manera de quedarse contigo, — contestó Janik con una sonrisa torcida. — Pero vos lo sabéis todo sobre eso, ¿verdad? — El Senador Bracken devolvió la sonrisa y asintió mientras tomaba un sorbo de cerveza de la taza de barro oscuro que tenía delante. — ¿Qué tal fue vuestra reunión con el Rey Threntonsirai?

—Mejor de lo que esperaba, — dijo el Senador Bracken. —Como sabéis, el rey enano se ha apartado de las costumbres de los Antiguos. También ha jurado permanecer en Roegudok Hall, sin importar qué tipo de enemigo ataque al Rey Mathias.

—¿Dijo eso? — las cejas de Janik se dispararon y se recostó en la silla con una sonrisa complacida en la cara.

—Bien, lo dijo con esas mismas palabras, — contestó el Senador Bracken. —Vuestro amigo Lepkin también se presentó. Puede dar fe de mi historia, si todavía está vivo, claro.

—Yo no le subestimaría, — dijo Janik. —Es más difícil de matar que una cucaracha hecha de piedra.

—Eso he oído. En cualquier caso, si no está muerto, desde luego no está en buena forma. ¿Qué tal van las cosas por vuestro lado?

—Pude obtener el cuchillo de la caja fuerte de Orres. Acababa de confiscárselo a Eldrik una semana antes por llevarlo en la Academia Kuldiga. Se lo di a Sir Duvall, que no tardó en clavárselo al magistrado en la espalda.

—Apuesto a que eso no le sentó bien al Señor Stilwell, — se rió el Senador Bracken.

—No, — contestó Janik mientras la camarera se acercaba y le rellenaba la jarra. —Desde luego contratan buena ayuda en esta posada, — dijo Janik, echando un vistazo a la figura de la mujer.

—Sí que lo hacen, — acordó el Senador Bracken. Le echó un vistazo a la baja mujer rubia de la cabeza a los pies con ojos ávidos. —Tendré que proponerme volver aquí una vez concluido nuestro asunto con la Casa Lokton—. La camarera se sonrojó modestamente y se apresuró a marcharse en cuanto terminó de rellenarles las jarras. —Volvamos al tema que nos ocupa, — dijo el Senador Bracken después de observar la marcha de la camarera. — ¿Qué hacemos con Erik?

—Ah, sí, el chico sigue caminando entre los vivos, — dijo Janik. —No podemos consentirlo.

—No, no podemos, — repitió malévolamente el Senador Bracken.

—No os preocupéis, amigo mío. Tengo a Sir Duvall bombardeando el Templo de Valtuu con ruegos de que Erik vuelva a casa y defienda el honor de la Casa Lokton. El muchacho ya ha pasado su Konn Deta después de todo, por lo que está obligado por su honor a responder a la llamada.

—Olvidáis algo, — interrumpió el Senador Bracken, levantando un dedo. —Lepkin nunca permitirá a Erik ver esos mensajes. Sabe que el chico correrá a su casa. Lepkin no es tan necio.

—Puede que no, — contestó Janik asintiendo. —Pero conozco a Erik muy bien. He pasado muchos meses haciéndome amigo del chico. Sé que antes o después, su curiosidad obtendrá lo mejor de él. Pondrá las manos en una de esas cartas, y entonces se habrá acabado el juego. Ni siquiera Lepkin será capaz de hacer entrar en razón al chico. Erik volverá con la esperanza de detener la profecía, si no por nada más.

—Vos sabéis mejor que yo lo que funcionará con el chico, — dijo el Senador Bracken encogiéndose de hombros.

—Eso es, — afirmó Janik. —Y entonces, cuando Erik, y Lepkin si todavía sigue vivo, caigan en nuestra trampa, me libraré de ellos.

—Erik primer, por supuesto, — aportó el Senador Bracken.

—Por supuesto, — dijo Janik. —Y vos también estaréis allí, para recoger los pedazos de las dos casas cuando se estrellen la una contra la otra. Después de todo, un senador debe mantener el orden en el reino.

—Desde luego, — el Senador Bracken soltó una risita diabólica. —Y mientras tanto, el Mago Erthor estará marchando contra el Templo de Valtuu para recuperar el Secreto de Nagar. Sin Lepkin o Erik para detenerle, será como quitarle un caramelo a un niño.

—Especialmente con ese poco moderado prelado a cargo del lugar, — añadió Janik. —Quizá, si tenemos suerte, el prelado ya habrá hecho a Erik pasar la Prueba de Arophim y el chico ya esté muerto. Claro que no importa, porque si Erik todavía sigue vivo, la profecía de Tukai le corroerá por dentro hasta que termine por volver.

—Mmmm, supongo que eso puede funcionar, — contestó el Senador Bracken. —Bebamos a la memoria de Tukai—. El Senador Bracken levantó la taza en el aire. —Su sacrificio no será en vano.

—Verdaderamente, recibirá su recompensa cuando el libro sea encontrado y abierto—. Janik brindó con su taza contra la del Senador Bracken y ambos bebieron largamente. La puerta de la posada se abrió en ese momento. El aire de la noche irrumpió en la estancia como una inundación. Ambos levantaron la mirada, y sonrieron al ver a Sir Duvall.

—Saludos, caballeros, — dijo Sir Duvall en voz baja mientras se quitaba la capa.

—Llegáis tarde, — dijo Janik mientras Sir Duvall se sentaba en una silla junto a él.

—Es más difícil escabullirse con todas esas patrullas continuas y los ejercicios durante todo el día. No os creeríais lo que he tenido que decir para librarme de los ejercicios y venir a esta reunión.

—No importa, pronto habremos terminado con la Casa Lokton—. Janik hizo un movimiento con la mano en dirección al Senador Bracken. — ¿Os he presentado? — preguntó a Sir Duvall.

—He oído hablar del Senador Bracken, aunque no he tenido el placer de conocerle—. Sir Duvall tendió la mano a modo de saludo, pero el Senador Bracken no se la estrechó.

—Lamentablemente, el senador lleva meses muerto. Yo sólo he tomado la forma de su cuerpo.

—Entonces, ¿quién sois? — preguntó Sir Duvall.

—Su nombre es Gondok'hr, — dijo Janik. —Es un miembro de la Orden del Ojo Que Todo lo Ve. Conocía bien a Tukai, que asistió al banquete de la Konn Deta de Erik—.

—No sabía que nos codeáramos con hechiceros, — protestó Sir Duvall.

—No importa con quién trabajemos, — dijo Janik. —Sólo importa que ganemos, y que nuestros aliados tengan objetivos en línea con los nuestros—. Janik se acabó la cerveza y sonrió mientras palmeaba a Sir Duvall en la espalda. —Gondok'hr ha estado trabajándose el senado estos últimos meses, y también al rey de los enanos. Estamos casi perfectamente situados para hacer nuestro movimiento.

—Excepto por la Casa Lokton y la Casa Cedreau, claro, — añadió Gondok'hr con una mueca malvada. —Decidme, Sir Duvall, ¿pelearán las dos casas entre sí?

Sir Duvall paseó la mirada entre Janik y Gondok'hr con una expresión sombría. Se inclinó hacia delante en la mesa, descansando los codos y mirando a la mesa durante un momento antes de empezar a hablar. —Como he jurado hacer, he hecho todo lo que se me ha pedido. He difundido el rumor de la profecía--

—La profecía no es un rumor, — interrumpió Gondok'hr. —No deberíais insultar así a los hechiceros. La profecía se hará realidad.

—Sí, — dijo Sir Duvall. —Sólo quería decir que he creado discordia entre la Casa Lokton difundiéndolo. Ha afectado sin duda a la moral de los hombres bajo el mando de Lord Lokton, eso os lo puedo asegurar. Se ha extendido tanto que ni siquiera tuve que implicar que la profecía estaba detrás del asesinato del Magistrado. Mató al magistrado y coloque el cuchillo del chico mayor de Cedreau en la espalda del hombre, y cuando conduje al Señor Stilwell hasta él, el propio Stilwell juró que era el comienzo de la profecía. La noche después de que habláramos con Lord Lokton, hice arreglos para liberar al Señor Stilwell. Le conduje hasta la Casa Cedreau y el Señor Stilwell disparó una flecha a través de la ventana del dormitorio de Eldrik—. Sir Duvall enterró la uña del pulgar en la madera de la mesa con nerviosismo. —Salvo que no matamos a Eldrik. El Señor Stilwell asesinó a Timon, el hijo menor de Lord Cedreau.

—Mmm, qué deliciosa ironía, — dijo Gondok'hr mientras sonreía enseñando los dientes. —Estoy seguro de que la muerte del hijo menor fue suficiente para invocar a los ejércitos de la Casa Cedreau.

—Y Lord Lokton ha llamado a los suyos en su defensa. Deberán encontrarse mañana en el campo para un parlamento, pero me aseguraré de que ambas casas peleen entre sí—. Sir Duvall dejó que escarbar la madera de la mesa con la uña del pulgar y levantó la vista, sonriendo a su vez. —Cuando Lokton y yo cabalguemos en dirección al parlamento con Lord Cedreau y su hijo mayor, haré que el Señor Stilwell se esconda en los árboles cercanos. Tiene instrucciones de disparar una flecha y matar a Eldrik—. Sir Duvall se reclinó en el asiento y cruzó los brazos con orgullo.

— ¿Y qué sucede si Eldrik no participa en el parlamento? — preguntó Gondok'hr.

—No hay problema, — dijo Sir Duvall con un ademán de la mano derecha. —El Señor Stilwell matará a Lord Cedreau en vez de ello, y si ninguno de los dos se presenta para el parlamento, entonces el Señor Stilwell matará a Lord Lokton con la flecha. Vaya como vaya el asunto, parecerá como si una de las casas hubiese traicionado a la otra. Los caballeros no lo aguantarán. Mañana habrá sangre, y en grandes cantidades.

*****

Erik y Al galoparon sin descanso, bordeando el límite meridional de las tierras de Lord Cedreau y dirigiéndose hacia la Mansión Lokton con toda la rapidez de la que eran capaces. Ambos caballos estaban cubiertos de sudor espumoso, pero ninguno de los corceles daba señales de disminuir su velocidad. Goliath lideraba el camino, con Erik sobre la grupa. Al estaba a dos cuerpos de caballo de distancia, pero mantenía bastante bien el ritmo. Desde que habían salido del templo no se habían detenido salvo para dormir durante sólo un par de horas y dejar descansar a los caballos. Las comidas las hacían a caballo, o directamente se las saltaban.

Llegaron al límite entre las tierras de la Casa Lokton y la Casa Cedreau justo antes de mediodía. Cabalgaron hasta la cima de una ladera de considerable tamaño cubierta de hierbas verdes y marrones para poder echar un vistazo a su alrededor. Erik se puso de pie sobre los estribos y dirigió la mirada más allá del bosque que había al otro lado de la colina. El corazón casi se le detuvo en el pecho al ver a los dos ejércitos uno frente al otro. Esperaba que no fuese demasiado tarde.

Los dos ejércitos estaban formados por varios cientos de hombres, la mayoría armados con lanzas y conducidos por más o menos una veintena de hombres a caballo. Lord Lokton cabalgaba al frente del ejército de la Casa Lokton. Erik lo supo al ver la capa verde ondeando al viento mientras Lord Lokton hacía trotar orgullosamente a su caballo hasta el centro del campo de batalla. Otro caballero le acompañaba, aunque Erik no pudo distinguir de quién se trataba. Ninguno de los caballeros al servicio de Lord Lokton llevaba capas distintivas ni portaba estandartes. Todas sus armaduras habían sido fabricadas por Demetrius, por lo que resultaban indistinguibles, excepto por los escudos familiares que llevaban en los escudos, y Erik estaba demasiado lejos para ver el escudo del caballero.

Dos hombres cabalgaban al frente del ejército de la Casa Cedreau. Erik supuso que uno sería Lord Cedreau, ya que él también llevaba una fluida capa con los colores de su casa. El otro hombre que había junto a él parecía uno de los caballeros a su servicio, pero Erik no podía asegurarlo con certeza.

—Van a parlamentar, — dijo Al.

Erik asintió. —Lo sé.

—Si esa profecía es cierta, es posible que hagas que maten a tu padre si te acercas a ayudar. El otro ejército podría verlo como una señal de agresión, — dijo Al.

—Debo cabalgar junto a mi padre, — dijo Erik. —Quizá si nos acercamos por la parte de atrás, desde ese lado del bosque de allí, no parezcamos una amenaza—. Erik señaló hacia una sección alejada del bosque.

—Quizá, — dijo Al sin comprometerse.

Erik se giró y estaba a punto de decir algo cuando empezaron a oírse gritos procedentes del campo. Volvió rápidamente la cabeza para ver qué había sucedido. Lord Cedreau estaba en el suelo. — ¿Se ha caído del caballo? — preguntó Erik.

—No, muchacho, no se ha caído. Creo que alguien le disparó una flecha, pero no puedo estar seguro desde esta distancia—. Ambos ejércitos se abalanzaron hacia los oponentes a través del campo.

A Erik se le abrió la boca de espanto mientras observaba a Lord Lokton y al caballero que le acompañaba huir de la escena. Estaban galopando de vuelta a la seguridad del ejército. —Vamos, — dijo Erik. Espoleó a Goliath hacia delante. Al gruñó y le ofreció una rápida oración a los Dioses mientras intentaba no quedarse atrás.

—Erik, tu espada no supondrá una diferencia en esta batalla, deberíamos mantenernos apartados, — dijo Al mientras ambos avanzaban a toda velocidad hacia la línea de árboles con sus caballos. Erik le dirigió una agria mirada y apretó la mandíbula. Espoleó con mayor energía a su caballo. El caballo de Al se tropezó al meter la pata delantera derecha directamente en una madriguera de perro de las praderas. El enano salió disparado por el aire y se estrelló contra un joven pino. Habría llamado a Erik, pero el golpe le había dejado sin aliento. Al ritmo al que cabalgaba Erik, Al no estaba seguro de que el chico le hubiese oído, de todas maneras. Reprendió mentalmente al muchacho y se indignó con la impaciencia de la gente alta.

Para cuando Erik entró en el bosque, los sonidos de la batalla se habían extendido por toda la zona. El metal entrechocaba como el trueno y los gritos y gemidos de los hombres se elevaban y descendían como gigantescas olas en el mar. Esperaba que su padre estuviese bien. Renuentemente, hizo descender el paso de Goliath a un trote corto. El bosque era demasiado denso como para galopar a toda velocidad.

Se deslizó entre los árboles con toda la rapidez a la que se atrevía. No quería que su caballo se tropezara o perdiera pie en los espesos matorrales bajos o en las ramas muertas de árboles que chasqueaban y crujían bajo sus cascos. Erik se giró para decirle algo a Al, y entonces se dio cuenta de que el enano no estaba con él. Erik miró a su alrededor, asustado por la posibilidad de que Al hubiese sido derribado por enemigos invisibles que se habían ocultado en el bosque. Finalmente, vio al enano de pie junto a su caballo caído. Era evidente que el caballo estaba herido.

—Ahora no me puedo detener, Al, — se disculpó Erik con un susurro. Le dio la espalda al enano y continuó con Goliath. Había recorrido como la mitad del camino a través de la densa masa de árboles cuando Goliath se detuvo de pronto. Erik espoleó al caballo con los talones, pero el animal no se movió. —Vamos chico, no podemos pararnos ahora, — suplicó Erik. —Estamos demasiado cerca.

Una ramita se rompió a la derecha de Erik. Erik sacó la espada antes aún de que su mente distinguiese el sonido que acababa de escuchar. No estaba solo.

*****

—Está hecho, — dijo el Señor Stilwell con una sonrisa en la cara.

Sir Duvall sonrió. —Ese ha sido un buen tiro, amigo mío, — dijo Sir Duvall. —Una pulgada a la derecha o a la izquierda y no habría sido fatal, pero claro, siempre habéis sido el mejor tirador que he conocido—. Sir Duvall desmontó y se dirigió hacia el Señor

Stilwell, siguiéndole a una pequeña arboleda. —Hay alguien a quien quiero que conozcáis—.

— ¿Quién? — preguntó el Señor Stilwell. Sir Duvall se limitó a hacer un gesto con la cabeza hacia la arboleda. Ambos se introdujeron entre los árboles, en cuyo centro había un hombre vestido con ropajes senatoriales. — ¿Qué es esto? — preguntó el Señor Stilwell. Deslizó la mano hacia su espada. Sir Duvall retrocedió algunos pasos y movió repetidamente ambas manos con las palmas hacia abajo en un movimiento tranquilizador.

—Tranquilo, mi joven amigo, — dijo Gondok'hr, todavía bajo la forma del Senador Bracken. —He solicitado veros sólo porque admiro vuestro valor—. El Señor Stilwell paseó la mirada entre el senador y Sir Duvall. Su rostro mostraba su desconfianza. —Entiendo vuestra agitación, Señor Stilwell, pero no está justificada.

—Señor Stilwell, este es el Senador Bracken, — dijo Sir Duvall, ya que se le había dicho que presentase así a Gondok'hr.

— ¿Qué queréis de mí? — preguntó el Señor Stilwell.

—Entiendo que fuisteis capaz de tomaros la justicia por vuestra mano, ¿es eso cierto? — preguntó el Senador Bracken.

El Señor Stilwell volvió la vista a Sir Duvall, que asintió y sonrió, indicando que se podía confiar en el Senador Bracken. —Es cierto. Lord Lokton no quería hacer justicia, así que la hice yo.

—Eso es realmente impresionante, — comentó el Senador Bracken. — ¿Le habéis hablado a alguien más sobre esto?

—No, senador, no soy un necio, — dijo orgullosamente el Señor Stilwell.

El Senador Bracken miró al Señor Stilwell a los ojos durante un momento, como buscando la verdad en las palabras del hombre. Finalmente, asintió con la cabeza y sonrió. —No se lo ha dicho a nadie. Eso es bueno—. El Senador Bracken levantó la vista hacia Sir Duvall. — ¿Y confío en que vos habéis sido igualmente discreto?

—Por supuesto, senador, — dijo Sir Duvall. —No osaría poner en peligro mi misión.

—Bien, me alegra escucharlo—. El Senador Bracken se volvió hacia el Señor Stilwell y sonrió con calidez. —Sir Duvall ha hecho un trato con un aliado mío. A cambio de sembrar la discordia entre las dos casas, se le ha prometido una grandiosa hacienda, con vastas tierras. ¿Qué os ha prometido Sir Duvall a vos, Señor Stilwell?

—¿De qué está hablando, Sir Duvall? — preguntó el Señor Stilwell. Volvió a extender la mano hacia la espada.

—¿Qué estáis haciendo? — le preguntó Sir Duvall al Senador Bracken.

—Ah, ¿entonces Sir Duvall no os ha contado que realmente fue él quien mató a vuestro primo, el magistrado? — insistió el Senador Bracken. El hechicero podía sentir la rabia creciendo dentro del Señor Stilwell. Para Gondok'hr, el olor de la rabia de un hombre era más apetecible que los aromas de un festín. Disfrutaba jugando de esta forma con la gente.

—Eso es una locura, jamás haría algo parecido, — mintió Sir Duvall. El Señor Stilwell soltó la espada de la vaina y dio dos pasos hacia Sir Duvall. El caballero desabrochó su propia espada y la sostuvo en alto preparada para el ataque.

—Confiaba en vos, — gritó el Señor Stilwell. —Maté a esas personas.

—Ah sí, Lord Cedreau y su hijo menor, — interrumpió el Senador Bracken con una risotada. —Eran completamente inocentes, eso os lo puedo asegurar. Lo siento, Señor Stilwell, pero da la impresión de que os han tomado bien el pelo.

—Ya basta, — increpó Sir Duvall al falso senador.

El Señor Stilwell se inclinó hacia delante y lanzó una estocada a ciegas con la espada. Sir Duvall bloqueó los descontrolados sablazos y atacó bajo con un golpe directo al abdomen del Señor Stilwell.

Gondok'hr observaba desarrollarse la escena con deleite. Su placer fue máximo al ver al Señor Stilwell caer de espaldas, agarrándose la herida mortal del estómago. El hombre intentó maldecir a Sir Duvall, pero no le quedaba fuerza suficiente para ello.

—Ha sido encantador, — dijo el Senador Bracken después de observar cómo al Señor Stilwell se le escapaba la vida.

—¿Por qué habéis hecho eso? — preguntó Sir Duvall. — Podíamos haberle utilizado. Eso era totalmente innecesario. Además, me habéis puesto en peligro con ese numerito vuestro.

—Uy, uy, Sir Duvall, vaya genio que os gastáis. Pero me temo que este hombre ya no era más que un cabo suelto que necesitaba ser atado. En cuanto al peligro, dejadme preguntaros algo. ¿Qué hombre es el más poderoso de esta arboleda?

Sir Duvall frunció las cejas en un apretado nudo sobre el puente de la nariz. Entonces, como si acabara de tener una iluminación, abrió mucho la boca y dejó caer la espada al suelo. —Esperad, yo no soy un cabo suelto. Todavía puedo resultar útil. No hagáis esto, os lo ruego.

—Me gusta cuando los hombres ruegan por sus vidas, — dijo Gondok'hr con una sonrisa. —Sin embargo, no me resulta tan placentero como cuando se enfadan lo bastante como para luchar por sus vidas. Me resulta un entretenimiento mucho más dulce. Pero tendré que conformarme con lo que se me presenta.

—No, por favor, no se lo contaré a nadie. Todavía puedo ayudar.

—Eso ya no será necesario, — replicó Gondok'hr con una malvada sonrisa. El hechicero estiró un dedo huesudo y señaló a Sir Duvall. El caballero se dio la vuelta y huyó. El último sonido que escuchó fue el restallar de un relámpago.

*****

—Erik, ¿eres tú? — llamó una voz familiar desde unos arbustos cercanos. —Soy yo, Janik, — dijo el hombre.

— ¿Janik? — preguntó Erik, bajando la espada sólo un poco. Se le dibujó una sonrisa en la cara cuando su tullido amigo salió cojeando de entre los arbustos. Erik se preguntó por qué estaba aquí, y cómo había llegado. El atuendo forestal y la espada de Janik eran prueba de que esto no era un viaje casual. — ¿Qué estás haciendo aquí? — preguntó Erik bajando de un salto de Goliath.

—He venido a comprobar que tú y tu padre estéis bien. Escuché que te habían enviado lejos de la Academia Kuldiga, así que pensé que podrías estar aquí. Parece que he llegado justo a tiempo.

—Desde luego, — dijo Erik. —Ven, tenemos que llegar hasta mi padre, está en la batalla.

—Me temo que no puedo permitirte que hagas eso, — dijo Janik con una mueca. —He oído hablar sobre la profecía que Tukai reveló en el banquete de tu Konn Deta. No quiero arriesgarme a que se convierta en realidad.

—Pero mi padre podría morir ahora mismo. Tenemos que llegar hasta él.

—No te preocupes, amigo mío, — dijo Janik con un amplio arco de la espada. —Lady Dimwater está aquí, y ha entretejido un hechizo protector en torno a tu padre.

El corazón se le detuvo a Erik en el pecho. ¿Podría ser cierto? ¿Podría haber llegado ya Lady Dimwater? Había dicho que necesitaba descansar. También podía ser que si había sido capaz de descansar un poco, podría haber usado su espejo mágico para llegar aquí aún antes que él y Al. Estaba a punto de preguntar sobre ello, pero Janik habló primero.

— ¿Está Maese Lepkin contigo? — preguntó Janik.

Erik sacudió lentamente la cabeza. Si Lady Dimwater había llegado, sin duda le habría hablado a Janik sobre el estado de Lepkin. Algo no encajaba. —No, Lepkin no está conmigo.

— ¿Dónde está, Erik, está bien? — insistió Janik.

Erik no sabía qué decir. No estaba seguro de lo que estaba sucediendo. Convocó su poder, intentando ver si quien tenía delante era el auténtico Janik. Después de usar su poder, Janik seguía allí de pie, sonriendo pacientemente y esperando la respuesta. —Ha vuelto al templo, — contestó Erik finalmente.

—Ah, ya veo, — dijo Janik. Erik detectó una ligerísima mueca de disgusto.

— ¿Pasa algo malo? — preguntó Erik.

—No muchacho, simplemente desearía que estuviese aquí para ayudar, eso es todo.

— ¿Cuándo ha llegado Lady Dimwater? — preguntó Erik.

—Vino conmigo hace sólo unas horas, — dijo Janik. — Usamos su portal mágico.

Erik sintió un nudo en su interior. No le cabía ninguna duda de que Janik estaba mintiendo. Se le pasó por la cabeza la idea de que quizá otro hechicero había engañado a Janik para que pensase que estaba con Lady Dimwater, pero su intuición le contó la verdad sobre el asunto. A Erik le quemaba el corazón. Podía sentir las aviesas intenciones de Janik hacia él. Tenía que pensar, y hacerlo rápidamente.

—Janik, debería volver al borde del bosque, he traído algo que podría ayudarnos, — dijo Erik.

— ¿De qué se trata, chico? — preguntó Janik a su vez.

—Espera aquí, iré a buscarlo, — dijo Erik. Giró a Goliath y espoleó con fuerza al caballo con los talones. El caballo deshizo a toda velocidad el camino por el que habían venido, pero Erik no llegó lejos. Una fuerza invisible le derribó de la grupa de Goliath y lo arrojó al suelo como un saco de estiércol. Aterrizó con dureza sobre la espalda y se quedó sin aliento. Tenía los pulmones paralizados y era incapaz de llenarlos. Se agarró el pecho y se retorció en el suelo mientras los ojos se le llenaban de lágrimas.

—Erik, — dijo Janik en voz alta. Erik podía oír la pierna izquierda de Janik arrastrándose por la tierra y las ramitas mientras el hombre se aproximaba. —Sé cuándo estás mintiendo—. Erik escuchó el sonido del metal abriéndose paso a través de la madera. El apagado timbre de la espada de Janik le asustaba. Se acordó de las palabras que había pronunciado Lady Dimwater en su estudio. Ahora, Erik sabía que ella había estado en lo cierto. Janik no era un oponente débil, a pesar de su deformidad.

Finalmente, Erik consiguió introducir aire en sus pulmones. Se puso en pie de un salto y echó a correr. Si no podía combatir a Janik, quizá pudiera ganarle en velocidad. Se estampó contra otro muro invisible y volvió a caer de espaldas al suelo. Le empezó a sangrar la nariz y le ardía el labio donde sus dientes inferiores habían partido la piel al impactar contra el muro.

—Erik, muchacho, estoy decepcionado—. Janik se acercó cojeando, ahora mientras arrastraba la punta de la espada por la tierra. —El aprendiz que se batió en duelo con tantos en un solo día, ahora tiene miedo de luchar contra un tullido. ¿Qué pensará tu padre cuando se lo cuente?

Erik se puso en pie. —De acuerdo, — dijo enjugándose la sangre de la cara. Agarró la espada con fuerza y avanzó lentamente. Sabía que no podría correr, así que se preparó para pelear hasta las últimas consecuencias. Fijó la imagen de su padre en su mente. Vio a Lord Lokton pelando naranjas en el solárium. Después su mente se volvió hacia Raisa, y luego hacia Braun. Pronto se imaginó a todos los miembros de la Casa Lokton y las villas circundantes. Se centró en estas personas. Lucharía por ellos. Erik dejó escapar un chillido y cargó hacia delante, lanzando un barrido con la espada hacia el costado de Janik.

Janik se rió y dio un golpe en un árbol cercano con la parte plana de la hoja de la espada. Una onda sísmica se propagó por la zona, volviendo a tirar a Erik de espaldas. —Qué vergüenza, Erik, — se burló Janik. —En otra vida, podríamos haber sido amigos—. Janik clavó la espada en la tierra y después estiró la mano en dirección a Erik. Su dedo índice apuntaba directamente al pecho de Erik.

Erik parpadeó con los ojos empañados y concentró de nuevo su poder sobre Janik. Su mente se centró en algo que sus ojos naturales no podrían ver. Nuevamente pensó en sus seres queridos, y entonces pensó en todo lo que había aprendido en el Templo de Valtuu. Si ahora moría, el reino estaba condenado. Tenía la esperanza de que, de alguna manera, su poder y su reciente entrenamiento pudieran salvarle. Una luz blanca cegadora se propagó alrededor de Erik como una cáscara llameante. El hechizo de rayo de Janik se reflejó y rebotó en la cáscara blanca, atravesando velozmente los árboles y perdiéndose en el cielo.

— ¿Qué es esto? — gritó Janik. Expulsó otro proyectil de rayo, pero volvió a rebotar en la cáscara sin causar daño.

Erik aprovechó el momento. Se volvió a poner en pie y cargó contra Janik, y la cáscara se movió con él. Janik dejó escapar una andanada de proyectiles mágicos, pero ninguno de ellos penetró en la cáscara. Entonces, Janik se giró para sacar la espada de la tierra, pero era demasiado tarde para eso. Erik atravesó el pecho de Janik con su espada y la giró con un rápido movimiento de las muñecas.

Janik dejó escapar un grito de dolor y se cayó de espaldas sobre un tronco podrido. —No has ganado, — dijo Janik débilmente. —La profecía de Tukai se cumplirá.

—No mataré a mi padre, — afirmó Erik desafiante. — Puedes llevarte esa profecía tuya contigo al infierno.

—No, tu no, — dijo Janik mientras un reguero de sangre le escapaba de la comisura de la boca. —Pero el verdadero hijo de Lokton sí lo hará.

—¿Qué quieres decir? — gritó Erik. —Dime lo que quieres decir, ¿quién es su hijo verdadero?

La cabeza de Janik se giró y el cuerpo se relajó mientras la vida le abandonaba. Un amuleto se le resbaló desde debajo de la túnica y quedó en el suelo junto a él. Erik se acercó y se arrodilló, observando el amuleto de oro. La cáscara blanca se disolvió a su alrededor mientras se agachaba para darle la vuelta al amuleto. Tenía el mismo símbolo grabado que el amuleto que había llevado Tukai.

—Así que también era un hechicero, — dijo Al mientras emergía entre los arbustos.

Erik levantó la vista, sorprendido al principio, pero entonces dejó escapar un suspiro de alivio al ver a Al. Sin embargo, algo era diferente. El enano caminaba un poco más lentamente, y su barba estaba descolorida y casi gris, al igual que su pelo. — ¿Qué os ha sucedido? — preguntó Erik.

Al sonrió y asintió. —Costará un tiempo acostumbrarse, — dijo mientras tomaba la barba entre las manos y la examinaba. — Nunca me han gustado demasiado las barbas grises. Pero de todas formas supongo que va mejor con la piedra de las montañas que amo, más que el rojo, ¿verdad?

— ¿Qué lo ha provocado? — preguntó Erik.

— ¿No lo sabes? — preguntó Al con una mirada de preocupación en la cara. —Se cuenta todo sobre ello en la página trescientos seis de…— Al se detuvo un instante. —Perdona, no llegamos a ese libro antes de que Marlin empezara con tu entrenamiento—. Al agitó la mano como para descartar el tema, pero Erik no tenía intención de dejarlo pasar.

— ¿Qué es? — insistió el chico.

—Es el efecto de un poderoso hechizo mágico llamado Cáscara de Piedra. Por si estabas durmiendo, era la cosa color blanco brillante que te envolvía, — dijo Al con una leve sonrisa.

—Oh, pensaba que yo había creado eso, — admitió Erik.

—Siento herir tu ego, — dijo Al encogiéndose de hombros. —Pero era yo. Es un poder especial que tienen los enanos. Sólo usamos el hechizo en casos de extrema necesidad. Sin embargo, este desde luego lo era—. Al sonrió y se sentó en el tronco podrido.

— ¿Por qué os vuelve el pelo gris? — preguntó Erik.

—Somete al enano a una enorme tensión, — mintió Al. No quería contarle a Erik que invocar la Cáscara de Piedra le había costado la mitad de su vida natural. Aún si no hubiese sido demasiado orgulloso para admitir que ahora era un enano viejo, quería a Erik demasiado como para permitir que el asunto le pesara en la conciencia. El chico no se merecía ese tipo de culpa. Además, según razonaba Al, la mitad de su vida era un precio justo por salvar al que podría rescatar a todo el reino. —Me temo que no seré de mucha ayuda durante uno o dos días, Erik. Tendré que dormir para recuperar mis fuerzas.

Erik asintió. —Os llevaré a la casa de mi padre. Allí estaréis seguro—. Erik volvió a escuchar el fragor de la batalla y deseó que su padre estuviese bien. Por ahora, tendría que renunciar a ayudar a su padre. Al ya estaba durmiendo, y Erik sabía lo vulnerable que realmente era el enano. Había visto a través de la mentira que le había contado Al. Erik sonrió al enano. Desde luego era un amigo estupendo, y como Lepkin había afirmado, daría su propia vida por proteger a Erik.

CAPÍTULO 13

Lepkin estaba sentado en el borde de la cama. Tenía los codos sobre las rodillas y las manos, apretadas en puños, sostenían su frente. Se mecía lentamente hacia delante y hacia atrás mientras la ira le recorría. Sabía que tenía que calmarse. Tenía además deberes que atender, pero no podía obligar a su mente a desechar la tentación de la venganza. El diario de Orres estaba a su lado, abierto por una página concreta.

Alguien tocó en su puerta. Él no contestó. La puerta se abrió lentamente y Lady Dimwater se asomó por la abertura. Le sonrió y terminó de entrar en la habitación. Esperó durante unos momentos, para ver si Lepkin le pedía que se marchase, pero cuando no dijo nada, cerró la puerta detrás de sí y se acercó para sentarse a su lado.

—Todavía no hemos tenido ocasión de hablar, — dijo. — He estado muy cansada estos últimos días, y tú tampoco te encontrabas bien—. Estiró la mano y apartó suavemente el cuello de la camisa de Lepkin hacia fuera, echando un vistazo a la herida. — ¿Qué tal el pecho?

—Ya no es más que una cicatriz, — contestó Lepkin. — Los sanadores ha hecho maravillas. No pasará mucho tiempo hasta que haya recuperado todas mis fuerzas, de eso estoy seguro—. Lepkin suspiró y levantó una ceja. —Después, voy a ocuparme de Orres.

—De eso es de lo que quería hablar, — dijo Lady Dimwater. —Él no es el traidor, lo era Janik. Janik nos manipuló a todos nosotros—. Lepkin sacudió la cabeza, pero Dimwater le puso la mano encima de la boca y continuó. —Janik es el traidor, no Orres.

—No, — corrigió Lepkin. Agarró el diario y se lo puso en el regazo. —Fue Orres el que nos traicionó. Lee esta página—. Lepkin señaló a la página de la izquierda y Dimwater leyó en silencio. Lepkin vio cómo se le ensanchaban los ojos, y después se le inundaban de lágrimas. Le tembló el labio inferior. Cerró el libro y se lo devolvió, apartando la mirada.

— ¿Este es su diario? — preguntó ella.

—Marlin me ayudó a desbloquear la magia que sellaba las palabras, y Erik verificó que Marlin no lo manipulase. Sé gracias a la lectura del diario que lo único que Orres buscaba era proteger el Secreto de Nagar, y por ello en cierto sentido, no nos ha traicionado. Pero el pasaje que acabo de mostrarte…— las palabras se le atascaron a Lepkin en la garganta.

Lady Dimwater se puso en pie y caminó hasta el centro de la habitación Se frotaba los brazos mientras caminaba con la cabeza baja. — ¿Qué vas a hacer?

—Le desafiaré, — dijo Lepkin.

— ¿Y qué hay de tus deberes actuales? No puedes abandonarlos—. Dimwater continuó dándole la espalda a Lepkin para que no pudiese ver su rostro, ni las lágrimas que lo surcaban.

—Recogeré a Erik de camino a la Academia Kuldiga. Después de haberme ocupado de Orres, continuaré con el entrenamiento de Erik.

— ¿Y qué hay de nosotros? — preguntó Dimwater.

Lepkin suspiró profundamente. —Después de haberme encargado de Orres, pediré tu mano—. Lepkin escuchó a Dimwater Sollozar. Se giró y se puso una mano en la boca, sacudiendo la cabeza. —Sé que ya hemos perdido mucho tiempo, pero si me aceptaras…

—No seas necio, Lepkin, — dijo Dimwater con la voz quebrada. — ¿Qué otra cosa he deseado siempre? —

Lepkin asintió. Una leve sonrisa le iluminó la cara. —Marlin se ofreció a oficiar nuestra boda, — dijo.

Dimwater se rió, acercándose para sentarse otra vez junto a Lepkin. Se acurrucó y posó la cabeza en su hombro, encogiendo las piernas bajo el cuerpo sobre la cama. —No creo que al resto de los miembros de la orden les guste demasiado, teniendo en cuenta que creen que profano su templo, y todo eso.

—Bueno, eres hija de un Diablo de Sombras, date cuenta, — dijo Lepkin.

—Vaya par estamos hechos, — dijo Dimwater con una sonrisa. —Tú eres medio dragón y yo mitad demonio.

Ambos se rieron durante un buen rato. Dejaron transcurrir la mañana disfrutando de la mutua compañía. Ignoraron las campanas del desayuno, y habrían ignorado también las del almuerzo de no ser porque Marlin entró en la habitación de Lepkin buscándoles.

Marlin les miró con ojos tristes y una desalentada mueca en la cara. Tenía las cejas más cerca de la nariz de lo normal, y entró rígidamente en la habitación. Al principio, Lepkin pensó que quizá a Marlin le preocupara que ambos estuvieran solos en una habitación dentro del templo, pero se dio cuenta rápidamente de que había algo más que pesaba sobre el ánimo del nuevo prelado.

— ¿Qué sucede? — preguntó Lepkin. Dimwater se apartó y puso otra vez los pies en el suelo. Ambos aguardaron en silencio la respuesta de Marlin.

—Hoy, una estrella roja se alzó en el este junto al sol, — dijo Marlin. Lepkin sabía que esta señal era un mal presagio. —Vi un par de visiones mientras meditaba sobre el significado de la estrella. La primera mostraba a Erik asesinado a manos de un hombre tullido. El hombre tenía una pierna coja y la mano izquierda retorcida—.

—Janik, — jadeó Dimwater.

— ¿Qué más visteis? — preguntó Lepkin.

—Vi a la muerte montando en una nube oscura. Vi este templo y a todos sus habitantes abrasados hasta convertirse en cenizas—. Marlin tensó los labios y su rostro se contrajo aún más. —La nube oscura de la visión desapareció volando y llevándose en su interior el Secreto de Nagar. Una gran oscuridad cayó sobre la tierra, y el sol ya no ofrecía su resplandor a nuestro mundo.

—Tengo que acudir junto a Erik, — dijo Lady Dimwater. —Quizá pueda ayudarle.

—Espera a escuchar la otra visión, — dijo Lepkin, posando la mano derecha sobre la rodilla de Dimwater. Ella asintió y ambos volvieron a mirar a Marlin.

—La otra visión mostraba a Erik vivo. Vi al enano con él, aunque tenía un aspecto gris y viejo. Ambos habían vuelto a salvo la Mansión Lokton—. Una lágrima se deslizó por el rostro de Marlin. —El resto de la visión fue igual que la primera. Me temo que la muerte cabalga hacia nosotros en estos mismos momentos.

—Entonces no tenemos tiempo que perder, — dijo Lepkin. —Debemos proteger el libro.

*****

Erik guió a Goliath hasta la parte delantera de la mansión. Al colgaba como un peso muerto de la silla, con la mano de Erik manteniéndole derecho sobre el caballo. Tan pronto como ambos se detuvieron, un par de guardias salieron a toda prisa de la entrada, armados con alabardas y vestidos con armadura completa. Erik no pudo distinguir sus rostros, ya que estaban cubiertos por los cascos. Deslizó la mano de la espada hacia la empuñadura de la espada y convocó su poder para discernir las intenciones de ambos hombres. Después de la traición de Janik, Erik no iba a correr ningún riesgo. Sintió alivio al confirmarle su poder que ambos hombres sólo pretendían ayudarle.

—Maese Erik, — llamó uno de ellos. —Nos alegramos de que estéis vivo. ¿Qué noticias hay del campo de batalla?

Erik sacudió la cabeza. —No conseguí llegar al campo de batalla, — contestó. —Fuimos emboscados en la arboleda. Si no llega a ser por mi amigo, habría muerto—. Erik hizo un además hacia Al y asintió con la cabeza. Ambos guardias inclinaron la cabeza y se subieron las viseras para poder ver mejor al enano.

— ¿Está herido? — preguntó uno de ellos.

—Sólo necesita descansar, — respondió Erik. —Por favor, tened cuidado con él, es uno de mis más sinceros amigos.

Los guardias se golpearon el pecho con un puño a modo de saludo y tiraron suavemente del enano para bajarlo de la silla.

—Es más pesado de lo que parece, — gruñó el segundo guardia.

—Es un enano, — contestó el primer guardia. —Está labrado de la piedra de las montañas, como el resto de su pueblo—. Erik sonrió y les siguió al interior de la mansión. Goliath pateó el suelo y resopló. Erik se giró para mirar a su caballo.

—Enviaré a uno de los otros para ocuparse de vuestro caballo, Maese Erik, — dijo el segundo guardia.

Erik asintió y continuó tras ellos. El interior de la mansión estaba fresco. La brisa matutina todavía recorría los pasillos. Normalmente esto habría servido a Erik de consuelo, pero hoy sólo acentuaba el silencio de la vivienda. Casi todos se habían marchado al campo de batalla. Los que permanecían sólo rompían su silencio si era necesario para completar sus tareas.

Erik siguió a los guardias hasta una cámara para invitados y observó mientras le quitaban la armadura a Al y la dejaban en una silla junto a una grandiosa y mullida cama cubierta de almohadones decorativos. Inspeccionaron a Al, probablemente para asegurarse de que el enano no tuviese lesiones físicas, y después le cubrieron con una manta.

—Informaré a Braun de que estáis aquí, Maese Erik, — dijo el primer guardia. —Aquí Hotak, — el primer guardia señaló al segundo, —se quedará vigilando en el exterior de la puerta. Si necesitáis cualquier cosa, lo que sea, sólo tenéis que gritar su nombre.

—Gracias, — dijo Erik a ambos con una inclinación de agradecimiento. —Me vendría bien un halcón mensajero, — dijo Erik. —Tengo la urgente necesidad de enviarle unas palabras a Maese Lepkin.

—Como ordenéis, — dijo el primer guardia, estrellándose el puño en el pecho. Salieron rápidamente y Erik se sentó en la silla, mirando a Al. Sin embargo, sólo estuvo a solas unos momentos antes de que Braun entrase como una tromba por la puerta.

Erik sonrió al ver al hombre de armas en el que más confiaba su padre. —Hola, Braun, — le saludó.

—Que los Dioses sean loados, estoy feliz de veros vivo y bien, Maese Erik, — dijo Braun con una enorme sonrisa.

— ¿Por qué no estás con mi padre? — preguntó Erik.

245

Braun hizo una mueca amarga. —Vuestro padre me dio órdenes estrictas de quedarme aquí con Lady Lokton. Dijo que si permitía que uno de sus cabellos cayese al suelo sin descabezar a algún enemigo, sería azotado dos veces como castigo—. Braun le ofreció una sonrisa llena de dientes. —Se alegrará de veros, eso sí.

Erik se rió de la amenaza que su padre le había hecho a Braun. Recordaba la amenaza que había proferido cuando le encargó a Braun que le ayudase a escapar cuando Tukai atacó la mansión. —Espero que mi padre vuelva, — dijo Erik.

—Lo hará, Maese Erik, lo hará, — prometió Braun. Se acercó a él y los hombros se le cayeron visiblemente. Se arrodilló delante de Erik e inclinó acusadamente la cabeza hacia el suelo. —Deseo disculparme por haberos fallado aquella noche. No sabía que era Tukai, y no Maese Lepkin, quien nos encontró en la maraña de arbustos espinosos.

Erik se levantó rápidamente y colocó la mano sobre el hombro de Braun. —No tienes nada de lo que avergonzarte. Luchaste valientemente. No quiero oír otra palabra sobre esto—. Erik dio unas palmaditas a Braun y volvió a sentarse. Braun asintió en silencio y se puso nuevamente de pie. Sin embargo, Erik se daba cuenta de que a Braun todavía le preocupaba su fracaso auto-percibido. Sabía que era probable que Braun nunca se perdonase a sí mismo. Mejor, pensó Erik. Haría a Braun más protector hacia la Casa Lokton, y Erik sabía que este era el momento de rodearse a sí mismo y a su familia de amigos de confianza.

La puerta se volvió a abrir y entró Hotak con papel y una pluma en una mano y un halcón en la otra. —Le he traído a Maese Erik el halcón que ha solicitado, — le dijo Hotak a Braun. Braun asintió.

Erik tomó la pluma y escribió rápidamente una nota informando de las novedades a Maese Lepkin. Le contó sobre la batalla entre ambas casas y le explicó todo sobre Janik. Se aseguró de añadir que de no ser por el sacrificio de Al, seguramente estaría muerto. Cuando hubo terminado, selló el mensaje y se lo ató al halcón en la pata.

—¿Conoce este pájaro el camino hasta el Templo de Valtuu? — preguntó Erik. No estaba seguro de cómo funcionaban exactamente o encontraban sus destinos las aves mensajeras.

—Lo conoce, es el mismo pájaro que han estado enviando tu padre y Sir Duvall últimamente, — contestó Braun asintiendo. Erik sintió una punzada de culpa por su desconfianza, pero tenía que asegurarse. Utilizó su poder para detectar cualquier mentira. Su poder le confirmó que Braun le había contado la verdad. Erik sonrió.

—Hotak, envía el halcón desde esta ventana de aquí. Quiero verlo con mis propios ojos, — indicó Erik.

—Como ordenéis, — contestó Hotak con una inclinación de cabeza. Llevó al ave hasta la ventana. Abrió el pestillo y empujó la ventana hacia fuera. Tan pronto como elevó el brazo a través de la ventana abierta el halcón alzó el vuelo, atravesando el aire a toda velocidad. A continuación, Hotak se giró y les dedicó una reverencia antes de salir de la habitación.

Erik se acercó a la ventana. Observó al halcón surcar el cielo hasta que el pájaro desapareció de su vista. Sopesó todo lo que había aprendido en las últimas semanas. Los eventos se habían sucedido con rapidez en su caso. Era difícil hacerse a la idea de todo aquello. Le resultaba especialmente duro creer que él era el único hombre de todo el reino que podía salvar al pueblo del poder del Secreto de Nagar. No estaba preparado para esto. Ni siquiera era lo suficientemente mayor como para graduarse en la Academia Kuldiga, y sin embargo, todas las esperanzas estaban puestas en él. Se giró y miró por encima del hombro a Al. Le dolía que el enano hubiese sacrificado tanto para salvarle. Sabía lo que tenía que hacer. Debía volver al Templo de Valtuu. Le había llegado el momento de entrenarse para la prueba. Le debía al menos eso al pueblo que había dado tanto para protegerle. —Marcharé pronto, — le dijo a Braun.

—Pero vuestro padre aún no os ha visto, — protestó Braun. —Querrá hablar con vos.

Erik asintió reflexivamente. —Si los Dioses juzgan necesario que hablemos antes de mi partida, así será. Si no puedo verle, ¿le diréis que cuide bien de Al por mí? — Erik señaló con la cabeza al enano que yacía en la cama.

—Me aseguraré de que Al reciba el honor que se ha ganado, — dijo Braun. Erik asintió.

A la mente de Erik volvieron las palabras de Janik moribundo. —Resolveré el acertijo de la profecía de Tukai, — se prometió Erik a sí mismo en un susurro. —Pero por ahora deberé dejar ese asunto a un lado—. Amaba profundamente a su padre, pero en aquel momento se dio cuenta de que tenía que mantener la perspectiva adecuada. La vida de una persona, por más que fuese su padre, tendría que esperar hasta que las vidas de todos estuviesen a salvo.

*****

Maese Lepkin salió al balcón de la séptima planta del templo. Era el mirador a mayor altura en millas a la redonda. Marlin y Lady Dimwater le acompañaban y también escudriñaban la zona. Marlin probablemente fuese el primero en detectar cualquier amenaza, se figuró Lepkin, ya que el prelado tenía el don de la Visión Verdadera. Lepkin miró a Dimwater y sonrió cariñosamente. Quería partir esta tarde hacia la Academia Kuldiga para ocuparse de Orres, pero aquello tendría que esperar otro día.

Lepkin se acercó a Lady Dimwater y tomó su mano entre las suyas. —Si sobrevivimos a esto, — susurró. —Volveré a desafiar a Orres—. Ella apretó su mano y le dedicó una sonrisa tranquilizadora.

Marlin señaló al norte. Una nube oscura apareció en el horizonte. Estaba moviéndose a mayor velocidad que cualquier tormenta que Lepkin hubiera visto en su vida. Maese Lepkin echó mano a la espada, pero Marlin se giró, sacudiendo la cabeza.

—No es una nube, como me había mostrado mi visión, — dijo. —Es un Alanocturna.

Lepkin se quedó boquiabierto. Dimwater palideció y emitió un jadeo. — ¿Estáis seguro? — preguntó Dimwater. Marlin asintió. Todos sabían que la Visión Verdadera de Marlin no podía cometer un error. Sólo podía tratarse de un Alanocturna.

Maese Lepkin le tendió la espada a Marlin. —Para lo que sirva, os lego mi espada.

—Lepkin, no podéis luchar contra el Alanocturna, — advirtió Marlin. —Cuanto más tiempo permanezcáis en forma de dragón, más asaltará el Secreto de Nagar vuestra mente. Podríais convertiros.

—Entonces observadme, querido amigo, y si mi aura muestra que me estoy convirtiendo, matadme—. Lepkin soltó la mano de Dimwater y se dirigió hacia la barandilla del balcón. Sabía que tendría que esperar hasta que el Alanocturna se acercase más. No quería adoptar la forma de dragón ni un instante más de lo absolutamente necesario.

El feroz chillido de un ave captó la atención de todos. Marlin levantó una mano y un halcón planeó proveniente del oeste, aterrizando sobre el brazo extendido. Marlin cogió el mensaje y rompió el sello. —Lleva el sello de la Casa Lokton, — dijo mientras desenrollaba el mensaje. Tanto Lepkin como Dimwater respiraron profundamente y contuvieron el aliento. —Erik está vivo, — dijo Marlin con una sonrisa.

—Ese es mi chico, — alabó Lepkin sonriendo. —Mientras siga con vida, habrá una posibilidad de que ganemos esto.

—Desea volver, — añadió Marlin. —Dice que está preparado para su entrenamiento y que se someterá a la Prueba Exaltada de Arophim tan pronto como Maese Lepkin y yo pensemos que está preparado.

Lepkin asintió y se giró hacia Dimwater. Ella ya estaba conjurando su espejo mágico. Se volvió a mirar a Marlin. — ¿Dónde está? — preguntó.

—En la Mansión Lokton, — dijo Marlin con una sonrisa. —Os ha enviado una invitación explícita para que acudáis directamente al salón principal. Está esperándoos allí con Braun, el capitán de la guardia de su padre.

— ¿Qué hay de Al? — preguntó Lepkin.

—Al está bien, pero tuvo que invocar la Cáscara de Piedra para poder salvar a Erik de Janik, — contestó Marlin. Dimwater asintió y atravesó el portal sin esperar a oír la explicación.

—Contén al Alanocturna durante tanto tiempo como puedas, — dijo desde dentro del portal.

—Janik era un hechicero, — le dijo Marlin a Lepkin. —De la misma orden que Tukai.

La cara de Lepkin se agrió. Levantó la espada hacia Marlin. —Tomadla, — dijo. Marlin agarró renuentemente la empuñadura de la espada mágica. — ¿Viene solo el Alanocturna?

Marlin se giró de nuevo hacia el norte. Entrecerró ligeramente los ojos, escudriñando el cielo y la tierra. Finalmente sacudió la cabeza.

—No, — dijo Marlin. —Hay sombras moviéndose por el terreno, sólo puedo ver débilmente sus auras; quizá una centena o así de ellas—

—Lenguasnegras, — supuso Lepkin sombríamente. — Alerta a tus hombres. Diles que permanezcan dentro de la protección del muro y del propio templo, si pueden. Dejemos que los Lenguasnegras vengan hasta nosotros.

—Los muros no les protegerán de la cólera del Alanocturna, — dijo Marlin.

—No, pero puede que les consiga algo más de tiempo, ya que los aleteos nocturnos no pueden ver a través de objetos sólidos. Su vista no es mejor que la mía mientras tengo forma de dragón. Si los hombres pueden ocultarse de él, tendrán mejores probabilidades. El Alanocturna vendrá a por mí, y los Lenguasnegras seguramente buscarán el libro. Cuando Erik llegue aquí, llevadlo a vuestra cámara y dadle el Secreto de Nagar. Si la lucha nos empieza a ser desfavorable, vos y Erik debéis huir y llevaros el libro con vosotros.

Marlin asintió. Todavía seguía observando a la bestia que se aproximaba y a los guerreros que la seguían a pie. —Veo algo montado encima del Alanocturna, — dijo Marlin. —Parece un mago. Sólo tenemos un minuto o dos antes de que lleguen.

—Entonces recemos para que los Dioses sean misericordiosos con nosotros, y para ser bendecidos con la fuerza de los Antiguos, — contestó Lepkin. Trepó a la barandilla, esperando el momento correcto para adoptar la forma de dragón. Marlin corrió al interior e instantes después se oían gongs y campanas resonando por todo el templo. Lepkin pudo ver a los guardias acudiendo apresuradamente en masa desde abajo como hormigas brotando de un hormiguero para atacar a un animal que lo hubiera pisado.

El Alanocturna ya ese divisaba bastante bien. Sus alas negras dejaban un rastro de sombras detrás de sí mientras surcaba velozmente el cielo. Chilló ensordecedoramente y soltó una bocanada de fuego y humo. Lepkin pudo ver a una horda de hombres saltando desde sus posiciones de escondite en los terrenos que rodeaban el templo. La batalla había comenzado.

Maese Lepkin cerró los ojos y saltó desde el balcón. Estiró los brazos a los costados y mantuvo las piernas juntas mientras caía. El viento lo envolvió y como anteriormente, una esfera de llamas le envolvió. Se las arregló para transformarse por completo a medio camino del suelo. Dejó escapar un poderoso rugido y planeó en dirección al campo que había al otro lado del muro norte. Soltó un chorro de fuego líquido que se tragó a los primeros Lenguasnegras. Sus gritos llegaron hasta los oídos de Lepkin, pero fueron ahogados por las exclamaciones de alegría de los guardias del templo que se extendían junto al muro.

Se elevó a toda velocidad. Quería atacar al Alanocturna desde abajo, pero no era lo bastante rápido. El mago que montaba en la enorme bestia negra envió un rayo dese el cielo. Lepkin esquivó los proyectiles mágicos, girando y cortando el aire con la gracia de una golondrina. Lepkin lanzó una bola de fuego que impactó contra la barriga del Alanocturna. Sabía que no derribaría a la bestia. Era tan inmune a las llamas como él mismo en forma de dragón, pero al menos distraería a la cosa de su carga contra el templo.

El Alanocturna volvió a chillar y entrecerró los ojos para mirar a Lepkin. La poderosa bestia tenía una vez y media su tamaño, con una cola que terminaba en una masa de largas púas espinosas. Sus colmillos tenían un color apagado, pero tan afilados que podían penetrar el hueso. La bestia se dio la vuelta en medio de su vuelo y chasqueó la mandíbula hacia la cola de Lepkin.

El mago lanzó un conjunto de flechas mágicas que siguieron a Lepkin en su ascenso. Lepkin hizo un giro sobre el Alanocturna y se lanzó en picado justo debajo de él. Las flechas mágicas le siguieron al principio, pero le perdieron la pista al girarse para volar por debajo del Alanocturna.

Lepkin giró hasta una posición invertida, estiró una garra y arañó la barriga de la bestia. El Alanocturna aleteó e inclinó las alas un poco para coger una corriente ascendente, apartándose del alcance de Lepkin. Entonces le lanzó un golpe con su gigantesca cola. Lepkin descendió en barrena hacia el suelo justo a tiempo para evitar las púas. Sintió una punzada en su pata trasera izquierda. Giró el cuello y advirtió que el hechicero había enviado otro enjambre de flechas mágicas hacia él y que una le había alcanzado.

Lepkin apretó la mandíbula y se dio la vuelta para volar directo otra vez contra la barriga del Alanocturna. La cola de éste dio un latigazo en su dirección, pero Lepkin había estado preparado para ello. La bloqueó con los antebrazos y después estiró el cuello como un ariete, estrellándolo contra la barriga de la bestia y desviando a un lado al Alanocturna. Los dos monstruos voladores rugieron furiosos mientras forcejeaban con las garras y se mordían el uno al otro. Giraron y giraron en el aire. La sangre salpicaba el cielo mientras sus garras respectivas encontraban tejido blando y lo desgarraban.

Lepkin sonrió con toda la maldad que le permitía su hocico de dragón al ver al mago salir disparado de la espalda del Alanocturna. Lepkin dio un latigazo con la cola, golpeando al mago en el pecho y la cabeza. Sin embargo, no fue un golpe directo. Lepkin había esperado atravesar al mago con uno de los pinchos de la cola, pero sólo se las arregló para golpearle con un lado de la cola. Sin embargo, el impacto fue suficiente para dejar inconsciente al mago. El hombre se precipitó girando en el aire hacia el suelo.

El Alanocturna descendió para recuperar a su amo pero Lepkin le agarró el antebrazo izquierdo con las garras y le mordió la articulación del hombro con todas sus fuerzas. El Alanocturna enseñó los dientes y volvió su atención hacia Lepkin. Le arañó y le mordió. Ambas bestias agitaban las alas violentamente, esforzándose por permanecer suspendidas en el cielo mientras se atacaban la una a la otra.

Los dos enormes animales se elevaron entre las nubes, luchando y lanzando zarpazos sin cesar. Entonces, se enredaron. Cada uno de sus miembros estaba ocupado peleando mientras se agarraban desesperadamente el uno al otro en un abrazo de muerte. Lepkin sintió un dolor insoportable recorrerle una de las patas traseras. La cola espinosa del Alanocturna había hecho blanco. Lepkin devolvió el golpe hundiendo las púas de su propia cola en la espalda del Alanocturna, justo entre las alas. El movimiento casi bastó para paralizar al Alanocturna, pero ahora Lepkin tenía otras cosas por las que preocuparse.

Se habían enredado de tal manera que ni siquiera los esfuerzos de ambos combinados conseguían mantenerles en el aire. Ahora, con el Alanocturna medio paralizado, no había manera de escapar de la caída mortal. Ambos se escoraban, precipitándose hacia el accidentado suelo rocoso. Lepkin supo con certeza que al menos uno de ellos moriría por la caída, si no ambos. Y aunque consiguiese sobrevivir, la llamada oscura del Secreto de Nagar le asaltaba la mente. No sería capaz de contener el poder maligno durante tanto tiempo.

*****

—Marlin, — llamó Erik precipitándose a través del portal mágico. Lady Dimwater apareció detrás de él. Un potente rugido, seguido por un zumbido, llamó su atención. Erik miró hacia el norte y vio a un poderoso dragón achicharrando combatientes en el campo que había al otro lado del muro. — ¿Qué es eso? — preguntó Erik.

—Es Lepkin, — contestó Marlin solemnemente. Lady Dimwater corrió hacia el borde del balcón mientras Lepkin se elevaba por el aire en dirección al Alanocturna.

— ¿Quién es el otro dragón? — preguntó Erik.

—Eso no es un dragón, Erik, — respondió Marlin. — Puede tener aspecto de uno, y quizá lo fue una vez hace mucho tiempo, pero esa cosa ahora recibe el nombre de Alanocturna—. Marlin pudo ver la pregunta no formulada en los ojos de Erik. —Un Alanocturna es un dragón que ha sido pervertido por el poder del libro.

Erik asintió para indicar que entendía y se acercó a la barandilla para mirar. Las centellas se arremolinaban en torno a ambas bestias. Erik miró a Lady Dimwater, pero vio que estaba ocupada murmurando palabras que él no entendía, con el brazo extendido hacia Lepkin.

—Está protegiéndole, — susurró Marlin. —Hay un mago cabalgando sobre el Alanocturna.

Erik observó con horror mientras las bestias giraban una en torno a la otra y finalmente se estrellaban con violencia. El sonido de su colisión casi pareció un trueno. Forcejearon y pelearon con ferocidad hasta que el mago se cayó del Alanocturna y Lepkin consiguió golpearle con la cola.

—Mirad, el mago, — gritó Erik, señalándoselo a Dimwater. Ella asintió y una nube plateada se formó frente al balcón. Lady Dimwater trepó en la nube. Erik se giró hacia Marlin y estiró la mano hacia la espada de Lepkin. Marlin primero le dedicó una mirada de perplejidad, y pero después le cedió la espada.

Erik trepó a la barandilla y saltó en la espalda de la nube de Dimwater mientras la misma empezaba a alejarse del balcón. Se hundió en la nube hasta el pecho antes de que Dimwater le agarrara del cuello de la ropa y tirara de él hacia arriba.

— ¿Qué estás haciendo? Vuelve con Marlin, — le regañó Dimwater.

—Quiero ayudar, — suplicó Erik. —Por favor, ¿no puedo ayudar?

Dimwater podría ver la ansiosa voluntad en los ojos del muchacho. Sonrió dulcemente y miró la espada mágica que Erik llevaba en la mano. La hoja empezó a brillar. —Creo que quieres decir no podría ayudar, — corrigió Dimwater. La nube pegó otro salto hacia delante. —Agárrate a mi capa o te caerás a través de la nube, — dijo.

Erik se agarró a la capa con la mano izquierda y abrió los pies algo más que la anchura de los hombros para tener mayor equilibrio. El viento le lamía la cara mientras avanzaban a toda velocidad hacia el mago. Erik se giró y vio a los guardianes del templo abriéndose paso a través de las filas de Lenguasnegras con sus largas armas de hoja. La lucha estaba inclinándose a su favor, pensó Erik.

Entonces Erik levantó la vista y se dio cuenta de que Lepkin y el Alanocturna habían desaparecido en las nubes de arriba. Esperaba que a Lepkin no le pasara nada. Algo se estrelló contra la nube y la hizo temblar a medio vuelo. Erik intentó mirar a través de Dimwater, pero ella le mantuvo detrás de sí con la mano izquierda.

—El mago se ha recuperado, — dijo. —Quédate detrás de mí y agárrate fuerte—. Lady Dimwater extendió la palma derecha y envió una multitud de ondas sísmicas hacia el mago, que ahora estaba montando en su propia nube. El mago estiró el antebrazo izquierdo y absorbió las ondas sísmicas. La fuerza de los golpes erizó la barba y el cabello del hombre, pero no causó daños graves.

El mago hizo aparecer una vara de la nada y señaló con ella a Dimwater. Dimwater invocó igualmente su vara con la cabeza dorada de león y activó su escudo mágico. Las flechas mágicas del mago rebotaron inofensivamente del escudo, haciendo el mismo sonido que la lluvia contra un tejado de tejas. Dimwater sonrió y convocó una galerna desde el este.

El mago ondeó su vara en un movimiento circular y después apuntó con la mano libre a Dimwater. La galera se oscureció y giró sobre sí misma hasta adquirir la forma de un ciclón. El tornado zigzagueó unas cuantas veces y después se abalanzó contra Dimwater por un lado. La fuerza del impacto ladeó la nube. Erik cayó de rodillas, pero no soltó la capa de Dimwater.

— ¿Has participado alguna vez en una justa? — preguntó Dimwater a Erik.

—No, — dijo Erik. —Pero siempre estoy dispuesto a probar cosas nuevas.

Dimwater sonrió ante el valor del muchacho. —Permanece oculto hasta que yo diga.

—Lady Dimwater, mirad ahí arriba, — dijo Erik a su espalda.

Ella miró hacia arriba y vio a Lepkin y al Alanocturna cayendo entre las nubes como una masa enredada de garras y púas. —No tenemos mucho tiempo, — dijo. —Acabemos con este mago—. Hizo avanzar a la nube a gran velocidad, dando trompicones. Invocó vientos del sur para impulsarlos con mayor rapidez. El mago se preparó, apuntando a Dimwater con su vara. Él también invocó vientos para hacer avanzar a su nube. Las flechas mágicas surgían sin cesar de su otra mano, diluviando contra el escudo de Dimwater mientras se reducía la distancia entre ellos.

Dimwater concentró su energía. La cabeza dorada de su vara relucía mientras se preparaba para liberar una potente esfera de fuego mágico. Pequeñas centellas eléctricas serpenteaban recorriendo la creciente esfera de llamas verdes y blancas. Pudo ver que el mago también estaba preparando su vara. Sabía que tendría que espaciar todo perfectamente; en caso contrario, esta sería la primera y la última justa de Erik.

Las dos nubes se acercaron la una a la otra. Erik se preparó para saltar cuando Dimwater se lo dijera. Se concentró en la razón por la cual tenía que ganar esta batalla. El mago iba detrás del libro, eso lo sabía. El libro consumiría a todos los habitantes del reino que le importaban. Lepkin, Dimwater y Marlin estaban indefensos ante el libro. Serían las primeras víctimas en caer bajo su poder. Entonces, se apoderaría de todo el reino. Su madre y su padre serían convertidos en demonios y obligados a servir en el inframundo. La rabia de Erik empezó a hervir en su interior. Podía sentir cómo le recorría el poder. No perdería este combate.

—Ahora, — gritó Dimwater.

Erik salió de detrás de ella. Sólo le llevó unos segundos, pero todo parecía moverse a cámara súper lenta. Erik vio la cara contraída del mago. Estaba a sólo unas cuantas yardas de distancia en su nube, y a cada instante que pasaba se acercaban más. Una bola cegadora de llamas blancas y verdes salió disparada de la vara de Dimwater. Una bola naranja y roja surgió de la vara del mago para contrarrestar el fuego de Dimwater. Erik corrió hacia delante, agarrándose a la capa de Dimwater hasta que saltó de la nube.

Mantuvo la espada en alto con la mano derecha. Mientras empezaba a dejar caer la poderosa hoja, el fuego pareció brotar de la mano de Erik y cubrió el acero telariano. Las llamas blancas empequeñecieron a las dos bolas ígneas mágicas con su magnificencia, y tenían un tacto tan caliente como cualquier horno junto al que hubiese estado Erik. El mago levantó la vara para bloquear el golpe vertical de Erik, pero no le sirvió para nada. Dimwater dio un golpe bajo con su vara, conectando con la ingle del mago. El mago trastabilló hacia delante sobre su nube. La espada de Erik traspasó la vara alzada como un cuchillo atravesando un cuenco de nata. Las llamas blancas de la espada se tragaron al mago al bajar Erik la espada para terminar con el golpe. El mago se convirtió en una pila de cenizas sobre la nube.

Erik aterrizó en la nube, pero rápidamente cayó atravesándola mientras se disipaba. Empezó a caer hacia el suelo, agitando su mano libre hacia Lady Dimwater. Miró a su izquierda y se dio cuenta de que Lepkin y el Alanocturna estaban casi a su altura en su caída. Las bestias daban bandazos y giraban, hasta que Erik hizo contacto visual con Lepkin. Erik advirtió que tenía una mirada triste. Sabía que Lepkin no esperaba sobrevivir a esto.

Erik levantó la vista y vio a Dimwater descendiendo a toda rapidez con la nube en su dirección. —Salvad a Lepkin, — gritó Erik. —El libro está a salvo, ¡salvadle! — Pero ella no prestó atención a sus palabras. Maniobró con la nube bajo Erik y lo atrapó en su materia algodonosa, estirándose con la rapidez de una serpiente para agarrarle por la muñeca.

Erik observó horrorizado a Lepkin y el Alanocturna reduciendo la distancia con el suelo a toda prisa. La tierra tembló y retumbó al estrellarse las bestias contra ella. Tanto Lepkin como el Alanocturna rugieron y enseñaron los dientes mientras una nube de polvo se extendía a su alrededor.

—Vamos, — dijo Dimwater. —Debemos asegurarnos de que el Alanocturna está muerto—. Ambos volaron hacia las bestias caídas. Vieron ambas formas agitándose. Luchaban entre sí, retorciéndose y soltando zarpazos para intentar librarse del otro.

—Han sobrevivido, — dijo Erik sin aliento. Sin embargo, su alegría pronto se tornó en temor. El ala izquierda de Lepkin estaba rota y colgaba inerte a un costado. El Alanocturna casi había conseguido liberarse. Erik sabía que si permitían que alzase el vuelo, no habría posibilidad de detenerle. —Alzadme sobre él, y mantenedlo en el suelo si podéis, — gritó Erik.

Dimwater asintió y concentró su energía. El Alanocturna estrelló el lateral de su cola en la cabeza de Lepkin, derribándolo de espaldas. Después saltó y agitó las alas. Dimwater extendió rápidamente su mano izquierda hacia delante, lanzando el estallido psiónico más poderoso que pudo convocar. La fuerza del golpe noqueó al aleteo, que cayó de espaldas al suelo, abriéndole además una herida en el pecho. Siseó furioso en su dirección, clavando la vista en la nube. Retrocedió y soltó un chorro de fuego justo cuando la nube le pasaba por encima.

Erik saltó antes de que Dimwater pudiera advertirle. Su espada mágica seguía bañada en fuego blanco. Dimwater entonó rápidamente un encantamiento protector y rodeó a Erik con él mientras maniobraba con la nube para alejarse del peligro.

Erik sintió el calor rozándole y golpeándole con fuerza. Todo el cuerpo se le llenó de sudor. Nunca se había sentido así antes. Estaba mareado y su visión empezaba a encogerse rápidamente en medio de un campo de negrura. Concentró la mente en su razón para luchar. Usó su poder para mantener la consciencia. No iba a fallar ahora.

De repente, las llamas se extinguieron y Erik sólo pudo ver unas fauces gigantescas abiertas que mostraban colmillos tan largos como su espada. El Alanocturna empezó a saltar en su dirección. Los ojos de Erik se abrieron de par en par. Ya no había escapatoria. Dio un golpe descendente con la espada. Decidió que si iba a caer por el gaznate de esta bestia, lo haría con la espada por delante. Sería lo último que se comería el Alanocturna en su vida.

El Alanocturna se sacudió y las fauces abiertas se apartaron de Erik. Erik podía ver a Lepkin en el suelo, lanzando zarpazos a la barriga expuesta del Alanocturna. Éste intentó golpear el cuello de Lepkin, pero al hacerlo, expuso la parte posterior de su propio cuello a Erik. Erik agarró la espada tan fuertemente como pudo y dejó escapar un poderoso grito mientras descendía con violencia. Atravesó el cuello del Alanocturna con la espada, justo en el punto en el que el hueso se unía al cráneo. El intenso fuego blanco abrasó las duras escamas y el hueso como si el Alanocturna estuviese hecho de trapo. La bestia dejó escapar un último chillido, que se interrumpió cuando cayó como un fardo hacia un lado.

La fuerza de la caída del Alanocturna lanzó a Erik volando desde encima de la bestia hasta el suelo, donde aterrizó con un duro golpe. Erik escuchó un chasquido y sintió un espantoso dolor ardiente recorrerle la pierna izquierda mientras daba tumbos por el suelo. Gritó de dolor y la oscuridad amenazó con cernirse sobre él una vez más.

Dimwater paró la nube junto a Erik y se arrodilló a su lado. —Estoy aquí, Erik, — dijo. Agitó suavemente las manos sobre la pierna del chico. —Es una factura grave, pero puedo reducir el dolor—. Tejió su magia y bloqueó el dolor de Erik. Erik asintió con los ojos llenos de lágrimas y susurró algo que casi sonaba como "gracias".

Un poderoso rugido sobresaltó a ambos y se giraron para mirar al Alanocturna. La bestia negra estaba muerta. La espada de Lepkin seguía clavada en su interior, y Lepkin estaba de pie sobre el animal, con la cabeza echada hacia atrás, mientras lanzaba escapar un poderoso grito de victoria al cielo.

—Se ha acabado, — dijo Dimwater tranquilizadoramente. Miró hacia el muro del templo. Algunas secciones estaban en llamas, pero los guardias del templo ya estaban rematando a los últimos Lenguasnegras y apresurándose a apagar los incendios. —Todo ha acabado.

Erik se incorporó sobre los codos y sonrió débilmente. — No ha sido tan difícil, — dijo burlonamente. Lady Dimwater le pellizcó la nariz y después se puso de pie. Pesados pasos se acercaron a ellos por detrás. — ¿Por qué no se ha vuelto humano todavía? — preguntó Erik.

El rostro de Lady Dimwater palideció. Lepkin debería haber vuelto a su forma humana inmediatamente después de acabar todo. Le conocía lo suficiente como para saber que no se arriesgaría a que el poder del libro le convirtiese. ¿Había pasado ya demasiado tiempo? ¿Era demasiado tarde para salvarle? Se giró para encararse con Lepkin. —Sal de tu forma de dragón, Lepkin.

El dragón siseó y lanzó su lengua hendida, que se detuvo justo antes de arañar la cara de Dimwater. Sus ojos la recorrieron y después se desplazaron para posarse sobre Erik. Dimwater se interpuso entre ambos. El dragón siseó de nuevo. Volutas de humo fluían de sus fosas nasales junto con brillantes chispas de color amarillo.

—Erik, ha sido transformado por el poder del libro, — dijo Dimwater. —Hay que sacrificarle.

—No, — dijo Erik horrorizado. —No puedo hacer eso.

—Erik, debemos hacerlo, — dijo Dimwater. —Usaré la energía que me queda para conseguirte tiempo. Coge la espada, si puedes. — Ella sabía que no iba a funcionar. La pierna de Erik estaba rota, y ella estaba exhausta. Todo lo que podía desear era herir al Lepkin corrupto antes de que acabara con ellos y volviese su furia hacia el templo.

El dragón rugió y disparó una bola de fuego en dirección a Dimwater. Ella alzó la mano izquierda, la mano de la que otro dragón le había abrasado el pulgar, y reunió toda la energía mágica que pudo. Las llamas le abrasaron la mano y rodearon su magia, lamiéndole y arañándole los costados. El calor era tan doloroso que

259

grito y sollozó. Cayó de rodillas, intentando con todas sus fuerzas mantener el hechizo que la protegía.

Entonces las llamas se detuvieron. Ella levantó la vista y vio a Erik de pie entre ella y el dragón. Tenía las manos vacías y apoyaba todo su peso sobre la pierna derecha. Contempló al dragón y se aproximó a saltitos a él, casi cayéndose al suelo más de una vez. Dimwater sintió el terror retorcerle el estómago. No podía permitir que esto sucediera. Intentó conjurar un ataque mágico, pero Erik se dio la vuelta con la mano extendida. Ya no tenía los ojos azules, sino blancos. Emitía una luz abrasadora, parecida a la llama que se había tragado la espada cuando él la había empuñado.

—Detened vuestra mano, Lady Dimwater, — dijo Erik. — Puedo ver a Lepkin en el interior de la energía oscura que le tiene atrapado. Puedo liberarlo.

Lady Dimwater contempló asombrada cómo Erik saltaba sobre su pierna sana hacia el dragón. La bestia siseó y retrocedió apartándose de Erik, pero no intentó atacarle. Erik extendió la mano sin miedo y tocó el hocico del dragón.

—Maese Lepkin, — susurró Erik. —Sé que podéis oírme. Concentraos en la razón por la que lucháis. Pensad en Lady Dimwater, pensad en Marlin, y pensad en todos los otros habitantes del reino. Dependen de mí para que les salve de la oscuridad que amenaza con llevaros ahora. — Erik se inclinó y miró directamente en uno de los ojos del dragón. —Cuento con vos, Maese Lepkin.

El dragón sacudió la cabeza, tirando a Erik al suelo. Erik gritó al sentir el dolor de su pierna rota recorriéndole el cuerpo nuevamente. El dragón se puso encima de Erik de un salto e inmovilizó al chico con una garra a cada lado del cuello de Erik.

—Maese Lepkin, luchad contra ello, — gritó Erik a través de las lágrimas de dolor. El aliento del dragón estaba tan caliente que la piel de Erik daba la sensación de estar ardiendo. El dragón acercó más el hocico y chasqueó los dientes dos veces. Erik se retorció para liberar un brazo y colocó la mano en el hocico del dragón, justo entre las dos humeantes fosas nasales.

Una luz blanca cegadora surgió de detrás y envolvió al dragón y a Erik en su fulgor. Erik se concentró en su poder, controlándolo lo mejor que pudo. El dolor de su pierna aumentó de intensidad, amenazando con romper su concentración, pero Erik lo expulsó de su mente. Se concentró únicamente en Lepkin. Podía ver a su maestro dentro de la oscuridad que se envolvía alrededor de la forma de dragón. Erik sabía que podía expulsar el poder oscuro. Algo en su interior le decía que era posible.

Erik gritó de dolor mientras la luz se hacía más intensa. La luz blanca engulló todo el cuerpo del dragón y se extendió varias yardas más allá. Finalmente, Erik oyó ralentizarse la respiración del dragón. Un fuerte ruido surgió de la barriga de la bestia, que a continuación se encogió y desapareció. Erik dejó caer la mano al suelo y la luz blanca desapareció. Tenía el cuerpo flojo y terriblemente cansado. Ni siquiera tenía fuerzas para mover la cabeza. Se le cerraron los párpados.

Lady Dimwater se cubrió la boca con la mano al desvanecerse la luz. No podía creer lo que veían sus ojos. Lepkin yacía junto a Erik en el césped. Ya no tenía forma de dragón, sino su habitual forma humana. Ambos estaban inmóviles. Se puso en pie de un salto y se apresuró a su lado.

— ¡No los toquéis! — gritó Marlin desde el otro extremo del campo. Dimwater levantó la vista y vio al nuevo prelado corriendo todo lo que podía, seguido por veintenas de guardias del templo. — ¡Retroceded! — chilló.

Confundida, se puso de pie y se adelantó para recibir a Marlin. No sabía qué decirle al hombre, pero por la expresión de su rostro, Dimwater supo que sabía lo que había pasado. — ¿Qué hizo Erik? — preguntó Dimwater.

Marlin la miró y sonrió amablemente. —Ha salvado el alma de Lepkin. — Marlin hizo un gesto indicando a varios guardias que socorriesen a Erik. —Necesita ser llevado directamente a los sanadores.

— ¿Vivirán? — preguntó Dimwater.

Marlin la miró y después volvió la vista a Lepkin. —Erik vivirá, aunque pasarán un par de semanas antes de que se recupere de la tensión de lo que acaba de hacer.

— ¿Y Lepkin? — a Dimwater le asustaba albergar esperanzas. — ¿Vivirá?

—No sólo vivirá, — dijo Marlin al acabar de examinar el aura de Lepkin. —Además, el Secreto de Nagar ya no tiene ningún poder sobre él. Cuando despierte, será como siempre ha sido. No puedo ver mancha alguna en él. El chico se las ha arreglado para desterrar hasta la última gota.

— ¿Cómo es eso posible? — preguntó Dimwater.

Marlin sacudió la cabeza. —Sabía que el chico era fuerte, pero ni siquiera yo estoy seguro de cómo se las ha arreglado para hacerlo. — Marlin colocó una mano sobre el hombro de Dimwater y le sonrió con calidez. —Creo que hemos encontrado al Paladín de la Verdad, — dijo.

—Sin embargo, aún no se ha acabado, — dijo Dimwater, dirigiendo de repente la vista al oeste. —Sólo se ha dado muerte a cuatro hechiceros de la Orden del Ojo Que Todo Lo Ve. El mago era un miembro de los Wyrms de Khaltoun, pero de bajo rango nada más. — Dimwater volvió la vista a Lepkin, que ahora estaba siendo recogido por un grupo de guardias del templo. —Sólo hemos conseguido ralentizar al enemigo, — dijo.

—Entonces, esperamos haberlo ralentizado lo suficiente para darle a Erik una posibilidad de prepararse mejor para la lucha que ha de venir, — añadió Marlin.

Dimwater frunció el ceño. —Me temo que esto ha sido fácil comparado con lo que nos espera. — Miró a los ojos empañados de Marlin y sonrió amablemente. —Pero tenéis razón. Esperemos que tengamos tiempo suficiente para prepararnos. Quizá los Dioses nos bendigan. Tendremos que encontrar el otro libro, — señaló Dimwater.

Marlin asintió con esperanza. —Por ahora, descansaremos, y después ya veremos si somos capaces de rastrear hasta al último hechicero de la orden de Tukai. Es posible que aún podamos desviar la marea de oscuridad que amenaza al reino. He estado realizando algunos estudios sobre Allun'rha. Creo que quizá tenga algún idea sobre dónde buscar La Iluminación. — Ambos se abrazaron brevemente y después Marlin condujo a Lady Dimwater de vuelta al templo. Todavía quedaba mucho trabajo por hacer.

Otros Libros de Sam Ferguson

Serie El Campeón del Dragón:
El Campeón del Dragón
El Senador Hechicero
La Prueba del Dragón
Erik y el Dragón
El Místico Inmortal
El Retorno del Dragón

Serie La Puerta al Inframundo:
El Pergamino de Tomni'Tai
El Anillo del Rey
Hijo del Dragón

Los Dragones de Kendualdern:
Ascensión

Otras Novelas:
El Dragón de Dimwater
Jonathan Haymaker

Antología de Historias Cortas:
Cuentos desde Terramyr

Para obtener las últimas actualizaciones, sigue la Página de Autor de Sam, el Blog, o cuenta de Twitter @Author_SamFerg y también en Facebook

Acerca del Autor

Sam Ferguson tiene una colección de espadas tan gigantesca que Lobezno tiene envidia.

Una vez combatió a un toro sin otra cosa que un trozo de vallado y ganó.

Tiene suficientes hijos para crear un partido de fútbol de 3 contra 3 y aún así ser siempre delantero.

Cuando el ruso, el lituano y el húngaro no le confundieron lo suficiente, se trasladó a Yerevan para poder aprender armenio.

Una vez condujo durante un terremoto mientras todos los demás tenían demasiado miedo como para salir de sus escondites.

Solía cazar pumas con un bate de béisbol.

Mientras otros usan un .22 para practicar su puntería, él usa un RPD ruso.

Puede levantar más de 200lb sin hacer trampas.

¡También dibuja los MEJORES monigotes con palitos que has visto JAMÁS!

Y bueno, no admitirá que es Batman, pero nunca nadie les ha visto a él y a Batman en la misma habitación, al mismo tiempo…

Cuando se está tomando un descanso de ser fantástico, normalmente está en casa con su mujer e hijos, aprendiendo de ellos cómo ser REFANTÁSTICO.

(Sí, "refantástico" es una palabra. ¡Lo dice el bebé!)

---

i